人只是宇宙中会思考的虫子

虫 | 科幻中国
WORMS

# OUTSIDE UNIVERSE
# 外面的宇宙

刘慈欣 等著

北京理工大学出版社
BEIJING INSTITUTE OF TECHNOLOGY PRESS

深空卷

人类的征途是星辰大海
Our journey is to the ocean of stars.

# 目录

**001** **欢乐颂**
　　弹奏太阳 / 刘慈欣

**033** **外面的宇宙**
　　梦想者 / 谢云宁

**067** **一掷赌生死**
　　一掷赌生死 / 王晋康

**099** **魂兮归来**
　　宇宙文明毁灭周期 / 索何夫

**133** **二人谋事**
　　智慧有时也会成为一种毒药 / 索何夫

**189** **方外昆仑**
　　极端烧脑 / 陈凡祎

刘慈欣 欢乐颂

弹奏太阳

| 深空 ———

## 一　音乐会

为最后一届 GA（Global Association）大会闭幕举行的音乐会是一场阴郁的音乐会。

自 21 世纪初某些恶劣的先例之后，各国都对 GA 采取了一种更加实用的态度，认为将它作为实现自己利益的工具是理所应当的，进而对 GA 宪章都有了自己的更为实用的理解。中小国家纷纷挑战常任理事国的权威，而每一个常任理事国都认为自己在这个组织中应该具有更大的权威，结果是 GA 丧失了一切权威。

当这种趋势发展了十年后，所有的拯救努力都已失败，人们一致认为，GA 和它所代表的理想主义都不再适用于今天的世界，是摆脱它们的时候了。

最后一届 GA 大会是各国首脑到得最齐的一届，他们要为 GA 举行一场最隆重的葬礼。

这场在大厦外的草坪上举行的音乐会是这场葬礼的最后一项活动。

太阳已落下去好一会儿了，这是昼与夜最后交接的时候，也是一天中最迷人的时候。这时，让人疲倦的现实的细节已被渐浓的暮色掩盖，夕阳最后的余晖把世界最美的一面映照出来，草坪上充满嫩芽的气息。

GA秘书长最后到来，在走进草坪时，他遇到了今晚音乐会的主要演奏者之一的克莱德曼，并很高兴地与他交谈起来。

"您的琴声使我陶醉。"他微笑着对钢琴王子说。

克莱德曼穿着他最喜欢的那身雪白的西装，看上去很不安，"如果真是这样我万分欣喜，但据我所知，对请我来参加这样的音乐会，人们有些看法……"

其实不仅仅是看法，教科文组织的总干事——同时是一名艺术理论家，公开说克莱德曼顶多是一名街头艺人的水平，他的演奏是对钢琴艺术的亵渎。

秘书长抬起一只手制止他说下去："GA不能像古典音乐那样高高在上，如同您架起古典音乐通向大众的桥梁一样，它应把人类最崇高的理想播撒到每个普通人身边，这是我今晚请您来的原因。请相信，我曾在非洲炎热肮脏的贫民窟中听到过您的琴声，那时我有在阴沟里仰望星空的感觉，它真的使我陶醉。"

克莱德曼指了指草坪上的元首们："我觉得这里充满了家庭的气氛。"

秘书长也向那边看了一眼："至少在今夜的这块草坪上，乌托邦还是现实的。"

秘书长走上草坪，来到了观众席的前排。本来，在这个美好的夜晚，他打算把自己政治家的第六感关闭，做一个普通的听众，但这不可能做到。在走向这里时，他的第六感注意到了一件事：正在

# 深空

同 A 国总统交谈的 C 国国家主席抬头看了一眼天空。本来这是个十分平常的动作,但秘书长注意到他仰头观看的时间稍微长了一些,也许只长了一两秒钟,但他注意到了。当秘书长同前排的国家元首依次握手致意后坐下时,旁边的 C 国主席又抬头看了一眼天空,这证实了刚才的猜测,国家元首的举止看似随意,实际上都暗含深意,在正常情况下,后面这个动作是绝对不会出现的,A 国总统也注意到了这一点。

"N 市的灯火使星空黯淡了许多,W 市的星空比这个更灿烂。"总统说。

C 国主席点点头,没有说话。

总统接着说:"我也喜欢仰望星空,在变幻不定的历史进程中,我们这样的职业最需要一个永恒稳固的参照物。"

"这种稳固只是一种幻觉。"C 国主席说。

"为什么这么说呢?"

C 国主席没有回答,指着空中刚刚出现的群星说:"您看,那是南十字座,那是大犬座。"

总统笑着说:"您刚刚证明了星空的稳固——在一万年前,如果这里站着一位原始人,他看到的南十字座和大犬座的形状一定与我们现在看到的完全一样,这星座的名字可能就是他们首先想出来的。"

"不,总统先生,事实上,昨天这里的星空可能与今天不同。"C 国主席第三次仰望星空,他脸色平静,但眼中严峻的目光使秘书长和总统都暗暗紧张起来,他们也抬头看天,这是他们见过无数次的宁静的夜空,没有什么异样,他们都询问地看着主席。

"我刚才指出的那两个星座,应该只能在南半球看到,"主席说,他没有再次向他们指出那些星座,也没有再看星空,双眼沉思着平视前方。

秘书长和总统迷惑地看着主席。

"我们现在看到的是地球另一面的星空。"主席平静地说。

"您……开玩笑?!"总统差点失声惊叫起来,但他控制住了自己,声音反而比刚才更低了。

"看,那是什么?"秘书长指指天顶说,为不惊动他人,他的手只举到与眼睛平齐。

"当然是月亮。"总统向正上方看了一眼说,看看旁边的C国主席缓慢地摇了摇头,他又抬头看,这次对自己的判断产生了怀疑。初看去,天空中那个半圆形的东西很像半盈的月亮,但它呈蔚蓝色,仿佛是白昼的蓝天褪去时被粘下了一小片,总统仰头仔细观察天空中的那个蓝色半圆,一旦集中注意力,他那敏锐的观察力就表现出来了。他伸出一根手指,用它作为一把尺子量着这个蓝月亮,说:"它在扩大。"

他们三个都仰头目不转睛地盯着看,不再顾及是否惊动了别人,两边和后面的国家元首们都注意到了他们的动作,有更多的人抬头向那个方向看,露天舞台上乐队调试乐器的声音戛然而止。

这时已经可以肯定那个蓝色的半球不是月亮,因为它的直径已膨胀到月亮的一倍左右,它的另一个处在黑暗中的半球上可以看清一些细节,人们发现它的表面并非全部都是蓝色,还有一些黄褐色的区域。

"天啊,那不是北美洲吗?!"有人惊叫。他是对的,人们看

| 深空

到了那熟悉的大陆形状,它此时正处在球体明亮与黑暗的交界处。不知是否有人想到,这与他们现在所处的位置是一致的,接着,人们又认出了亚洲大陆,认出了北冰洋和白令海峡……

"那是……是地球!"

A国总统收回了手指,这时太空中蓝色球体的膨胀不借助参照物也能看出来,它的直径现在至少三倍于月球了!开始,人们都觉得它像太空中被很快吹胀的一个气球,但人群中的又一声惊呼立刻改变了人们的这个想象。

"它在掉下来!"

这话给人们看到的景象提供了一个合理的解释,不管是否正确,他们都立刻对眼前发生的事有了新的感觉:太空中的另一个地球正在向他们砸下来!那个蓝色的球体在逼近,它已经占据了三分之一的天空,其表面的细节可以看得更清楚了,褐色的陆地上布满了山脉的皱纹,一片片云层好像是紧贴着大陆的残雪,云层在大地上投下的影子给它们镶上了一圈黑边;北极也有一层白色,它的某些部分闪闪发光,那不是云,是冰层;在蔚蓝色的海面上,有一个旋涡状的物体,懒洋洋地转动着,雪白雪白的,看上去柔弱而美丽,像一朵贴在晶莹蓝玻璃瓶壁上的白绒花,那是一处刚刚形成的台风……当那蓝色的巨球占据了一半天空时,几乎在同一时刻,人们的视觉再次发生了奇妙的变化。

"天啊,我们在掉下去!"

这感觉的颠倒是在一瞬间发生的,这个占据半个天空的巨球表面突然产生了一种高度感,人们感觉脚下的大地已不存在,自己处于高空中,正向那个地球掉下去,掉下去。

那个地球表面可以看得更细了,在明暗分界线黑暗一侧的不远处,视力好的人可以看到一条微弱的荧光带,那是 A 国东海岸城市的灯光,其中较为明亮的一小团就是 N 市,是他们所在的地方。来自太空的地球迎面扑来,很快占据了三分之二的天空,两个地球似乎转眼间就要相撞了,人群中传出一两声惊叫,许多人恐惧地闭上了双眼。

就在这时,一切突然静止,天空中的地球不再下落,或者脚下的地球不再向它下坠。这个占据三分之二天空的巨球静静地悬在上方,大地笼罩在它那蓝色的光芒中。

这时,市区传来喧闹声,骚乱开始出现了。但草坪上的人们毕竟是人类中在意外事变面前神经最坚强的一群,面对这噩梦般的景象,他们很快控制住自己的惊慌,默默思考着。

"这是一个幻象。" GA 秘书长说。

"是的,"C 国主席说,"如果它是实体,应该能感觉到它的引力效应,我们离海这么近,这里早就被潮汐淹没了。"

"远不是潮汐的问题了,"R 国总统说,"两个地球的引力足以相互撕碎对方了。"

"事实上,物理定律不允许两个地球这么待着!"J 国首相说。他接着转向 C 国主席:"在那个地球出现前,你谈到了我们上方出现了南半球的星空。这与现在发生的事有什么联系吗?"他这么说,等于承认了刚才偷听了别人的谈话,但现在也顾不了这么多了。

"也许我们马上就能得到答案!"A 国总统说,他这时正拿着一部手机说着什么,旁边的国务卿告诉大家,总统正在与国际空间

| 深空

站联系。于是,所有人都把期待的目光聚焦在他身上.总统专心地听着手机,几乎不说话,草坪陷入一片寂静之中。在天空中另一个地球的蓝光里,人们像一群虚幻的幽灵。就这么等了约两分钟,总统在众人的注视下放下手机,登上一把椅子,大声说:"各位,事情很简单,地球的旁边出现了一面大镜子!"

## 二 镜子

　　它就是一面大镜子,很难再被看成别的什么东西。它的表面对可见光进行毫无衰减、毫不失真的全反射,也能反射雷达波。这面宇宙巨镜的面积约100亿平方千米,如果拉开足够距离看,镜子和地球,就像一个棋盘正中放着一枚棋子。

　　本来,对于"奋进号"上的宇航员来说,得到这些初步的信息并不难,他们中有一名天文学家和一名空间物理学家。他们还可以借助包括国际空间站在内的所有太空设施进行观测,但航天飞机险些因他们暂时的精神崩溃而坠毁,国际空间站是最完备的观测平台,但它的轨道位置不利于对镜子的观测,因为镜子悬于地球北极上空约450千米高度,其镜面与地球的自转轴几乎垂直。而此时,"奋进号"航天飞机已变轨至一条通过南北极上空的轨道,以完成一项对极地上空臭氧空洞的观测,它的轨道高度为280千米,正从镜子与地球之间飞过。

　　那情形真是一场噩梦,航天飞机在两个地球之间爬行,仿佛飞行在由两道蓝色的悬崖构成的大峡谷中。驾驶员坚持认为这是幻觉,是他在 3000 小时的歼击机飞行中遇到过两次的倒飞幻觉（注：一种飞行幻觉，飞行员在幻觉中误认为飞机在倒飞）。但指令长坚持认为确实有两个地球，并命令根据另一个地球的引力参数调整飞行轨道，那名天文学家及时阻止了他。当他们初步控制了自己的恐惧后，通过观测航天飞机的飞行轨道得知，如果按两个地球质量相等来调整轨道，"奋进号"此时已变成北极冰原上空的一颗火流星了。

宇航员们仔细观察那个没有质量的地球，目测可知，航天飞机距那个地球要远许多，但它的北极与这个地球的北极好像没有什么不同，事实上它们太相像了，宇航员们看到，在两个地球的北极点上空都有一道极光，这两道长长的暗红色火蛇在两个地球的同一位置以完全相同的形状缓缓扭动着。后来他们终于发现了一件这个地球没有的东西，那个零质量地球上空有一个飞行物，通过目测他们判断那个飞行物是在零质量地球上空约 300 千米的轨道上运行，他们用机载雷达探测它，想得到它精确的轨道参数，但雷达波在 100 多千米处像遇到一堵墙一样弹了回来，零质量地球和那个飞行物都在墙的另一面。指令长透过驾驶舱的舷窗用高倍望远镜观察那个飞行物，看到那也是一架航天飞机，它正沿低轨道越过北极的冰海，看上去像一只在蓝白相间的大墙上爬行的蛾子。他注意到，在那架航天飞机的前部舷窗里有一个身影，看得出那人正举着望远镜向这里看，指令长挥挥手，那人也挥挥手。

于是，他们得知了镜子的存在。

航天飞机改变轨道。向上沿一条斜线向镜子靠近，一直飞到距镜子 3 千米处，在视距 6 千米远处，宇航员们可以清楚看到"奋进号"在镜子中的映像，尾部发动机喷出的火光使它像一只缓缓移动的萤火虫。

## 深空

一名宇航员进入太空，去进行人类同镜子的第一次接触。太空服上的推进器拉出一道长长的白烟。宇航员很快越过了这3千米距离，他小心翼翼地调整着推进器的喷口，最后悬浮在与镜子相距10米左右的位置，在镜子中，他的映像异常清晰，毫不失真，由于宇航员是在轨道上运行，而镜子与地球处于相对静止的状态，所以宇航员与镜子之间有高达每秒10米的相对速度，他实际上是在闪电般掠过镜子表面，但镜子上丝毫看不出这种运动。

这是宇宙中最光滑、最光洁的表面了。

在宇航员减速时，曾把推进器的喷口长时间对着镜子，苯化物推进剂形成的白雾向镜子飘去。以前在太空行走中，当这种白雾接触航天飞机或空间站的外壁时，会立刻在上面留下一片由霜构成的明显的污痕，他由此断定，白雾也会在镜子上留下痕迹，由于相互间的高速运动，这痕迹将是长长的一道，就像他童年时常用肥皂在浴室的镜子上划出的一样，但航天飞机上的人没有看到任何痕迹，那白雾接触镜面后就消失了，镜面仍是那样令人难以置信的光洁。

由于轨道的形状，航天飞机和这名宇航员能与镜子这样近距离接触的时间不多，这就使宇航员焦急地做下一件事。得知白雾在镜面上消失，几乎是下意识的，他从工具袋中掏出一把空心扳手，向镜子掷过去，扳手刚出手，他和航天飞机上的人都惊呆了他们这才意识到扳手与镜面之间的相对速度。这速度使扳手具有一颗重磅炸弹的威力。他们恐惧地看着扳手翻滚着向镜面飞去，恐惧地想象着在接触的一瞬间，蛛网般致密的裂纹从接触点放射状地在镜面上闪电般扩散，巨镜化为亿万片在阳光中闪烁的小碎片，在漆黑的太空中形成一片耀眼的银色云海……但扳手接触镜面后立刻消失了，没有留下一丝痕迹，镜面仍光洁如初。

其实，很容易得知镜子不是实体，没有质量，否则它不可能以与地球相对静止的状态悬浮在北半球上空（按它们的大小比例，更准确的说法应该使地球悬浮在镜面的正中）。镜子不是实体，而是一种力场类的东西，刚才与其接触的白雾和扳手证明了这一点。

宇航员小心地开动推进器，喷口的微调装置频繁的动作，最后使他与镜面距离缩短为半米。他与镜子中的自己面对面地对视着，再次惊叹映像的精确，那是现实的完美拷贝，给人的感觉比现实还要精细。他抬起一只手，向前伸去，与镜面中的手相距不到一厘米的距离，几乎结合到一起。耳机中一片寂静，指令长并没有制止他，他把手向前推去，手在镜面下消失了，他与镜中人的两条胳膊从手腕连在一起，他的手在这个接触过程中没有任何感觉。他把手抽回来，举在眼前仔细看，太空服手套完好无损，也没有任何痕迹。

宇航员和下面的航天飞机正在飘离镜面，他们只能不断地开动发动机和推进器保持与镜面的近距离，但由于飞行轨道的形状，飘离越来越远，很快将使这种修正成为不可能，再次近距离只能等绕地球一周转回来时，那时谁知道镜子还在不在。想到这里，他下定决心，启动推进器，径直向镜面冲去。

宇航员看到镜中自己的映像扑面而来，最后，映像中的太空服头盔上那个大水银泡似的单向反射面罩充满了视野。在与镜面相撞的瞬间，他努力使自己没有闭上双眼。相撞时没有任何感觉，这一瞬间后，眼前的一切消失了，空间黑了下来，他看到了熟悉的银河星海。他猛地回头，在下面也是完全一样的银河映像，映像是从下向上看，只能看到他的鞋底，他和映像身上的两个推进器喷出的两片白雾平滑地连接在一起。

他已穿过了镜子，镜子的另一面仍然是镜子。

## 深空

在他冲向镜子时，耳机中响着指令长的声音，但穿过镜面后，这声音像被一把利刃切断了，这是镜子挡住了电波，更可怕的是镜子的这一面看不到地球，周围全是无际的星空，宇航员感到自己被隔离在另一个世界，心中一阵恐慌。他调转喷口，刹住车后向回飞去。这一次，他不像来时那样使身体与镜面平行，而是与镜面垂直，头朝前像跳水那样向镜面飘去。在即将接触镜面前，他把速度降到了很低，与镜中的映像头顶头地连在一起，在他的头部穿过镜子后，他欣慰地看到了下方蓝色的地球，耳机中也响起了指令长熟悉的声音。

他把飘行的速度降到零，这时，他只有胸部以上的部分穿过了镜子，身体的其余部分仍在镜子的另一面，他调整推进器的喷口方向，开始后退，这使得仍在镜子另一面的喷口喷出的白雾溢到了镜子这一面，白雾从他周围的镜面冒出，他仿佛是在沉入一个白雾缭绕的平静湖面。当镜面升到鼻子高度时，他又发现了一件令人吃惊的事：镜面穿过了太空服头盔的面罩，充满了他的脸和面罩间的这个月牙形的空间，他向下看，这个月牙形的镜面映照他那惊恐的瞳孔，镜面一定整个切穿了他的头颅，但什么也感觉不到，他把飘行速度减到最低，比钟表的秒针快不了多少，一毫米一毫米地移动，终于使镜面升到自己的瞳仁正中。这时，镜子从视野中完全消失了，周围的一切都恢复原状：一边是蓝色的地球，另一边是灿烂的银河，但这个他熟悉的世界只存在了两三秒钟，飘行的速度不可能完全降到零，镜面很快移到了他双眼的上方，一边的地球消失了，只剩下另一边的银河，在眼睛的上方，是挡住地球的镜面，一望无际，伸向十几万千米的远方，由于角度极偏，镜面反射的星空图像在他眼中变了形，成了这镜面平原上的一片银色光晕。他将推进器反向，向相反的方向飘去，使镜面向眼睛降下来，在镜面通过瞳仁的瞬间，镜子再次消失,地球和银河再次出现,这之后,银河消失,地球出现了。镜子移到了眼睛的下方,镜面平原上的光晕变成了蓝色的,他就这样以极慢的速度来回漂移着,使瞳仁在镜面两侧浮动,感到自己仿佛穿行于隔开两个世界的一张薄膜间。经过反复努力,他终于使镜面较长时间地停留在瞳仁正中,镜子消失了,他睁大双眼,想从镜面所在的位置看到一条细细的直线,但什么也看出来。

"这东西没有厚度!"他惊叫。

"也许它只有几个原子那么厚,你看不到而已,这也是它的到来没有被地球觉察的原因,如果它以边缘对着地球飞来,就不可能被发现。"航天飞机上的人评论说,他们在看传回的图像。

但最让他们震惊的是:这面可能只有几个原子的厚度,但面积有上百个太平洋大的镜子,竟绝对平坦,以至于镜面与视线平行完全看不到它,这是古典几何学世界中的理想平面。

由绝对平坦可以解释它绝对的光洁,这是一面理想的镜子。

在宇航员们心中,孤独感开始压倒了震惊和恐惧,镜子使宇宙变得陌生了,他们仿佛是一群刚出生就被抛在旷野的婴儿,无力地面对着不可思议的世界。

这时,镜子说话了。


## 三　音乐家

"我是一名音乐家,"镜子说,"我是一名音乐家。"

这是一个悦耳的男音,在地球的整个天空响起,所有的人都听

| 深空

得到。一时间,地球上熟睡的人都被惊醒,醒着的人则都如塑像般呆住了。

镜子接着说:"我看到了下面在举行一场音乐会,观众是能够代表这颗星球文明的人,你们想与我对话吗?"

元首们都看着秘书长,他一时茫然不知所措。

"我有事情要告诉你们。"镜子又说。

"你能听到我们说话吗?"秘书长试探着说。

镜子立即回答:"当然能。如果愿意,我可以分辨出下面的世界里每个细菌发出的声音,我感知世界的方式与你们不同,我能同时观察每个原子的旋转。我的观察还包括时间维,可以同时看到事物的历史,而不像你们,只能看到时间的一个断面,我对一切明察秋毫。"

"那我们是如何听到你的声音的呢?"A国总统问。

"我在向你们的大气发射超弦波。"

"超弦波是什么?"

"一种从原子核中解放出来的相互作用力,它振动着你们的大气,如同一只大手拍动着鼓膜,于是你们听到了我的声音。"

"你从哪里来?"秘书长问。

"我是一面在宇宙中流浪的镜子,我的起源地在时间和空间上都太遥远,谈它已无意义。"

"你是如何学会英语的?"秘书长问。

"我说过,我对一切明察秋毫。这里需要声明,我讲英语,是因为听到这个音乐会上的人们在交谈中大都用这种语言,这并不代表我认为下面的世界里某些种族比其他种族更优越,这个世界没有通用语言,我只能这样。"

"我们有世界语,只是很少使用。"

"你们的世界语,与其说是为世界大同进行的努力,不如说是沙文主义的典型表现。凭什么世界语要以拉丁语系而不是这个世界的其他语系为基础?"

最后这句话在元首们中引起了极大的震动,他们紧张地窃窃私语起来。

"你对地球文明的了解让我们震惊。"秘书长由衷地说。

"我对一切明察秋毫。再说,彻底地了解一粒灰尘并不困难。"

A国总统看着天空说:"你是指地球吗?你确实比地球大得多,但从宇宙尺度来说,你的大小与地球是同一个数量级的,你也是一粒灰尘。"

"我连灰尘都不是。"镜子说,"很久很久以前我曾是灰尘,但现在我只是一面镜子。"

"你是一个个体,还是一个群体?"C国主席问。

"这个问题无意义。文明在时空中走过足够长的路时,个体和群体将同时消失。"

"镜子是你固有的形象呢,还是你许多形象中的一种?"E国首相问。秘书长把问题接下去:"就是说,你是否有意对我们显示出这样一个形象呢?"

"这个问题也无意义。文明在时空中走过足够长的路时,形式

| 深空

和内容将同时消失。"

"你对最后两个问题的回答我们无法理解。"A国总统说。

镜子没说话。

"你到太阳系来有目的吗?"秘书长问出了最关键的问题。

"我是一个音乐家,要在这里举行音乐会。"

"这很好!"秘书长点点头说,"人类是听众吗?"

"听众是整个宇宙,虽然最近的文明世界也要在百年后才能听到我的琴声。"

"琴声?琴在哪里?"克莱德曼在舞台上问。

这时,人们发现,占据了大部分天空的地球映像突然向东方滑去,速度很快。天空的这种变幻看上去很恐怖,给人一种天在塌下来的感觉,草坪上有几个人不由自主地捂住了脑袋。很快,地球映像的边缘已经接触了东方的地平线。几乎与此同时,一片光明突然出现,使所有人的眼睛一片晕花,什么都看不清了。当他们的视力恢复后,看到太阳突然出现在刚才的地球映像腾出来的天空中,灿烂的阳光瞬间洒满大地,周围的世界毫发毕现,天空在瞬间由漆黑变成明亮的蔚蓝。地球的映像仍然占据东半部天空,但上面的海洋已与蓝天融为一体,大陆像是天空中一片片褐色的云层。这突然的变化使所有人目瞪口呆。过了好一会儿,秘书长的一句话才使大家对这不可思议的现实多少有了一些把握。

"镜子倾斜了。"

是的,太空中的巨镜倾斜了一个角度,使太阳也进入了映像,把它的光芒反射到地球这黑夜的一侧。

"它转动的速度真快!"C国主席说。

秘书长点点头:"是的,想想它的大小,以这样的速度转动,它的边缘可能已经接近光速了!"

"任何实体物质都不可能经受这样的转动所产生的应力,它只是一个力场,这已被我们的宇航员证明了。所谓力场,接近光速的运动是很正常的。"A国总统说。

这时,镜子说话了:"这就是我的琴,我是一名恒星演奏家,我将演奏太阳!"

这气势磅礴的话把所有的人都镇住了,元首们呆呆地看着天空中太阳的映像,好一阵儿才有人敬畏地问怎样演奏。

"各位一定知道,你们使用的乐器大多有一个音腔,它们是由薄壁所包围的空间区域,薄壁将声波来回反射,这样就将声波禁锢在音腔内,形成共振,发出动听的声音。对电磁波来说恒星也是一个音腔,它虽没有有形的薄壁,但存在对电磁波的传输速度梯度,这种梯度将折射和反射电磁波,将其禁锢在恒星内部,产生电磁共振,奏出美妙的音乐。"

"那这种琴声听起来是什么样子呢?"克莱德曼向往地看着天空问。

"在九分钟前,我在太阳上试了试音。现在,琴声正以光速传来。当然,它是以电磁形式传播的,但我可以用超弦波在你们的大气中把它转换为声波,请听……"

天空中几声空灵悠长的声音,很像钢琴的声音。这声音有一种魔力,一时攫住了所有的人。

"从这声音中,你感到了什么?"秘书长问C国主席。

| 深空

主席感慨地说:"我感到了整个宇宙变成了一座大宫殿,一座有200亿光年高的宫殿,这声音在宫殿中缭绕不止。"

"听到这声音,您还否认上帝的存在吗?"A国总统问。

主席看了总统一眼说:"这声音来自于现实的世界。如果现实世界就能够产生出这样的声音,上帝就变得更无必要了。"

## 四　节拍

"演奏马上就要开始了吗?"秘书长问。

"是的,我在等待节拍。"镜子回答。

"节拍?"

"节拍在四年前就已启动,它正以光速向这里传来。"

这时,天空发生了惊人的变化,地球和太阳的映像消失了,代之以一片明亮的银色波纹,这波纹跃动着,盖满了天空,地球仿佛沉于一个超级海洋中,天空就是从水下看到的阳光照耀下的海面。

镜子解释说:"我现在正在阻挡着来自外太空的巨大辐射,我没有完全反射这些辐射,你们看到有一小部分透了过去,这辐射来自一颗四年前爆发的超新星。"

"四年前?那就是人马座了。"有人说。

"是的,人马座比邻星。"

"可是据我所知,那颗恒星完全不具备成为超新星的条件。"C国主席说。

"我使它具备了。"镜子淡淡地说。

那就是说,镜子选定太阳为乐器后立刻引爆了比邻星,从镜子刚才对太阳试音的情形看,它显然具有超空间的作用能力,这种能力使它能在一个天文单位的距离之外弹奏太阳,但对四光年之遥的恒星,它是否仍具有这种能力还不得而知。镜子引爆比邻星可能通过两种途径:在太阳系通过超空间作用,或者通过空间跳跃在短时间内到比邻星附近引爆它,再次跳跃回到太阳系。不管通过哪种方式,对人类来说这都是神的力量。但不管怎样,超新星爆发的光线仍然要经过四年时间才能到达太阳系。镜子说过演奏太阳的乐声是以电磁波形式传向宇宙的,那么对于这个超级文明来说,光速就相当于人类的声速,光波就是他们的声波,那他们的光是什么呢?人类永远不得而知。

"对你操纵物质世界的能力,我们深感震惊。"A国总统敬畏地说。

"恒星是宇宙荒漠的石块,是我的世界中最普通的东西。我使用恒星,有时把它当作一件工具,有时是一件武器,有时是一件乐器……现在我把比邻星做成了节拍器,这与你们的祖先使用石块没什么本质的区别,都是用自己世界中最普通的东西来扩大和延伸自己的能力。"

然而草坪上的人们看不出这两者有什么共同点,他们放弃与镜子在技术上进行沟通的尝试,人类离理解这些还差得很远,就像蚂蚁离理解国际空间站差得很远一样。

天空中的光波开始暗下来,渐渐地,人们觉得照着上面这个巨大海面的不是阳光而是月光了,超新星正在熄灭。

| 深空 ——

　　秘书长说:"如果不是镜子挡住了超新星的能量,地球现在可能已经是一个没有生命的世界了。"

　　这时天空中的波纹已经完全消失了,巨大的地球映像重现,仍占据着大部分夜空。

　　"镜子说的节拍在哪里?"克莱德曼问,这时他已从舞台上下来,与元首们站在一起。

　　"看东面!"这时有人喊了一声。人们发现东方的天空中出现了一条笔直的分界线,这条线横贯整个天空。分界线两侧的天空是两个不同的镜像:分界线西面仍是地球的映像,但它已被这条线切去了一部分;分界线东面则是灿烂的星空。有很多人都看出来了,这是北半球应有的星空,不是南半球星空的映像。分界线在由东向西庄严地移动,星空部分渐渐扩大,地球的映像正在由西向东被抹去。

　　"镜子在飞走!"秘书长喊道。人们很快知道他是对的。镜子在离开地球上空,它的边缘很快消失在西方的地平线下,人们又站在了他们见过无数次的正常的星空下。这以后人们再也没有见到过镜子,它也许飞到它的琴——太阳附近了。

　　草坪上的人们带着一丝欣慰看着周围他们熟悉的世界,星空依旧,城市的灯火依旧,甚至草坪上嫩芽的芳香仍飘散在空气中。

　　节拍出现。

　　白昼在瞬间降临,蓝天突现,灿烂的阳光洒满大地,周围的一切都明亮凸显出来;但这白昼只持续了一秒钟就熄灭了,刚才的夜又恢复了,星空和城市的灯光再次浮现,这夜也只持续了一秒钟,白昼再次出现,一秒钟后又是黑夜;然后,白昼、夜、白昼、夜、白昼、夜……以与脉搏相当的频率交替出现,仿佛世界是两片切不断的幻灯片映出的图像。

这是白昼与黑夜构成的节拍。

人们抬头仰望,立刻看到了那颗闪动的太阳,它没有大小,只是太空中一个刺目的光点。"脉冲星。"C 国主席说。

这是超新星的残骸,一颗旋转的中子星。中子星那致密的表面有一个裸露的热斑,随着星体的旋转,中子星成为一座宇宙灯塔,热斑射出的光柱旋转着扫过广漠的太空,当这光柱扫过太阳系时,地球的白昼就短暂地出现了。

秘书长说:"我记得脉冲星的频率比这快得多,它好像也不发出可见光。"

A 国总统用手半遮着眼睛,艰难地适应着这疯狂的节拍世界:"频率快是因为中子星聚集了原恒星的角动量,镜子可以通过某种途径把这些角动量消耗掉;至于可见光嘛……你们真认为镜子还有什么做不到的事?"

"但有一点,"C 国主席说,"没有理由认为宇宙中所有生物的生命节奏都与人类一样,它们的音乐节拍的频率肯定各不相同。比如镜子,它的正常节拍频率可能比我们最快的电脑主频都快……"

"是的,"总统点点头,"也没有理由认为它们可视的电磁波段都与我们的可见光相同。"

"你们是说,镜子是以人类的感觉为基准来演奏音乐的?"秘书长吃惊地问。

C 国主席摇摇头说:"我不知道,但肯定要有一个基准的。"

脉冲星强劲的光柱庄严地扫过冷寂的太空,像一根长达 40 万亿

深空

千米、还在以光速不断延长的指挥棒。在这一端,太阳在镜子无形手指的弹拨下,发出浑厚的、以光速向宇宙传播的电磁乐音,太阳音乐会开始了。

## 五 太阳音乐

一阵沙沙声,像是电磁噪声干扰,又像是无规则的海浪冲刷海滩的声音,从这声音中有时能听出一丝荒凉和广漠,但更多的是混沌和无序。这声音一直持续了十多分钟,毫无变化。

"我说过,我们无法理解他们的音乐。"R国总统打破沉默说。

"听!"克莱德曼用一根手指指着天空说,其他的人过了好一会儿才听出了他那经过训练的耳朵听到的旋律,那是结构最简单的旋律,只由两个音符组成,好像是钟表的一声嘀嗒,这两个音符不断出现,但有很长的间隔。后来,又出现了另一个双音符小节,然后出现了第三个、第四个……这些双音符小节在混沌的背景上不断浮现,像一群暗夜中的萤火虫。

一种新的旋律出现了,它有四个音符。人们都把目光转向克莱德曼,他在注意地听着,好像感觉到了些什么,这时四音符小节的数量也增加了。

"这样吧,"他对元首们说,"我们每个人记住一个双音符小节。"于是大家注意听着,每人努力记住一个双音符小节,然后凝神等着它再次出现以巩固自己的记忆。过了一会儿,克莱德曼又说:"好啦,现在注意听一个四音符小节。得快些,不然乐曲越来越复杂,我们就什么也听不出来了……好,就这个,有人听出什么来了吗?"

"它的前一半是我记住的那一对音符!"B国元首高声说。

"后一半是我记住的那一对!"N国元首说。

人们接着发现,每个四音符小节都是由前面两个双音符小节组成的。随着四音符小节数量的增多,双音符小节的数量也在减少,似乎前者在消耗后者。再后来,八音符小节出现了,结构与前面一样,是由已有的两个四音符小节合并而成的。

"你们都听出了什么?"秘书长问周围的元首们。

"在闪电和火山熔岩照耀下的原始海洋中,一些小分子正在聚合成大分子……当然,这只是我完全个人化的想象。"C国主席说。

"想象请不要拘泥于地球,"A国总统说,"这种分子的聚集也许是发生在一片映射着恒星光芒的星云中,也许正在聚集组合的不是分子,而是恒星内部的一些核能旋涡……"

这时,一个多音符旋律以高音凸现出来,它反复出现,仿佛是这昏暗的混沌世界中一道明亮的小电弧。"这好像是在描述一个质变。"C国主席说。

一个新的乐器的声音出现了,这连续的弦音很像小提琴发出的,它用另一种柔美的方式重复着那个凸现的旋律,仿佛是后者的影子。

"这似乎在表现某种复制。"R国总统说。

连续的旋律出现了,是那种类似小提琴的乐音。它平滑地变幻着,好像是追踪着某种曲线运动的目光。E国首相对C国主席说:"如果按照您刚才的思路,现在已经有某种东西在海中游动了。"

不知不觉中,背景音乐开始变化了,这时人们几乎忘记了它的存在。它从海浪声变幻为起伏的沙沙声,仿佛是暴雨在击打着裸露

> 深空

的岩石；接着又变了，变成一种与风声类似的空旷的声音。A国总统说："海上的游动者在进入新环境，也许是陆上，也许是空中。"

所有的乐器突然一声短暂的齐奏，形成了一声恐怖的巨响，好像是什么巨大的实体轰然倒塌。然后，一切戛然而止。只剩下开始那种海浪似的背景声在荒凉地响着。然后，那简单的双音节旋律又出现了，又开始了缓慢而艰难的组合，一切重新开始……

"我敢肯定，这描述了一场大灭绝，现在我们听到的是灭绝后的复苏。"

又经过漫长而艰难的过程，海中的游动者又开始进入世界的其他部分。旋律渐渐变得复杂而宏大，人们的理解也不再统一。有人想到一条大河奔流而下，有人想到广阔的平原上一支浩荡队伍在跋涉，有人想到漆黑的太空中向黑洞涡旋而下的滚滚星云。

但大家都同意，这是在表现一个宏伟的进程，也许是进化的进程。这一乐章很长，不知不觉一个小时过去了，音乐的主题终于发生了变化。旋律渐渐分化成两个，这两个旋律在对抗和搏斗，时而疯狂地碰撞，时而扭缠在一起……

"典型的贝多芬风格。"克莱德曼评论说。这之前很长时间人们都沉浸在宏伟的音乐中没有说话。

秘书长说："好像是一支在海上与巨浪搏斗的船队。"

A国总统摇了摇头："不，不是的。您应该能听出这两种力量没有本质的不同，我想是在表现一场蔓延到整个世界的战争。"

"我说，"一直沉默的J国首相插进来说，"你们真的认为自己能够理解外星文明的艺术？也许你们对这音乐的理解，只是牛对琴的理解。"

克莱德曼说:"我相信我们的理解基本上正确。宇宙间通用的语言,除了数学可能就是音乐了。"

秘书长说:"要证实这一点也许并不难,我们能否预言下一乐章的主题或风格?"

经过稍稍思考,C国主席说:"我想下面可能将表现某种崇拜,旋律将具有森严的建筑美。"

"您是说像巴赫?"

"是的。"

果然如此,在接下来的乐章中,听众们仿佛走进一座高大庄严的教堂,听着自己的脚步在这宏伟的建筑内部发出空旷的回声,对某种看不见但无所不在的力量的恐惧和敬畏压倒了他们。

再往后,已经演化得相当复杂的旋律突然又变得简单了,背景音乐第一次消失了,在无边的寂静中,一串清脆短促的打击声出现了。一声,两声,三声,四声……然后,一声,四声,九声,十六声……一条条越来越复杂的数列穿梭而过。

有人问:"这是在描述数学和抽象思维的出现吗?"

接下来音乐变得更奇怪了,出现了由小提琴奏出的许多独立的小节,每小节由三到四个音符组成,各小节中音符都相同,但其音程的长短出现各种组合,还出现一种连续的滑音,它渐渐升高然后降低,最后回到起始的音高。人们凝神听了很长时间,G国元首说:"这,好像是在描述基本的几何形状。"人们立刻找到了感觉,他们仿佛看到在纯净的空间中,一群三角形和四边形匀速地飘过,至于那种滑音,让人们看到了圆、椭圆和完美的正圆……渐渐地,旋律开始出现变化,表示直线的单一音符都变成了滑音。但根据刚才

| 深空

乐曲留下的印象，人们仍能感觉到那些飘浮在抽象空间中的几何形状，但这些形状都被扭曲了，仿佛浮在水面上。

"时空的秘密被发现了。"有人说。

下一个乐章是以一个不变的节奏开始的，它的频率与脉冲星打出的由昼与夜构成的节拍相同，好像音乐已经停止了，只剩下节拍在空响。但很快，另一个不变的节奏也加入进来，频率比前一个稍快。之后，不同频率的不变的节奏在不断地加入，最后出现了一个气势磅礴的大合奏。但在时间轴上，乐曲是恒定不变的，像一堵平坦的声音高墙。

对这一乐章，人们的理解惊人的一致："一部大机器在运行。"

后来，出现了一个纤细的旋律，如银铃般晶莹地响着，如梦幻般变幻不定，与背后那堵呆板的声音之墙形成鲜明对比，仿佛是飞翔在那部大机器里的一个银色小精灵。这个旋律仿佛是一滴小小的但强有力的催化剂，在钢铁世界中引发了奇妙的化学反应，那些不变的节奏开始波动变幻，大机器的粗轴和巨轮渐渐变得如橡皮泥般柔软，最后，整个合奏变得如那个精灵旋律一样轻盈而有灵气。

人们议论纷纷，"大机器具有智能了！""我觉得，机器正在与它的创造者相互接近……"

太阳音乐在继续，已经进行到一个新的乐章了。这是结构最复杂的一个乐章，也是最难理解的一个乐章。它首先用类似钢琴的声音奏出一个悠远空灵的旋律，然后以越来越复杂的合奏不断地重复演绎这个主题，每次重复演绎都使得这个主题在上次的基础上变得更加宏大。

在这种重复进行了几次后，C 国主席说："以我的理解，是这样的：一个思想者站在一个海岛上，用他深邃的头脑思索着宇宙，镜头向上升，思想者在镜头的视野中渐渐变小，当镜头从空中把整个海岛都纳入视野后，思想者像一粒灰尘般消失了；镜头继续上升，海岛在渐渐变小，镜头升出了大气层，在太空中把整个行星纳入视野，海岛像一粒灰尘般消失了；太空中的镜头继续远离这颗行星，把整个行星系纳入视野，这时，只能看到行星系的恒星，它在漆黑的太空中看去只有台球般大小，孤独地发着光，而那颗有海洋的行星，也像一粒灰尘般消失了……"A国总统聆听着音乐，接着说："镜头以超光速远离，我们发现在我们的尺度上空旷而广漠的宇宙，在更大的尺度上却是一团由恒星组成的灿烂的尘埃，当整个银河系进入视野后，那颗带着行星的恒星像一粒灰尘般消失了；镜头接着跳过无法想象的距离，把一个星系团纳入视野，眼前仍是一片灿烂的尘埃，但尘埃的颗粒已不再是恒星而是恒星系了……"秘书长接着说："这时银河系像一粒灰尘般消失了，但终点在哪儿呢？"

草坪上的人们重新把全身心沉浸在音乐中，乐曲正在达到它的顶峰：在音乐家强有力的思想推动下，那个拍摄宇宙的镜头被推到了已知的时空之外，整个宇宙都被纳入视野，那个包含着银河系的星系团也像一粒灰尘般消失了。人们凝神等待着终极的到来，宏伟的合奏突然消失了，只有开始那种类似钢琴的声音在孤独地响着，空灵而悠远。

"又返回到海岛上的思想者了吗？"有人问。

克莱德曼倾听着摇了摇头："不，现在的旋律与那时完全不同。"

这时，全宇宙的合奏再次出现，不久停了下来，又让位于钢琴独奏。这两个旋律就这样交替出现，持续了很长时间。

克莱德曼凝神听着，突然恍然大悟："钢琴是在倒着演奏合奏

|深空 ——

的旋律！"

C国主席点点头："或者说，它是合奏的镜像。哦，宇宙的镜像，这就是镜子了。"

音乐显然已近尾声，全宇宙合奏与钢琴独奏同时进行。钢琴精确地倒奏着合奏的每一处，它的形象凸现在合奏的背景上，但两者又那么和谐。

C国主席说："这使我想起了一个现代建筑流派，叫光亮派，为了避免新建筑对周围传统环境的影响，就把建筑的表面全部做成镜面，使它通过反射来与周围达到和谐，同时也以这种方式表现了自己。"

"是的，当文明达到了一定的程度，它也可能通过反射宇宙来表现自己的存在。"秘书长若有所思地说。

钢琴突然由反奏变为正奏，这样它立刻与宇宙合奏融为一体，太阳音乐结束了。

## 六　欢乐颂

镜子说："一场完美的音乐会，谢谢欣赏它的所有人类。好，我走了。"

"请等一下！"克莱德曼高喊一声，"我们有一个最后的要求：你能否用太阳弹奏一首人类的音乐？"

"可以，哪一首呢？"

元首们互相看了看。"弹贝多芬的《命运》吧。"M 国总理说。

"不,不应该是《命运》,"A 国总统摇摇头说,"现在已经证明,人类不可能扼住命运的喉咙,人类的价值在于:我们明知命运不可抗拒,死亡必定是最后的胜利者,却仍能在有限的时间里专心致志地创造着美丽的生活。"

"那就唱《欢乐颂》吧。"C 国主席说。

镜子说:"你们唱吧,我可以通过太阳把歌声向宇宙传播出去。我保证,音色会很好的。"

草坪上这 200 多人唱起了《欢乐颂》,歌声通过镜子传给了太阳,太阳再次震动起来,把歌声用强大的电磁脉冲传向太空的各个方向。

欢乐啊,美丽神奇的火花,
来自极乐世界的女儿,
天国之女啊,我们如醉如狂,
踏进了你神圣的殿堂。
被时光无情地分开一切,
你的魔力又把它们重新联结。

5 小时后,歌声将飞出太阳系;4 年后,歌声将到达人马座;10 万年后,歌声将传遍银河系;20 多万年后,歌声将到达最近的恒星系大麦哲伦星云;600 万年后,歌声将传遍本星系团的 40 多个恒星系;1 亿年之后,歌声将传遍本超星系团的 50 多个星系群;150 亿年后,歌声将传遍目前已知的宇宙,并向继续膨胀的宇宙传出去,如果那

| 深空 ——

时宇宙还膨胀的话。

> 在永恒的大自然里,
> 欢乐是强劲的发条,
> 在宏大的宇宙之钟里,
> 是欢乐,在推动着指针旋跳,
> 它催含苞的鲜花怒放,
> 它使艳阳普照苍穹。
> 甚至望远镜都看不到的地方,
> 它也在使天体转动不息。

歌唱结束后,音乐会的草坪上,所有人都陷入长时间的沉默,元首们都在沉思着。

"也许,事情还没到完全失去希望的地步,我们应该尽自己的努力。" C 国主席首先说。

A 国总统点点头:"是的,世界需要 GA。"

"与未来所能避免的灾难相比,我们各自所需做出的让步和牺牲是微不足道的。" R 国总统说。

"我们所面临的,毕竟只是宇宙中一粒沙子上的事,应该好办。" E 国首相仰望着星空说。

各国元首纷纷表示赞同。

"那么,各位是否同意延长本届 GA 大会呢?"秘书长满怀希望地问道。

"这当然需要我们同各自的政府进行联系,但我想问题应该不大。"A国总统微笑着说。

"各位,今天真是一个值得纪念的日子!"秘书长无法掩饰自己的喜悦,"现在,让我们继续听音乐吧!"

《欢乐颂》又响了起来。

镜子以光速飞离太阳,它知道自己再也不会回来,在那十几亿年的音乐家生涯中,他从未重复演奏过一个恒星。就像人类的牧羊人从不重掷同一块石子。飞行中,他听着《欢乐颂》的余音,那永恒平静的镜面上出现了一圈难以觉察的涟漪。

"嗯,是首好歌。"

谢云宁 ●外面的宇宙
梦想者

▎深空 ──●

## 引子

"梦想者"仍在向着前方无穷尽的未知突进。

此刻,他已抵达了银河系最边缘,这里的景致远比银河系中心来得荒凉空洞,稀薄的星际气流弥散着暗淡而苍白的光亮,一团团阴冷巨大的暗物质云盘桓其间,缓慢而肃穆地旋转着,宛如矗立在银河星系河畔苍老而嶙峋的界石。

在他视力所及、飞速掠过的星域中,那些稀疏、形态各异的古老星辰,与他目光接触的一刹,霎时从原本混沌、模糊、缥缈的状态中剥离,遽然显形……这一切恍如急遽摇曳在波光粼粼水面上的破碎倒影,在汹涌起伏中逐渐平复,最终定形。某种意义上,是他目光激起的涟漪勾勒出了这些星辰的面貌,进而塑造出了栩栩的历史。

就这样,银河系最后丝丝缕缕的光亮,回旋着,环绕着梦想者,但他没有停驻片刻,而是加速飞离了银河系。

渐渐地,银河系的力场远去了,但他能感受到,身后牵拽自己的那个柔和的力场正在以一种不易察觉的速度滋长。噢,那是整个银河系的能量在如冰川般迟缓凝聚——这一发现让他既欣慰又怅然。

可是这一刻的他无暇感伤，他截住游移不定的思绪，继续飞驰于空漠的虚空中，闪电般穿过前方一个个混沌未开的星系，亿万星辰只是匆匆一瞥……他已记不清楚自己这般飞驰了多少个世纪——漫长无尽的旅程已让他丧失了对于时间与空间的准确感觉，不过，他并未失去向前的方位感，以及那……最初的使命。

1979年，约翰·惠勒提出了著名的延迟选择思想实验：在浩瀚的宇宙中，我们认知星空的媒介即是来自遥远的星辰、覆盖各个频段的光子，这些光子逾越了迢迢星海，穿过复杂天体引力所构建的曲折幽深迷宫，方才抵达地球大气层，被人类的视网膜以及天文望远镜捕获到。这些携带信息的光子是否与单电子杨氏双缝实验的光子一样，最终抵达地球的路径也由人类的观察所决定？

2008年4月，约翰·惠勒在普林斯顿的家中去世，享年96岁。这一年欧阳初晴二十二岁，还在上海一所大学攻读理论物理学硕士学位的他，是从一份免费的地铁晨报上获知这一消息的——新闻的标题是"哥本哈根学派最后一位大师魂归量子世界"。那一刻，在挤挤挨挨的地铁车厢中，这个背挎行军包、体格瘦弱的年轻人，犹如被拥挤人流中的一股强电流穿过。他抬眼怔怔地望着车窗外飞逝的虚无的黢黑，过了良久，方才轻声地对自己说道：老船长走了。

## 上篇

2014年，5月的伦敦，温布利球场，足总杯决赛，宇宙背景辐射温度：2.7K。

| 深空 ——.

  二十八岁的欧阳初晴置身在一片深红色的海洋中，他正随着四周狂热无比的球迷高举起手臂，疯狂挥舞手中的红白相间的利物浦队围巾，尽情高呼，欣喜若狂。就在一分钟前，利物浦的马斯拉德，用一脚荡气回肠的禁区外重炮轰开了曼联队守门员小舒梅切尔的十指，将场上比分扳为了1∶1——此刻比赛已进入到最后的补时。

  接下来，利物浦与曼联——英国足坛著名的红军与红魔——不得不精疲力竭地展开了加时赛的搏杀。不知何时起，欧阳初晴耳畔回荡起了震耳欲聋的歌声，这是利物浦的球迷齐声高唱起了"我们永远不会独行……"，低沉而又充满力量感的歌声，犹如刺破乌云的透彻阳光，响彻整个温布利，"当你在风暴中前行，请高昂起你的头——"欧阳初晴也忘我地跟唱了起来，一种伟大、激越的情绪哽咽在他的胸口。

  在激昂的歌声中，三十分钟的加时赛很快过去了，两队拼尽力气，但最终，双方仍不得不接受互射点球的无奈结局。

  足球场上的点球对决，残酷得如同疯狂的俄罗斯轮盘，谁也不知道哪一方会在哪一轮轰然倒地。但这一次，四轮过后双方均是弹无虚发，四发四中。

  于是比赛进到入了最关键的第五轮，此时任何的闪失都将让己队之前的努力付诸东流。曼联第五个发球者是摩德里奇，只见这个以脚法细腻著称、气质忧郁的克罗地亚人缓步走向了发球点，在低头沉思片刻后，缓慢助跑，挥动左脚……

  足球又快又直地奔向了球门的右侧……然而，这回塞赫赌对了方向，他如一柄掷出的闪亮飞刀，提前纵身跃出，在电光火石间，用手指的最末端将来球微微推了一下。

足球急遽旋转着，偏离了初始轨道，重重撞上右门柱内侧，弹离了门框。

在一片排山倒海的欢呼声与叹息声中，身为多年利物浦球迷的欧阳初晴呆立在了原地。不知为何，他心中并没有涌起预期之中的狂喜，相反，他感到了一丝不安。第一次现场目睹点球决胜，这稍纵即逝间脆弱而残酷的偶然性，如此真实地呈现于他的眼前，撕裂着他的心，视野中，那个消瘦而孤独的身影，正黯然向回走着。

利物浦第五位罚球者，苏亚雷斯，面无表情地走向了罚球点。一旦他将球罚进，比赛将就此结束，象征英格兰足坛百年荣光的足总杯今年将归属利物浦，而此前摩德里奇的失误，也将固化为其职业生涯一个永久遗憾。

想到这里，欧阳初晴的心止不住剧烈地跳动起来，他闭上了双眼，眼前缤纷的斑斓、人潮鼎沸的看台、夏日的金色天空……一一隐去了，他濡湿的眼眶中，只留下阳光朦胧的碎片，突突地震颤；周遭的世界，则化作一种巨大而神秘的轰鸣声，紧紧笼罩着他。

苏亚雷斯会将球踢向球门哪个方向，左上？左下？右上？右下？抑或是射向中路的勺子射法？——种种可能性纠结在他的想象中，可实际上，在如此紧张的状况下，苏亚雷斯的选择更像是一次充满不确定性的赌博……

在潮水般涌起的惊呼声中，欧阳初晴恍然睁开了双眼，6：5的比分赫然呈现于球场一侧的电子显示屏上——利物浦胜出了。远处的绿茵场上，苏亚雷斯正与队友们激情相拥。

"苏亚雷斯的球怎么进的？"他侧头望着身旁兴奋得手舞足蹈的艾根——艾根是他同一实验室的师兄，苏格兰人，同样也是利物

| 深空

浦的死忠球迷。

"哈哈,我也说不上来,苏亚雷斯射出的足球就像我们实验中那些发生了衍射的光子,从各个方向同时穿过了小舒梅切尔。"艾根夸张地摊开双手,以他惯有的苏格兰幽默腔调高声调侃道。

欧阳初晴微微张开了嘴,想再追问下去,但他望着重新投入到欢呼中的艾根,最终还是没有开口,他迷惑地转头朝球场望去,在球场的中央,激动的利物浦球员高举起了银光闪闪的足总杯,绚烂的礼花四溅,比赛就此完美落幕……这个时刻,可怜的摩德里奇又在哪个无人角落独自品尝失败的苦涩呢?

这一切很像是他终日捣鼓的波函数方程,波动着,如浪花般坍塌……

从始至终,他都不曾知晓苏亚雷斯踢出的足球究竟是以怎样的方式越过小舒梅切尔的手指钻入球网,但他清楚最终的结果,因为结果确切无疑地凝固在了闪亮的电子显示屏之上。

同样地,在位于剑桥大学卡文迪什实验室的一座绿树荫掩的小阁楼上,自己正进行的实验中,他也弄不清那一簇簇光子究竟从哪一条真实的路径完成了飞翔,但是他知道,当每粒光子坠落进接收者罗依的瞳孔,在她大脑神经元的海洋激起微澜的一瞬,它们的过去就被骤然决定了……

"欧阳,你又走神了——"一个娇嗔的声音从身旁传来,猛然将欧阳初晴从沉思中唤醒。

是罗依,她已经完成了实验,正睁大着澄亮的蓝眼睛望着自己,她是导师的女儿,一位个性率真的英国女孩。就读于美术系的她是来实验室客串实验对象的。"快给我瞧瞧,我的大脑究竟发生了什么变化？"罗依嚷道。

欧阳初晴忙不迭地从身旁的仪器中调出记录，这台脑成像仪通过激光分辨大脑中钙离子浓度的变化，将此前罗依观察光子流时脑细胞的活动清晰入微地呈现在了他们眼前。

他所进行的是著名单电子杨氏双缝干涉实验（单电子杨氏双缝干涉实验：当一个个光子射向双缝时，透过缝之后会发生干涉现象，这意味着每个光子自身都同时经过双缝）的一个升级版本：在宽敞的实验室中，使光子产生衍射的双缝被一组错落排置的人造引力装置取代，如此一来，从激光泵出发的源源不断的单光子流，将蜿蜒前行于被强大引力源扭曲的时空——空间中重叠的引力分布决定了光子通过各条路径的概率——混沌的光子潜流与交错的重力阱一同构成了一个纠结缠绕的量子系统。但对于单个光子而言，只要它尚未被观察者（罗依）观察到，它可以被认为从所有可能的路径同时穿越了空间。

闪烁的屏幕上，在最初光子尚未出发的时间里，罗依的脑细胞丛林里一片沉寂，唯有寥寥几丝光点，如是冬日夜空疏落的寒星，懒懒地忽闪着，但随着时间推移，光点苏醒般渐渐地变多，不断地聚拢，并此起彼伏地闪耀，最后竟如风车般飞快转动起来。

这一刻，罗依的大脑就如同一个群星闪耀的壮年星系。

"天啊，我的大脑变成了一枚闪光的螺旋。"罗依禁不住惊呼道。

"是的，人类的神经系统本质上也是一个相互缠绕的量子系统。就在你的目光触及由无数光子所形成的量子系统的一霎，两个量子系统形成了谐振，一种绝妙的谐振。"

"你的实验比我想象的有趣，"罗依新奇地嚷道，"我还以为

| 深空

只有坠入爱河的恋人才会在彼此的心灵上投下光影,激荡起涟漪,原来我们的心灵与大自然也能形成如此共鸣。"她那润湿的大眼睛闪烁出了异彩的光。

"那也不全是,"欧阳初晴耸了耸肩,在罗侬饶有兴致的目光中他感到自己的嗓子莫名地绷紧了,"应该说通过观察,我们的大脑能与那些具有不确定态的量子系统形成共振,并使其波函数陡然坍塌。不过现实中,我们恰巧生活在一个秩序井然的经典世界中,周遭皆是形态稳定的经典物体,因而无法形成宏观上的量子效应。可是,在地球以外遥远的空间中,经典形态并非物质存在唯一的形式,宇宙的绝大部分能量更可能是以辐射态存在,它们恰如一个个量子系统……"

"这又意味着什么?"

"兴许是人类的观察决定了宇宙昨日的历史。换句话说,在我们天文望远镜视野未曾抵达的那部分宇宙,或许只是充斥着无穷无尽、漫无边际的不确定态。"他急切地说道,这突来的莫名激动让他自己也感到吃惊,"我们今天的观察,对宇宙历史产生的作用就犹如去推倒一列多米诺骨牌,影响或许可以一直回溯至宇宙的最初……"

"可是,这听上去如此因果混淆,"她嘟起嘴抗议道,俏丽的脸庞写满了迷惑,"我很难去想象,宇宙的过往兴衰是由我们此刻充满随机的观察所决定。"

"站在哥本哈根量子力学的角度,世上并没有一个绝对的过去是预先存在的,除非它被现在所记录与观察到。"

"这听上去太深奥,我一时也理解不了。"罗侬对他淡淡一笑,笑容中似乎带着一丝倦意,"不过从直觉上,我并不希望你的理论正确,因为你所描绘的不是一个合理有序的世界。"

"嗯，或许吧——"他含糊地点了点头，一时语塞，他望着罗依，真是可笑，他居然与眼前如此迷人的女孩交流起自己那些未经证实的虚幻理论。

于是他费劲地试图换个轻松的话题，这时他注意到窗外已是一片深浓的夜色。

"不早了，要不我送你回家吧！"他踌躇着开口。

"哦，不了，我待会儿还有个聚会。"罗依对他嫣然一笑，准备离去的她捋了捋耳际的秀发，像是又想起什么似的，她低垂下了眼眸，轻声说道："星期六晚上我家院子有个露天派对，到时记得来啊！"

说完罗依转身如精灵般轻盈地离开了，只留下久久愣在原地的他。

未来在欧阳初晴眼中，就如是诸多不确定的叠加。

在内心深处，有时他也会对当初的选择感到奇怪，自己怎么会漂洋过海只身来到英国求学，而不是在国内按部就班地生活。从小自己就不是一个性格果断、敢于冒险的人，每次面对新环境新事物，他总是有着天生的拘谨与腼腆。究竟是什么力量促使他来到这个陌生的异国他乡？这样一个在鳞次栉比的现代都市之外还散布着古老的城堡，沉默不语的史前巨石阵，壮丽的森林与山巅，秀美的田园与沼泽，海风弥散的奇异国度。

或许是他所喜爱的激情四溢的英超比赛，或许是大学时代所迷恋的曲风清澈的英伦摇滚乐，抑或是他就读的剑桥大学的霍金、彭罗斯等人瑰丽的宇宙理论黑洞般的吸引力，但他觉得，更大的可能或许要归咎于他少年时代所阅读过的那些英国科幻小说——与充满商业意味、模式化的美国科幻迥然不同，英国科幻作家的写作风格

## 深空

更加清新纯粹，更趋于科幻的本质。除去威尔斯、克拉克这般深刻影响科幻进程的大师，他所钟爱的英国新生一代，斯蒂芬·巴克斯特，伊恩·班克斯，伊恩·麦克唐纳，伊安·麦克劳德，查尔斯·斯特罗斯……他们在20世纪末期掀起的那场被称为"英伦入侵"的硬科幻复兴浪潮，让在国内仅是阅读到一爪半鳞的他已是激动不已，从而对遥远的英伦大地充满了朦胧的向往。不过多少让他有些遗憾的是，当他真正身处2014年变化日新月异的英国，查尔斯·斯特罗斯所描绘的"奇点"并没有如期呼啸而至，而仍高悬于未来，闪闪发光，却又无法伸手触及；现实世界里，真正的科技则如陷入冰河期一般停滞不前。这甚至让他产生了一种时光错乱的恍惚感：几百年前曾经在英国这片广袤大地上演的科学与魔法、炼金术与蒸汽机针锋相对的争斗似乎正在反向重演——硬科幻的风潮正悄然褪去，而J.K.罗琳笔下的哈利·波特则骑着扫帚飞掣于云端，魔法的光雾从虚拟游戏、奇幻小说的交接处咝咝地漫涌出来，如泰晤士河面上氤氲的雾霭一般，与现代而古典的英国社会天然地交融在了一起。

当欧阳初晴赶到罗依的住处时，宽敞的院子已经挤了不少人，大多都是如他这般年纪的年轻人，大家一边品尝着美食与啤酒，一边在夜色中谈笑着，气氛惬意而热烈。

在院子的一个角落，一只摇滚乐队正在现场演出，他认出站在麦克风前的正是罗依，她是乐队的主唱。画着哥特妆的她一个人安静地吟唱着，她那特有的带着慵懒音质的声音抒缓、清澈、温暖，却又充盈着一种难以言说的尖锐力量感……

隔着随旋律有节奏轻摆的人们，欧阳初晴远远地望着罗依，闪烁的灯光碎落在她参差凌乱的褐色头发上，那双涂画着烟熏的眼眸看上去是如此遥远与迷离……

笃地，他感到身旁有人拍了一下他的肩，他慌忙转头，是艾根。

"看谁看得这么入神呢？"艾根一脸来历不明的微笑。

"噢，没啊……"他含糊地支吾道。

艾根犹豫了片刻，"欧阳，你说薛定谔的猫存在几种状态？"

"两种啊，非生即死。"他不假思索地脱口而出。

"不，是三种。你想过没有，还存在这样的状态——你选择了永远也不揭开盒盖，那只可怜的猫一直处于或生或死的叠加态。"

"你想说——"

"为什么不给自己一个机会，主动去消除生活的不确定态，这或许也是给别人一个机会。"

欧阳初晴呆呆地看着艾根，他当然明白艾根的意思，可对于他，要做出这样的抉择，远比去解答一道量子物理题目要艰难得多，他可以轻松计算出量子云分布的概率，却似乎永远也追赶不上罗依的脚步——是的，他与她完全是两个平行世界的人，光彩照人的罗依无论走到哪儿都是众人的焦点，她年轻的生命总是马不停蹄地寻找下一个新奇与刺激，而他自己，一个平凡的外国留学生，拥有一副极其普通的东方面孔，终日执拗于外人看来玄之又玄的科目中。不觉之间，从心底泛起的沮丧与挫败感啮咬着他。

新一轮实验的观察者是艾根，他将要观察的对象是整个夏日的夜空。

头戴脑成像仪的艾根郑重地推开了窗户。定定伫立于窗前的他，在铺洒进屋内的星光中凝聚成了一道高大的剪影。

接下来的时间里，他将目光投向了满布天穹的繁星。

## 深空

欧阳初晴屏住了呼吸,目不转睛地注视着闪烁起来的屏幕。

这一次,显示仪上呈现的激烈程度远远超出了他的想象:艾根大脑被自己逡巡于星空的目光所激活,狂风怒号、电光闪烁的神经元网络远比之前漫不经心的观察者罗依要来得壮观得多。

有那么一会儿,他震撼得快透不过气来,他甚至觉得是艾根的观察支撑起了窗外那个斑斓的宇宙,漫天星潮恍若都在伴和着艾根那缥缈跳跃的意识,交相辉映着,灿如千万初生的超新星掀起的粒子狂飙,震颤闪耀。这一刻,宇宙与艾根似是同时跨入了相互作用的叠加态;宏观与微观,量子世界与宇宙事件原本泾渭分明的界限猝然消逝了……

"我越发相信惠勒理论的正确性,广袤的宇宙中同时存在着亿万种平行的可能事件,人类观察星空的意义则是穷尽其间所有的可能,从中遴选出一个最后成为真实的宇宙。"欧阳初晴兴奋地感叹道。

"当然这得有一个前提,"艾根转过头凝望着他,"除去地球上其他生物外,只有人类对宇宙进行了强观察,在整个宇宙范围里具有强观察能力的智慧外星生命压根儿就不曾产生过。人类独立探知星空的历史即是一部意识塑造宇宙物质的历史。起初,人类仅凭肉眼仰望像素稀少的夜空,对地球之外不定态的作用异常缓慢、低效,但天文望远镜的诞生无疑是一个闪亮的转折点,在之前月亮或许也仅是一团混糅着少量经典物质的不确定函数。当伽利略在自家庭院中颤巍巍地举起自制的望远镜时,他恐怕还没意识到宇宙经典态的疆域前所未有地扩张开了,月球、火星、木星……在接下来的几百年中,又诞生出各式各样更为先进的望远镜。到了20世纪,射电望远镜的建造、空间探测卫星的升天,人类爆炸式地拓伸了自己视野。而你知道,'韦伯'过不了多久就要升空了。"

欧阳初晴点了点头,艾根所说的"韦伯"是即将上天服役的"巨无霸"天文探测器,被人们称之为天文探测器的"瑞士军刀"。这个超级探测器将如一道巨大的光环环绕在地球大气层外,以数万倍于过去探测器的分辨率不分昼夜地全方位扫描深空——其蕴盖了可见光、X射线、γ射线、红外光等几近所有的频段,上面甚至还安置有高能激光炮,用于摧毁可能威胁到人类安全的近地彗星。

不由地,一幅绮丽的景象展现在欧阳初晴的想象中:在分辨率急增的"韦伯"视野中,原来黢黑沉滞的深空变得生动了起来,那些幽影幢幢的不定态将如阳光下的露珠般无处遁形,过去如水雾般朦胧的星辰,飞一般凝结成了璀璨夺目的钻石阵列,流光溢彩,美不胜收……

可是莫名间,欧阳初晴又突如其来地感到了一丝不安。"你说我们的观察是否需要付出某种代价?"他的声音颤抖了起来。

他的问题让艾根的目光骤然变得异样起来,他也陷入了思考,几分钟后才再次开口道:"我明白你的想法,如果我们的理论成立,我们的观察行为本质上是将宇宙渺远的不定态转化为了有序态,这如同我们试图对一张拥有庞杂信息量的硬盘进行格式化,现实中,我们需要消耗一部分电能,更形象地,当我们想要掀开薛定谔猫头上的盖子确定其生死,我们则需要消耗蕴藏于体内的热量。看上去,每次对不定态的确定过程似乎都伴随着一次不可逆转的能量消耗。"

"如果我们的观察真会破坏宇宙间的量子存储状态,导致其能量消耗,而假设整个宇宙是一个孤立系统,那么,这些消耗能量又从何而来?又将转变至何处去?"欧阳初晴疑惑地沉吟着,忽然间,一束思想的火花在他脑中擦亮:真实宇宙中,是否真的存在一种神秘的闲置能量,隐匿在了宇宙间那些庞大的不确定波函数间,而波

045

函数的坍塌则会伴随这种能量的消耗……或是蜕变。

是否应在自己的毕业论文中再引入一个变量？

他将目光转向了夜空，人类对星辰的遥望可能触发宇宙结构变化的想法，让他感到惊奇的同时又多少有些不寒而栗。这种可能性背后的深远影响，一时他还无从把握。

不由自主地，他又不可救药地想到了罗依，要不了多久，罗依就将离开英国去法国做一年的交换学生，留给自己的时间已经不多了。可是要去消除弥散于他与罗依之间那暧昧的不确定态，是否也会付出某种不可预见的代价？他对罗依的好感或许只是自己天真的一厢情愿，如果她拒绝了他，他又该如何面对这段感情……不，他摇了摇头，无论最终是否能收获到幸福，他还是愿意鼓起勇气向罗依表白。毕竟在他心底，能够心安理得、没有遗憾地生活在一个消除了不定态的真切世界才是人生之幸。

傍晚，在校园中的一家格调浪漫的咖啡厅里，欧阳初晴与罗依面对面地坐着。柔和的光线中，他发现自己不敢正视面前那双充满雾气的瞳孔，该死的不确定态让他迟迟鼓不起表白的勇气。他犹豫不决的心情，就如同那只活蹦乱跳的薛定谔猫。他是如此害怕掀开盖子后的那50%的结局。

聪慧可人的罗依像是看穿了他的心思，"你今晚看上去有些心神不宁。"

你就是答案，他在心中说，可是在此刻悠恍恍的烛光中，他只是笨拙地耸了耸肩，"没什么，只是最近被毕业论文弄得有些焦头烂额。"

"我猜，是关于……"她微微皱了皱眉头，"那些不可思议的不确定态？它们即使存在，又与我们有何关系？欧阳，别让太过遥远的事物打扰到我们的现实生活。"

他木然地点点头，若无其事地微笑着，预先在脑海中练习过无数次的话语，仍久久地冻结在他的嘴角。

而此时的罗依同样也沉默了，似乎也陷入了某种遐思，时间在舒缓的音乐中一分一秒地流淌着。

不经意间，远处吧台悬挂的电视屏幕吸引了欧阳初晴的视线，电视里正在直播"韦伯"天文探测器的最新进展，忽然间他有了一个主意，"我们到外面走走吧，我有一份礼物送给你。"他郑重其事地提议道。

于是他们走出了咖啡厅，来到外面空旷的草坪上，并肩站在了晴朗夜空之下，他抬腕瞧了一眼手表，距离那个时刻只剩两三分钟了。"快闭上眼睛，"他望着罗依，故作神秘地说，"等我数到三再睁开，你就会见到礼物了。"

一头雾水的罗依半信半疑地闭上了双眼，星光下，她那好看的修长睫毛晶亮地跳闪着。

"一……二……"欧阳初晴高声记起数来，突然间，他拉长的声音顿住了。

罗依随之睁开了眼睛，被映入眼帘的景象镇住了：在一片恍若白昼的光辉中，一条幻觉般的光轮叠映在了洁净深蓝的夜空，犹如一串从地平线冉冉升起的音阶。这串音阶由无数颗晶莹闪烁的音符缀连而成，变幻着格点来回地跳跃、闪耀，令所有星辰都黯然失辉。

这是即将投入使用的"韦伯"打开了灯光，以这样的方式庄重地向地面上的人们致敬。人类历史的又一个里程碑，他对自己说。

047

| 深空

从此以后宇宙的不确定态将在"韦伯"的注视下渐渐消散,而此刻……自己依旧混沌的个人世界,他不由望了望身旁沐浴在皎洁光芒中的罗依,她正睁大眼睛入神地望着夜空,有一种过往他从未见过的感动凝在了她那张有着近乎完美轮廓的脸上。

这一刹那间,仿佛天上那个"大家伙"轻轻推了他一把,"罗依——",接着,他终于听见自己说出了那三个让他生命波函数免于坍塌的单词。

霎时间罗依转过身来,飘舞的金发在从天流泻而下的辉光中摇曳生姿。她一脸愕然地望着他,但很快地,明丽的笑容绽放在了她的脸上,"我还以为你永远也不会说出这句话呢!"

"我会的……"他轻轻呢喃着,慢慢拉起了罗依的手,在夜空那道经久不散、令他俩毕生难忘的美丽焰火下,他俩依偎在一起。

这一刻,拥抱着罗依的他真切地看到了有一种幸福,一种笃定此生的幸福,在明亮的夜空中震颤着,彻底驱散了心底对于不确定未来的种种忧虑。

下篇

2025 年,美国新泽西州普林斯顿大学。这是个阳光明媚的周五下午。欧阳初晴一个人待在办公室。在准备完一个教案后,感到有些倦怠的他起身推开了窗,眯缝双眼望着窗外光线明亮的校园——这么多年了,他仍不太适应美国西海岸过分强烈的阳光。六年前,他离开潮湿多雾的英国来到普林斯顿任教,他的妻子罗依也跟随他来到了美国。四年前他们的儿子出生了。此时已步入中年的恬静生活就如同天际那一溜溜舒卷的云朵，波澜不惊，缓慢延续……长久地，他静静享受着这阳光下慵懒的思绪，直至视线中出现的一个黑点将他从遐想中拉了回来，他注视着这个晃动的黑点越变越大，很快成了一艘深绿色军用直升机。

最终，直升机低鸣着降落在了他办公楼前的草坪上，从上面疾步走下了两位军人。几分钟后，两人出现在了他的办公室。

"欧阳教授，请原谅我们的贸然造访，我们受命带你前往戴维营，此刻克莱尔总统正在等候着你。"其中一名银白头发的中年军官开口直截了当地说道，他那如镂刻于硬币之上的冷峻脸庞凝聚着某种讳莫如深的神情。

这怎么可能？他用力揉了揉太阳穴，总统怎么会找到他？他只是大学校园里一名普通的理论物理副教授，业余写写古典风格的科幻小说，而眼前的这一幕更像是他笔下的小说情节。但最后，尽管心中满是疑惑，他还是给罗依打了个电话，告诉她自己晚上无法回家吃饭，接着匆匆登上了直升机。

一个小时后，在一间富丽堂皇、能看见窗外风景的办公室里，欧阳初晴见到了总统克莱尔。他礼节性地与欧阳初晴握了握手。此刻的他看上去比电视上时刻充满威严与活力的形象要显得疲惫苍老了很多。

房间中还站着另一位神色凝重的中年人，欧阳初晴认得他，他是国会的科学顾问卡拉文。

"欧阳先生，我读过你的那些科幻小说，充满了真正激动人心的想象力。"克莱尔脸上的微笑很是僵硬，这应当是秘书事先为他

深空

准备好的客套话吧,欧阳初晴暗自揣测道,他究竟想要告诉自己什么?"但今天,我们的宇宙正在发生的一切已经远远超越了我们的想象……"

"总统先生,你知道,我们的地球,乃至整个宇宙,早已在科幻的历史中以各式各样匪夷所思的方式轮番毁灭过多次,"欧阳初晴斟酌着开口道,心中仍有一种挥之不去的不真实感,"所以,即使大众再难以置信的末日危机,我们都早已先行经历过了。有话尽管说吧!"

"好吧,你应该很清楚宇宙背景辐射温度的各向同性?"之前一直在一旁若有所思的卡拉文冷不丁地开口说道。

"这是个常识,也是支撑大爆炸理论的最有力的证据,无论我们朝天空的哪个方向与区域测量,宇宙大爆炸的余烬——背景辐射温度都应为2.7K,辐射强度的涨落小于百万分之五。这是因为从宇宙诞生以来各个方向上的膨胀速度是大致相同的。"欧阳初晴小心翼翼说着,不知为何,这一确凿无疑的结论此刻从他口中说出让他很是不安。

"但是过去的二十年中情况发生了变化,我们所在的宇宙的背景辐射温度,在某些时间、某些方位上呈现出剧烈起伏的形态。"

"你是说……我们宇宙中的某部分物质一直在震荡?"

"你看——"

卡拉文伸出手指在空中点了点,房间立刻暗了下来,数不清的螺旋状星云浮现在了他们周围。欧阳初晴注意到有一种淡红的微光闪烁着萦绕在了整个空间中——他熟悉这个模型图,这些幽灵般潜行的红光代表着宇宙无处不在的背景辐射。如果模拟出宇宙整个演化历程，最初弥散在狭窄宇宙中的必将是无比炽烈的深紫色强光，其象征着宇宙初始超过几十亿度的创世高温。在接下来的几十亿年中，伴随着宇宙不断膨胀，能量消散，这些光亮将逐渐减弱，颜色由紫转蓝、转绿……最终蜕变为此刻房间中那象征 2.7K 温度的异常微弱的淡红色。

"这是普朗克 II 探测器记录下的某段时间中赤经 11.5h 方向上的星图，欧阳，你注意观察其中背景辐射的变化。"

欧阳初晴使劲睁大眼睛注视着空中，波澜不惊的光亮看上去并没有什么异样，但慢慢地，他视野中的一片区域的颜色渐渐变得浓稠起来，令他的心随之一颤，同样不可思议的是，那块变为深红的区域竟像是灯塔迸发出的、摇晃于黝黑海面上的一束灯光，正在幽暗的空间中缓慢地移动！

"背景辐射的跌宕起伏最大到了 2、3K，波动区域以某种规律迅速移行。"卡拉文有气无力地说道，房间中如梦似幻的红色光亮倾泻在了他的脸庞，让他的表情充满了一种不可名状的幻灭感。

欧阳初晴陷入了思考，是什么样的可怕力量在宇宙尺度上操控了宇宙的伸缩？

"暗能量……"欧阳初晴犹豫着说道。这是他唯一能想到的答案了，在这一时刻，他所看到的宇宙一隅，主宰宇宙膨胀的暗能量正在疾速消退……消退的能量或许转化为了实实在在的物质，而这些凝聚下来的巨量物质所产生的万有引力又驱使宇宙局部迅猛向回坍缩。

是的，他能想象，在模型所呈现的这片广袤而狭长的星域中，两股恢宏的力量正在激烈角力，此消彼长……

## 深空

"你能想象——"此前一直瘫坐在豪华沙发上的克莱尔突然站起身,目光失焦地望着他,"你所看到的这些背景辐射温度陡然增强的星域,正是'韦伯'镜头的视野扫过的方向。"

"你是指人类的天文观察导致了——"宇宙冷酷的真相颤然闪现,他禁不住将目光转向了不远处的窗户。透过玻璃窗他看到了横贯天穹的"韦伯",这条隐约可辨的细线水渍般映现在夏日午后蔚蓝洁净的天空中,静静散发着淡薄的银白色光亮。恍然间,他脑海中浮现出了十几年前那段荒诞而纯真的岁月。

经典意义上的宇宙至此终结了。

"你现在应该明白我们找到你的缘由了吧?多年前你的博士论文提到了……"他听到克莱尔气若游丝的声音。

"是的……我知道。"他缓慢地闭上了眼睛。

具有意识的生命体的观察,使得充盈于宇宙各处缥缈的暗能量蜕变成了实在的物质,而暗能量的不断消融则意味着终有一天宇宙整体将向回坍缩,背景温度将重新升高。

正如惠勒所言,观察者即参与者,我们的观察参与构建了宇宙的历史。宇宙并非人们过往认知的那样具有明确独立的历史,相反,其是一个复杂、无数种可能性相互纠结的整体。每一个局部无不弥散着庞繁的动态量子波——暗能量,这即是当年令他困惑不已、隐匿于不确定态中的宏大能量。由此一来,整个宇宙构成了一个自激反馈回路:生命体对于宇宙的每一次观察行为:大型天文望远镜探测、发射星际探测器,抑或是群星映现在人类瞳孔的丝丝微光,都能或强或弱地令叠加在遥远天体上的量子态瓦解、坍塌成为明确、单一的经典状态,从而缔造出这些天体唯一明晰的过去,同时还伴随着暗能量转化为经典物质的过程——这一作用是在整个宇宙量子层面进行的,因此具有瞬时、超距、不可逆转的特性。

一个月后,欧阳初晴与罗依漫步于秋日的纽约街头。在时代广场,他们迎面与一只声势浩大的游行队伍相遇了。

"我们的宇宙只有一个,别让该死的'韦伯'继续抬升宇宙背景温度,点燃我们的宇宙,毁掉我们的未来——"游行的人群中各形各色的人齐声呼喊着。在他们高举的一块块标语牌上,"韦伯"的图像被狠狠地画上了黑色骷髅头,而NASA出品的一张张五彩斑斓的星空图片则被画上了道道触目惊心的红色大杠叉;熙攘的人群中,一个有着东方面孔的瘦高年轻人吸引了欧阳初晴的目光,他手中的牌子上分别用中英文书写着:"远方,除了遥远一无所有。"

远方,除了遥远一无所有……欧阳初晴在心中感慨万千地念道。他生命过往几十年时光所追寻的远方,依旧漫漶不清、摇摆不定,如今却又变得更加支离破碎、危机四伏;人类就犹如一群天生渴求光明的孩子,在黑暗中不断摸索,可谁又曾想到过一旦光线乍然亮起,整个宇宙又将脆若蛛丝,将会在人类的注视下纷纷扬扬地破碎掉。

可是,人类心底与生俱来的探索欲望又如何抑制得了?

喧闹的游行的队伍渐渐远远去了,他仍默然无语地站立在高楼的阴影中。在阴沉天空映衬下,四周灰色的纽约大街恍若一幕色彩剥落、静止不动的舞台布景,他找不到丝毫真实生命的质感。不,仅有的生气来自于依偎在他身旁的罗依。他欣慰地发现,她一直安静地拉着他的手,闪亮的大眼睛一眨不眨地注视着远去的人群,像是害怕被情绪激越的他们席卷进去似的。

在料峭的寒风中,他握紧了罗依的手,她的手掌纤柔而冰凉。

| 深空

他只期望这紧握的双手永远都不会放开。

2036年，午夜11点。纽约昏暗的夜色中，欧阳初晴惊慌失措地驱车往家疾驰，他刚经历了一起未遂的抢劫，几名全副武装的劫匪试图攻击他的车。这几年来他一直在联合国任职，负责应对世界范围内"暗能量坍缩"事件所带来的影响。他也弄不清刚才发生的是不是一起单纯的抢劫，反正此时的社会秩序已经崩坏到了极点，整个世界就像一只不断积累怨气的皮球，不知道哪一天这个皮球会砰然爆裂。当然，事件最大的影响还是在精神层面上，林林总总的宗教门派泛起，人们在各式各样惊世骇俗的学说中寻求心灵慰藉；而更多的人则选择了网络，毕竟在他们心中，相比令人难以捉摸的现实宇宙，他们更情愿退缩在一个让他们感到心安理得的规则世界中。

凌晨时分他终于费劲地回到家，儿子已经睡着了，而卧室里罗伊还一个人沉溺在网络的世界。惊魂未定的他虚弱地瘫坐在了沙发上，怔怔地望着罗依头戴虚拟头盔、不时身躯摇晃的背影。此刻的他是多么渴望和她说上几句话。

"罗依，罗依——"他无力地轻声呼唤着她。

终于，罗依听到了他的声音，她回头向他挤出一丝勉强的笑容，但很快又重新转身回到了网络的刺激浪潮中。

这一刻，一股不知从哪儿生出的怒气，让他猛地起身，气急败坏地伸手想要去按下虚拟终端的开关，但就在那一瞬，他还是克制住了这从未有过的可怕冲动。

然而已经迟了，罗依察觉到了他的举动，她摘下头盔，浑身颤抖地站起身来。

"罗依……对不起，你知道我那让人心烦的工作，以及刚刚经历了一场事故……"他手足无措地嗫嚅着,"可是,我弄不懂你为什么会终日沉迷于这虚幻的世界中。"

她没有开口,只是冷冷地注视着他,目光中充满了让他感到如此陌生的愤懑与隔膜。

"你有什么资格说网络虚幻?"罗依突然激动地尖声说道,在虚拟终端屏幕发出的幽幽荧光中,脸色苍白、长发散披的她活像是从她游戏世界走出的女巫师,"什么是真实?虚拟世界远比你那些星星来得真实。你那些该死的星星,把所有人的生活都毁掉了。这个宇宙已足够病态了,我们还不能为自己寻找一个灵魂的出口吗?"

他们长久地对视着,他们无法相互理解对方的世界。事实上,这几年来"暗能量坍缩"事件沉重的阴影一直裹挟着欧阳初晴,让他身心交瘁,已经很长时间他和罗依没能坐在一起,平心静气地交谈了。

"可是生活还得继续,每个人都应该尽自己的职责——"他艰难地开口。

"我永远无法像你那样超然,绝大部分人也不会。人生苦短,与其生活在一个秩序混乱的、水深火热的世界中,不如选择一个自己能够掌控的伊甸园,自由自在地生活其中……欧阳,其实我一直想找机会告诉你,在这个荒谬的世界中,我唯一想要抓住、唯一想要依靠的,就是你和我们的孩子了。你知道,我早为我们一家三口申请了阔大的网络空间,只是你一次都不曾光顾过。"她缓慢地说着,他默不作声地听着,他能感觉到她的语气在逐渐变得柔和起来,她似乎在试图弥合僵持在他们之间的紧张气氛。

"可是目前整体上传意识是非法的——"他迟疑着说道。

| 深空 ——

  "欧阳,你应该比我更清楚,信仰危机加速了意识上传技术的研究,到今天上传在技术层面已经成熟,剩下的也仅是捅破一层薄弱的旧有道德的束缚。你难道感觉不出来,现实社会挨不了多久就将分崩离析,到那时,不论你是否愿意,人类很快都将走上整体意识上传的道路。"

  "不——"他绝望地喊道,他绝不相信这是人类在这个宇宙中的最后归属。

  他转身闷声离开了房间,一个人走到阳台,失魂落魄地凝望起了迷茫的夜空,"韦伯"早已从中消逝了,冬日的星星闪烁着寒冷异常的光亮,一种彻骨寒心的孤独感笼罩着他。时至今日,地球上像他这样敢于仰望星空的还有几人?尽管精确的科学模型已经得出明确的结论:单纯人眼观察对于邈远暗能量的作用微乎其微……

  夜已越来越深,他身后房间的灯依然明亮,可他的心仍是一片空落落,好几次他都想返身回到卧室去吻吻罗依,与她重归于好,然而心底莫名的坚持让他没有这样做。他在想,如果真如罗依所说,未来哪一天他也将意识一股脑上传,此刻心中的苦闷、挣扎、渴求、煎熬,是否就能一并消失得无影无踪呢?

  三个月后的纽约,联合国举行的新闻发布晚会现场。

  偌大的会场聚齐了各路人马:政客、军人、科学家、宗教人士、记者,而现场画面将向各国大众同步直播。讲台上,联合国秘书长科里克正代表各国政府向全世界宣布一系列改变人类未来的举措。在众人忐忑的目光与此起彼伏的闪光灯中,这个新西兰人的语调悲戚而又不失感染力:"……十一年前'暗能量坍缩'现象被大众知晓以来,我们不得已放弃了探索宇宙未知疆域的努力。可我们自身的社会却如同一列失控的过山车,以我们所无法掌控的方式翻滚向前。人类旧有的道德认知体系雪崩般瓦解,各种新奇的思潮在迅猛涌动。而面对这汹涌而来的一切,我们甚至无力去评判其对错。人类是否拥有选择自己栖息地的权利?近几年来经过各国政府反复而慎重的磋商,以及全世界范围公民的投票,各国政府决定今后将不再禁止意识上传网络。同时一旦时机成熟,我们会推动全体人类的意识上传,在无垠的赛博空间上构建我们更为高效的社会……"

"在科学刚启蒙的年代,我们曾满怀憧憬地以为人类的未来必属于我们头顶上那遥远而神秘的星辰;而 20 世纪后期,随着生物技术的突飞猛进,我们又将对未来的期许转向了体内那些音符般绝妙的 DNA 中;但直到今天,历经诸般曲折的我们或许才算真正认清前方的道路:人类的未来不在别处,而就在我们自己一手缔造的虚拟网络中。"科里克缓慢地结束了讲话,他最后向台下深深地鞠了一个躬,这一刻全场一片肃静,所有人都站了起来,很多人眼中都闪泛着泪光。这当然不是一个令所有人都满意的结局,但毋庸置疑,悄无声息间,人类在所熟悉的那个真实世界所扮演的角色就此谢幕了。人类整体将以一个全新、面目全非的姿态继续衍续在这诡异的宇宙寒冬中。

接下来的时间里,各项目负责科学家轮流上台,向大众呈现庞大而详密的未来计划的细枝末节:在此后的数十年中,漫布于太阳系各处的空间站将重新启动,其使命并不是观察深空,而是收集漫移于星际间的暗物质,一旦汲取够足量的暗物质,人类将运用这些暗物质为地球增添上一个硕大无朋的"盖子",严严实实地包裹整个地球,彻底屏蔽宇宙中除引力外其他基本力对人类的作用。与此同时,为使人类活动的能耗降至最低,暗物质盖下的地表将被冰冻

| 深空 ——

至接近绝对零度。到那时，一个依靠地热提供能量的网络处理器会高速运转于地心深处。可以想象，在这样一个宽阔而旖旎的网络矩阵中，获得永生的人类尽可以随心所欲地更变形体，选择自己喜爱的生活形式。他们每天所需要做的仅是学会如何挥霍无尽的时光，他们甚至仍可以发展科技，比如研究构筑网络世界更新、更炫的数学算法，只是，这样的科技完全建立在已知理论的基础上，与外面纷扰的宇宙再无半点儿关系。

欧阳初晴默默地站在会场的一个角落，作为被大众媒体称为的"旧势力"的一员，他必须承认他们已经失败过时，虽然他们竭力捍卫过，但最终还是被狼狈地赶下了舞台。不过，这又何尝不是一次彻底的解脱？既然你无力去改变这一切。现在他最应该做的就是主动与罗依和解，结束旷日持久的家庭冷战，和她一同迎接新纪元的到来。想到这里，顿感轻松的他不由信步走出了会场，在外面空阔的露天酒会中找了个空桌子坐了下来。

清爽怡人的夜风中，他悠然品味起杯子中的威士忌来，四周轻松谈笑的人们在朦胧的灯光下绰约生姿，让他恍然忆起了大学时代读到过的一段诗句："我们拥有的尚未拥有我们，我们不再拥有的却拥有着我们。而后，我们必须在献身中得到解救。"是的，每个人都应该在放弃、献身中重获新生。他暗自微笑着，向着深沉的夜空举起了酒杯。

"欧阳——"他忽然听身后一个浑厚的声音在呼喊自己。

他转过身，一位上了年纪的中年男人站在他的面前。"天啊——"他喜出望外地惊呼道，来者竟是艾根，他们差不多有十多年没有见面了，尽管偶尔圣诞节他们会通通电子贺卡。他只知道艾根在他离开英国后去了欧洲宇航局，而此后他也弄不清楚他究竟在鼓捣什么。

不过,他应该料到他也会出现在这个历史性的场合才对。

在一个久违的英国式拥抱后,他微笑着打量起艾根来,艾根仍如记忆中走出的一身嬉皮风打扮:松垮的棉制蓝白色T恤,硕大闪亮的白银项链,带裂口的牛仔裤,只是岁月在他依旧清瘦的面孔增添上了几笔刀刻般的深深皱纹,而他的目光仍是那样炯炯有神。

"怎么一个人待在这儿独自品味苦涩?"艾根微笑着给自己倒上了一杯酒。

"没有什么可苦闷的。对于我们来说,铁幕已经落下。"欧阳初晴平静地说道。

"难道你真愿永远浑浑噩噩地蜷缩在一片只存有已知的世界中?"艾根苦笑了一下,温和的目光在转瞬间变得锋利起来,在他高大的身躯后,欧阳初晴看到了缀满天穹的星斗谜一般漫涌闪烁,当年,正是这些未知而神秘的星斗将他俩引向了宇宙的可能解。

艾根沉默着,过了好一阵才又重新开口道:"你有没有想过有一天去冲破这让人窒息的铁幕?"

"你是说——"欧阳初晴禁不住退后了一步。他惊惑地望着艾根,这一刻,他分明看到满天星辰的光在他眼中扭曲地燃烧。

"这么多年来,你应该也思考过'暗能量坍缩'背后的深层意义吧:意识存在的目的究竟是什么?意识是否是作为一个不可缺席的观察者参与了宇宙的演化。冥冥之中,宇宙怎么会孤立无援地在看似平凡无奇的地球上衍生出生命?而事实上,早在三十几亿年前,当地球上最初的生命微沫——那些简单至极、漂游于太古海洋的单细胞有机物,隔着翻涌深广的海水,它们已开始游丝般改变着地球上空混沌未开的天穹,而后沧海桑田,斗转星移,又进化出人类这

| 深空

般拥有强大探知宇宙能力的奇特物种——"

"你想说,某种诡秘的力量在暗中推动我们的成长?使得羽翼渐丰的我们一步步走向浩瀚的宇宙深处,进而梳理宇宙纠结不清的历史?可为何如今,这种力量却又如死循环一般,让我们陷于进退维谷的境地?"欧阳初晴忍不住打断了艾根。

"谁也不知道答案。我们种族的使命,抑或是一次考验、一个契机,或许人类的提升之路需要这样的一个成人礼才能获得最后的真相。"深浓的夜色中,已不再年轻的艾根将杯中的威士忌一饮而尽,熠熠星辉印耀在他满布皱纹的脸庞上,时隔多年,他冷静的话语仍充盈着直抵人心的震撼感,"可是今天,目光短浅的大众却选择了向着怯弱的内心不断退缩,愚蠢至极的他们竟打算给地球套上一个大'盖子',屏蔽一切,作茧自缚,企图永远割断自己与真实宇宙的联系。"

"可事已至此,我们还有能力改变这一切吗?"

"我们只有孤注一掷,向着宇宙的各个方向发射大量探测器。这些探测器搭载着人类的意识,呈放射状地向宇宙的尽头飞奔。随着探测器抵达疆域的急剧扩张,意识的观察将使宇宙涣散的量子态递次凝聚成经典物质,与此同时当膨胀的宇宙达到某个平衡点后又将在引力作用下向回坍缩。终有一天,我们的探测器将与宇宙回缩的边界迎面相遇。想想那一刻我们会看到什么?"

"你疯了——"欧阳初晴惊呼道,那时地球上的人类将如同沸腾水中的青蛙,可事实上,艾根所描绘的这疯狂而又瑰丽的一幕曾不止一次地出现在他的梦境中。"你的计划如何实现得了?所有的天文项目都早已冻结,载人飞船也都荒弃了多年,更何况以我们现有的宇航技术仅有蜗牛般的几十分之一光速。"

"我所说的这一切如今已不是空想,你也许不相信,多年前我们就悄悄动手了。此刻在太平洋的海底已不为人知地矗立起一列列火箭发射架。我们的成员来自社会各阶层,从普通公民到各国政府核心阶层,但更多的还是像你我这样的科学家与退役宇航员,大家怀揣相同的梦想自发会聚到了一起。如今,我们的力量就如同燃烧在地表下难以遏制的地火,只待磅礴而出的那一刻。今天,联合国做出的决定意味着我们不得不提速计划,我们必须赶在人类合拢天空窗口前起程。

诚如你所言,我们的航天技术稚拙低效至极,然而一旦我们的探测器上路,漫长的旅程中我们尽可以源源不断地吸纳未知的信息,在浩渺、包罗万象的宇宙中不断学习与提升——"

艾根深深地吸了口气,他泛红的眼中盈满了滚烫的希冀,他继续哽咽地说道:"无论最后我们会揭晓什么样的谜底,这已不再重要,是的,已不再重要,重要的是,我们曾经出发过——我们曾用自己的意识触抚过宇宙的模样,我们曾用自己的方式塑造过宇宙的过去、如今、未来。欧阳,我们永远不会独行,响应内心的呼唤吧,加入我们——"

欧阳初晴怔怔地站在原地,一时间脑中一片眩晕。他定定地望着艾根。纽约城璀璨灯火的光华倾泻般斜射在他两鬓银白的鬓发上,好似给年迈的他加冕上一顶辉煌的光环。艾根描绘的图景重燃起他心底渴望的灰烬,尽管他并不接受艾根的理论,因为他并不喜欢宇宙之外还存在着一个人类无从理解的、高高在上的主宰,但在这个扑朔迷离的宇宙中,他同样热切地需要去追寻一个真相,一个不让自己生命飘散的真相。只是,他隐约清楚追寻真相所须付出的代价,

| 深空

他并不惧怕那永无止境的虚空跃进以及遥不可及的时空边界,让他真正害怕的是随之而来的与罗依以及他们的孩子的可怕离别。不,是诀别——一种深重的负罪感排山倒海地向他袭来——他又如何能忍心离开他们,独自踏上茫茫的探求之路?

此刻,在这夜色迷惘的命运交叉点,他仍像是当年那个优柔寡断的年轻人,他究竟该何去何从?

2041年秋天。作为最后的告别,欧阳初晴一个人驱车横穿了整个英国。充满寒意的秋风一路缓缓吹拂着他。他沿途所见到的已不再是他所熟悉与缅怀的那个风情万种的英伦大地,大地上的一切都在无可挽回地走向凋敝:记忆所及的那一座座充盈着灵性的秀美山麓、清澈纯净的湖泊,如今随处都充斥着烧焦的树木、呛人的浓雾、死去的动物尸体,而庞大的城市则是一片腐朽死寂,人烟稀少——绝大部分人都已将意识上传至网络,还有一年光景暗物质的沉沉帷幕就将落下,遮天蔽日,到那时地球表面将彻底不再适合生命的存活。

夕阳西下时分,欧阳初晴来到了伦敦温布利大球场。不知什么缘故,这座曾经宏伟的球场看台此刻已沦为了一片残垣断壁。荒芜的球场草坪上尽是碎裂的砾石、腐烂的塑料垃圾,只有两扇锈迹斑斑的球门还孤零零地伫立在球场两侧。他径自走向了球场一侧的球门,二十多年前,足总杯决赛点球决胜最后一轮,曼联队的摩德里奇就是在这儿罚失了点球,而利物浦的苏亚雷斯则罚进点球成为最后的胜利者。

恍然间,记忆与现实在暮色中缤纷交叠。

他缓步走进了禁区,在禁区草坪上他竟找到了一只还算完好的足球,在片刻的踌躇后,他将球端放在了罚球点上。

四周空旷的球场一片静谧,在当年同样的金黄色落日下,他如刻如镂地感受着苏亚雷斯罚球前那种犹豫抉择,该将足球射向哪个方位,是选择保守可靠,还是冒险刁钻的踢法?一旦罚失就意味着全盘皆输的巨大可能——当年的他甚至不敢睁眼目睹苏亚雷斯的选择。

可正如他的精神导师惠勒所说的那样,我们观察到什么,取决于我们用什么方式提问。无论未来如何悬而未决,他都应该勇敢地踢出自己脚下的足球。他退后了几步,缓慢助跑,用力地踢出了足球。

软绵绵的足球在空中划出一道弧线,缓缓地,从右侧立柱与横梁交接处钻进球网。

是时候离开了。

夕阳最后的一抹余晖中,他抵达了剑桥大学,这是他肉身在地球上的最后一站。

在他所熟悉的卡文迪什实验室的一个房间中,他进入到了催眠状态。

一片绝对虚无的黑暗中,他昏沉的意识倏地融会进了一条恢宏的五光十色的光流中,在跳闪的光流簇拥下急速向前。他感到自己脑海深处的那些驳杂的记忆、在岁月中已变得无法分辨的琐碎情愫,就犹如一股股微细湍急的支流,在飞一般地离他而去。渐渐地,他的意识变得支离破碎,不再连贯,而轻盈起来的意识继续在光流中欢快地浮沉,激进,这让他感到了一种从未有过的畅然。就这样,他的意识在不断剥离中重获新生……

猛地一刹,四周斑斓炫目的光流消失不见了。

他慌忙睁开眼睛。

在逐渐清晰的视线中,他发现自己置身在了一片陌生的色彩亮

## 深空

丽的开阔大地上，一棵开满粉红色花朵的大树挺立在他身旁，这棵形状超现实的大树遒劲的树枝向着净蓝的天空飞速地曲折生长，更远处，华丽恢宏的高尖顶城堡、白雪皑皑的山巅被阳光镀上了一层辉煌的金色。略感失重的他能感受到弥散于清新空气中的芬芳，他不由怔怔地伸出右手，顷刻间，一簇闪耀的光亮如蜜蜂般震颤着环绕在他的手臂四周，飘飞的花瓣雪花般轻柔地拂过他的指尖……

这里就是梦幻一般的网络世界。

恍惚间，他注意到眼前透明的空气中还有一个人形正在雾气般缓缓浮现，没过多久，一位年近暮年的男人伫立在了他面前。欧阳初晴注视着这张似曾相识的面孔，他过于肃穆的脸上有着太多瞬息变幻的情感：苦涩、眷恋、宽慰、释然……这似乎与记忆中镜子里某一刻的自己很像……不，他就是自己。

他幡然醒悟了过来：他的上传过程与所有人都全然不同。他的意识就如衍射实验中的单个光子，在穿过光栅的一刹被一分为二，各自飞向了截然相反的宿命轨道。眼前的"他"正是具有探求意识的那部分自我，"他"将会搭乘冰冷的探测器飞向宇宙恒河的彼岸。而自己，则是剩下的另一半自我，如同童话的完美结局——"王子和公主从此快乐地生活在一起"，在此后漫长无尽的时光中，他会与罗依自由地生活在这片生机盎然的网络天地中。

两个世界都浓郁得让欧阳初晴难以割舍，难以放手，于是他只得将自己的人格劈成了两半。

这就是他最后的抉择。

"嗨，你好！"他呆呆地站在原地，望着另一个自己，不知道该说些什么。

"嗨！"对方也嗫嚅着。

两人又沉默了。离别的风笛声飘扬在他们之间。"我会怀念你的。"作为梦想的那部分的"他"突然开口说。

"谢谢，你是我所有的梦想。"作为现实那部分的"他"感伤地回答道，总有一天，对方终将见证外面那个广阔宇宙中最壮美的奇景。不过从心底，他仍庆幸自己能成为这样一部分的"欧阳初晴"。

"我想我该离开了，好好照顾罗依。""梦想者"最后抬眼望了望四周漫天落英缤纷的界面。

"我会的……一路珍重。"他声音哽咽地说道。

"再见——""梦想者"向他挥了挥手，晶莹的泪水闪烁在"梦想者"眼中。

这时，四周斑驳的光线遽然摇曳起来，脚下褪色的落叶如一圈圈涟漪般翻滚起来。

紧接着，"梦想者"消失在了一道强光中。

过了许久，他才从恍惚中回过神。不知何时，重获青春的罗依伫立在不远处的一方芳草间，在明媚的阳光下，一脸灿烂笑容的她静静地凝望着他，正如记忆中那个稚气未脱的天使。

他不由微笑着，步伐轻快地走向了她。

此时，沸腾的宇宙早已跨过临界状态，由开放转为了封闭状态，整个宇宙背景温度变得炽热无比。

"梦想者"继续不停息地跃迁于日渐萎缩的宇宙，纷至沓来的喧嚣的新信息让他应接不暇，也让他飞速成长。

也不知道过了多久，时间之轴终于抵达了某个时刻，他察觉到

## 深空

自己已然来到了宇宙的边缘,这一刻,他禅定如磐石的心境激荡起了层层波澜。

亿万光年外的太阳系如今是怎样一番景象?人类是否还安然沉醉于冰封的地球内层?这一切,"梦想者"已无从知晓。遥远的往昔记忆,在他苍老而博大的思维网络中浮光掠影地掠过,身后远离自己的星星光点缓缓地幻化成了记忆深处那双碧波摇漾的眼眸。直至这一刻,他才意识到,其实这双碧眼一直都在默默注视着自己,伴随着自己前行,是在她的支撑下自己才能逾越这近半个宇宙,来到了这片时间与空间的尽头。此刻,他是如此怀恋地球上的碧海蓝天,怀恋作为"人"所经历过的所有声色光影。

于是,带着深深的眷恋,"梦想者"穿越了扑面而来的那道闪亮光洁的膜,他的意识豁然开朗起来。

王晋康 一掷赌生死

一掷赌生死

| 深空 ——

飞船摩纳哥号。

女士们，先生们：

这里是拉斯维加星。我们热忱欢迎来自母星的移民。自从地球人定居在本星球后，你们是第一批来自故土的亲人。拉斯维加星上已经准备了面包、盐、哈达和桂冠来欢迎尊贵的客人，也为你们准备好了房间和热水，让你们洗去一路的征尘。

以下介绍本星球的概况：拉斯维加星是地球第一个成功的太阳系外殖民地，距地球324光年。1200年前，巨型亚光速飞船轩辕三光号载着88473名富有冒险精神的勇士，开始了人类第一次无预案飞行（注：指没有预定目的地的飞行）。飞船历时989年（注：指飞船外静止时间）后，幸运地遇到了与地球状况极为相似的本星，并在此定居。经过211年的开发，这儿已经建成了先进的拉星文明，人口发展到1480万。

拉星的公转和自转周期与地球极为接近，为避免时间换算上的不便，在拉星文明建立后，已经用人工方法把上述周期调整得与地球完全同步。所以，你们到达拉星后将有宾至如归的感觉。

再次热烈欢迎你们。拉星的 100 辆太空巴士已经出发，10 分钟后将与摩纳哥号会合。顺便播送一个通知：贵船摩纳哥号已经被拉星政府征用，经过一月左右的维修和加注燃料，将立即开始新的飞行，它将是又一次生死未卜的无预案飞行。船员初定为 80000 人，将从拉星居民的 259 万报名者中以抽签方式选出这些幸运者。贵船乘客如果愿意继续旅行，也可报名参加抽签。为了表示东道主的心意，对所有贵船乘客凡在着陆前报名者，抽签时给予三倍的加权系数。拉星政府博彩登记人将乘第一辆太空巴士抵达贵船，受理登记事宜。

摩纳哥号是轩辕三光号起程之后从地球出发的第 28 艘飞船，这 28 艘中有 2 艘已经确认为失事，其他 26 艘则杳无音信。有可能它们安全抵达了某个星球并在那儿扎根，但因种种原因未能与母星建立联系，不过这种可能性几乎为零。所以从这个角度上说，摩纳哥号，还有 1200 年前的轩辕三光号，都是蒙幸运女神特别眷顾的。

摩纳哥号是在轩辕三光号 699 年之后出发的，历时 501 年（注：指飞船外静止时间）到达拉星，速度比它的兄长快得多。尽管如此，501 年仍是非常漫长的时间，所以途中乘客仍采用休眠方式。不过乘客们的思维并没有休息，在休眠前，所有乘客的思维被导入飞船 SWW（思维网）中，一直在学习、交往、娱乐，包括虚拟的恋爱、结婚、生子。

现在，摩纳哥号已经泊在拉星近地轨道上。当来自拉星的问候在摩纳哥号的船舱里响起时，大部分乘客还没完全醒过来呢！值班船长已经提前三天启动了休眠复苏程序，然后把 SWW 网中与各人有关的记忆分离，再分别回输到各人脑中。不过，复苏得有个生理上的滞后期，回输的巨量信息也得有一个消化过程，所以，等拉星的几位博彩登记人匆匆进入飞船、用带着拉星口音的地球语言开始

| 深空

喊话时，飞船乘客的神经反应都赶不上他们的语速：

"拉斯维加星欢迎来自母星的客人！有参加本飞船后续飞行的请即刻报名！三倍的加权系数，相当于一个人可以参加三次抽签！优惠期到太空巴士着陆后即截止！本登记人有国家颁发的正式资格证书！……"

摩纳哥号上的 80050 名乘客每 50 人分为一组，被分散到拉星社会中。刚明军所在的小组内有他的四个熟人：朴智远、朴智英兄妹，他们的父母朴云山夫妇。刚家和朴家在登上飞船前就是邻居，旅途中三个年轻人在 SWW 网中又是须臾不离的玩友。不过，小刚的父母刚书野夫妇在旅途中已经去世了。

拉星政府的安排非常周到，每个小组内配了一位导师，在一年时间内与小组成员生活在一起，帮助他们尽快融入本地社会中。小刚所在小组的导师是谢米纳契先生，今年 150 岁。拉星人平均寿命为 210 岁，所以 150 岁正好相当于古地球人的"知天命之年"。谢米纳契先生非常尽职，而且友善宽厚，小组成员立刻就喜欢上他了。第一次见面时，他先在组员中找到了刚明军：

"首先向刚先生表示慰问。你的父母在旅途中不幸以身殉职，他们将英名永存。拉星政府已经将他们的名字载入探险英烈榜中。"

小刚看着窗外低声说："他们是自杀，不是殉职。"

谢米纳契温和地反驳："我看不出两者的区别。我知道当值班船长的艰难，长达 100 年的枯燥旅行，窗外是一成不变的宇宙背景，舱内是休眠如僵死的同伴，太孤单了，非常容易造成值班者的心理崩溃。所以，我认为他们二位就是殉职。"

刚书野夫妇是摩纳哥号第一任值班船长及值班科学官，他们尽职地工作了100年,然后唤醒第二任值班船长,与他做了详细的交班。但卸职后的两人并没有进入休眠,而是随即自杀了。这是401年前的事,小刚在SWW网中早就知道了这个噩耗,他简单地说:

"我已经是18岁的成人了——或者519岁,如果加上网络年龄的话——我自己会处理这件事。谢谢你的慰问,不过请谈其他事吧!"

谢米纳契先生深深地看小刚一眼,把话题转开了。

他用一天的时间详细介绍了有关拉星社会的ABC。随后他说:当然不可能光凭纸上谈兵就完全了解拉星社会,得有一个实践的过程。你们以后不论遇上什么问题尽管找我,我会尽力相助。他发给每人一张银行卡,此卡在一年内可以"无限透支"。一般来说,一年后新移民就会基本熟悉拉星社会,那时可以自由挑选一个职业,也就有稳定的收入了。

他的第一期辅导就要结束了,他停顿片刻,郑重地说:

"下面我要谈的仅是我个人的意见。因为拉星社会保障信仰自由,政府不好对以下问题公开表达什么意见,但我想以个人身份郑重提醒大家。正如你们已经看到的,拉斯维加星上已经建立了非常先进的文明、非常强大的科技,但光明之中总会有阴影。这100年来,各届拉星政府最头疼的事情就是势力强大的'上帝之骰教'……"

几个组员同时问:"什么教?上帝什么教?"

"上帝之骰教,即赌博中'掷骰子'的'骰'。"

智远奇怪地说:"这可是个奇特的名字。"

"往下听你就不奇怪了,这个名字和它的教义是密切相连的。该教派信徒数量达到拉星人口总数的百分之二十,即近300万。他们每个周日举行献祭仪式,与会人数为20万以上,以掷骰子的方式

▎深空

选中 100 个'升天者',被选中者当场献出自己的生命。每周日都是如此啊,据政府统计,从这个教派兴起至今,已经有 522100 人丧生。"

"五十万!"朴云山震惊地说,"在地球上它肯定会被定性为邪教,被政府取缔。"

谢米纳契摇摇头,"我们不愿称它为邪教,因为这些信徒确实是为了实践自己的信仰而不是出于邪恶的目的。这个教派没有常任的领导人,每周用掷骰子的办法选出一个领导者,称为庄家,负责下一星期的宗教活动。该庄家的生命也就这七天了,因为,在下一星期的 100 个升天者中他是当然的一员。所以……他们的献身狂热十分可怕,确实可怕,5000 多代庄家接踵赴死,从没中断。"

听他辅导的 50 个组员都不寒而栗。

"它是一种极其危险的毒品,只要接触一次就有百分之二十的上瘾率,并且上瘾后基本不能摆脱,因为它的教义暗合了人类的冒险天性。"谢米纳契叹了口气,"你们应该知道,人类的赌徒性格是根深蒂固的。所以,要想避免陷进去,唯一的办法是彻底躲开它,远远地躲开它,不要被好奇心所害。"他再次强调,"你们一定要记住我的话!"

他特意拍拍小刚的肩膀:"小刚你要记住我的话啊!"

其实他心里清楚,尽管他苦口婆心,反复劝诫,仍然会有抑制不住好奇心的人。这是由天性和概率所决定的,非人力所能扭转。比如这位小刚,如果他的性格和他自杀的父母相似,很可能就属于那百分之二十的范围。

谢米纳契已经通过 SWW 网查到了他父母自杀的真正原因。

英子紧张地问:"谢米纳契先生,你让我们避开这些人,我们也愿意按你说的去做。可是，怎样从人群中辨认他们？"

"这倒是非常简单的。首先，信徒们都比较瘦，即使胖人在入教后也会拼命减肥。因为据他们说，升天时要通过的'天之眼'是相当狭窄的。"

"噢，那我们在交往中会首先警惕瘦子。"

"还有一个更容易的辨认办法：信徒们在周日参加献祭仪式时，一定会戴上这么一个徽章，喏，就这样的。"

他取出一个小小的徽章，图案是一枚六面体骰子，每个面上有从1到6的不同点数，与地球上赌徒们用的骰子完全一样。徽章是用高科技方法制成，图案中那个骰子并不是死的，而是不停地跳动着，依次展示着不同的点数。在它背后是无限广袤的、缓缓变化的背景。小刚从他手里拈起这个徽章，好奇地观察着。看着它，就像是透过飞船舷窗看深邃的宇宙——或者是有一只独眼正从宇宙深处看他，这要看你站在哪个角度上了。但无论是哪个角度，这个徽章确实令人入迷。他央求谢米纳契先生：

"这个徽章真精巧。先生，让我玩几天吧，我要拿它去和教徒们的徽章做比较。"

谢米纳契不忍拒绝这个孤儿，挥挥手，答应了他的央求。

小组成员们对谢米纳契的警告印象深刻，大伙儿都答应一定牢记他的关照。小刚捏着口袋里硬硬的徽章，心想，这么一个每周杀死100人的邪教，它的活动方式竟是如此明目张胆啊！

每位移民都得到了自己的房子，彼此留下联系电话，分散回家了。朴氏夫妇很同情失去父母的小刚，劝他住到朴家来，但小刚婉辞了，他想用自己的方法走出对父母的思念。随后的一个月内，小刚和朴

| 深空

氏兄妹几乎没有正经在家里待过。想想吧,一张可以无限透支的信用卡!无数地球上没见过的新鲜玩法!三个年轻人绝不会放过这个天赐良机的,连朴家父母都在外边玩得乐不思蜀了。

三个朋友最爱玩的新玩意儿,一个是空中滑板,形状和地球上的陆地滑板相似,但能悬空滑行。它无疑也是磁悬浮作用,但能悬浮到膝盖高度,又没有明显的动力来源,无疑拉星的科技水平要远远高于地球(至少是摩纳哥号起程前的那个地球)。另一个玩意儿是"蛀洞旅行大变脸",两个透明球由弹性管相连,管径很细,玩家要努力顶开弹性管钻过去。人钻到弹性管之后,它就开始发疯般地扭动,把其中的人扭得像洗衣机里的衣服。等好容易钻到另一个球内,那个看似透明的圆球原来暗含机关,从外边看,里边的人是原型经过拓扑变换后的形象,至于如何变换则是完全随机的。小刚被变成一个打结的人,而朴智远则更恐怖,把身体内腔翻到体外了(这是拓扑变换规则允许的),各种器官密密麻麻地悬挂着。外边的小英吓得捂住眼睛,而里边的哥哥还在急切地问:我变成什么样子了?变成什么样子了?

三个星期后,他们又发现一种新玩意儿:最高通感乐透透。摊主是一位十八九岁的年轻姑娘,年龄比小刚他们略大一些。她非常漂亮,细腰盈盈一握,彩色头发扎成两个冲天辫,吊带小背心,超短裙,身上挂满了小姑娘们喜欢的饰件。看见三人过来,她高声吆喝:

"乐透透节日大酬宾!庆祝地球飞船胜利抵达拉斯维加星!一月内八折优惠!"

小刚走过去,笑着说:"那你得对我们更优惠一点儿,我们仨都是摩纳哥号的乘员。"

"是吗?你挺厉害的,不到一个月,拉星话已经说得很顺溜啦!

好吧,对你们七折优惠。"她把三位客人迎进来,又加了一句,"其实对你们不必优惠的,反正新移民们都拿着一张无限透支信用卡。"

不过她还是用七折优惠让三个人玩了乐透透。是一个类似宇航头盔的玩意儿,戴上它,经过十几分钟的调谐,玩家就能得到最高的快感,是一个人在一生中所能享受的快感的综合:婴儿吃母乳时的快感;婴儿被妈妈轻抚脸蛋的快感;与恋人接吻的快感;极度饥渴时进食饮水的快感;大成功后的喜悦;享受蓝天白云、清风山泉时的喜悦,等等,当然也少不了性快感。它们综合到一块儿,成了"痛彻心脾"的快乐,同时又是很温和的,不带烟火气。三个人都沉溺其中不愿离开,但女摊主只让每人玩半个小时,说这是法律严格规定的,每天不能超过半个小时,否则它就变成最厉害的毒品了。临走时小刚有点儿恋恋不舍,倒不是舍不得这种玩法,而是离开这个漂亮快乐的姑娘。他说:

"能告诉我你的名字和电话吗?"

"当然可以。你叫我阿凌就行,我的电话在招牌上写着呢!"

小刚介绍了这边三个人的姓名和电话。"那,我能不能请你吃顿饭?"

"我当然乐意。"阿凌笑着说,"我知道你们有无限透支卡,一年内有效,所以在这一年内你尽可以多请我几次,我绝不会嫌麻烦的。不过今天不行,哪天我有空的吧!"

智远说,那我们下周来找你吧,我们仨轮流清你。三人离开了这个小店,小英撇着嘴说:

"小刚,刚先生,你对姑娘们的进攻非常果断啊!"

小刚笑着说,这也属于谢米纳契先生所说的男人的冒险天性。

| 深空

小英反驳说,谢米纳契只说"人的冒险天性",可没专指男人。小刚笑着说:"这就对了,女人也有冒险天性的,那你干吗不对你中意的男孩子主动进攻?"

第二天,他们在街上邂逅了阿凌,她仍是那身时尚打扮,只是外面套了一件淡青色的风衣。看见三人她首先打招呼:

"喂,你们三位好。我还惦着你们的请呢!"

小刚高兴地说,那咱们现在就去饭店吧!阿凌歉然摇头:

"不行,我今天有重要的事情,抽不开身。以后吧,下周吧!"她嫣然一笑,"如果下周我们还能见面的话。再见。"

最后这句话有点儿没头没脑,未等三个朋友醒过来劲,她就匆匆离开了。小刚一直专注地望着她的苗条背影,小英有点儿恼火,用肘部推推他,说:

"小刚哥,你别看啦,你的心上人已经走远啦!"

小刚扭回头,严肃地说:"你们没发现?她的风衣上戴着一枚'上帝之骰'的徽章。"

"真的?我没看见。"

智远说他也没注意到。小刚说:"我看见了,不会错的,就在她风衣的翻领旁。今天是星期几?对,是星期日,她一定是参加那个献祭仪式去了。刚才她说什么来着?她说'如果我们下周还能见面的话'——她已经做好赴死的准备了!"

朴氏兄妹相当吃惊,没想到谢米纳契的警告在不到一月中就应验了。小英恍然大悟:

"噢,你看她很瘦的,符合信徒的特征。"

小刚沉思片刻,果断地摸出那枚徽章,戴在胸前:"我要跟她去,看看那个教派到底在干什么。"

"不行的,不行的!"小英震惊地说,"谢米纳契先生说得再清楚不过了,那沾不得的,一沾上就会上瘾。"

智远也竭力阻止他,但小刚不在意地说:"我总不至于没有一点儿自控力吧?我一定要去,这么一个灿烂快乐的年轻生命,我不能眼看着她送命。"

他拔步追上去,朴氏兄妹紧跟在后边,努力劝他,小英急得要哭,但小刚一点儿不为所动。那件淡青色的风衣在人群中时隐时现,三人一直追到一家大游乐园,密密的各种游戏摊点中夹着一个不大起眼的电梯门。这会儿门前已经排起长队,来这儿的人仍然络绎不绝。三人注意观察,来人果然都戴着那种徽章。电梯门开了,阿凌和众人走进去,门又合上,门边的红箭头开始闪亮。小刚拦住他的两个朋友,不让他们再跟着,因为两人没戴徽章,再走近可能引起怀疑的。然后他用力握握两人的手,走近电梯门。

这是那种循环式的电梯,此刻方向只能向下。门又打开了,小刚和前边的十几个人走进去。他心里忐忑不安,生怕被人认出是冒牌货,实际上根本没人注意他。电梯里的人都微笑着用眼神互相致意,但却一言不发。电梯嗡嗡地飞速下沉,似乎已经来到很深的地下。它终于停住了,门打开,人们鱼贯而出。

眼前的景象大出小刚的预料。他原以为这个献祭之地一定阴暗诡秘,或者庄严肃穆令人敬畏,谁知他看到的仍是一个大游乐场。这是一个大溶洞,空间极为广阔,穹顶几不可见。场内彩灯辉煌,笑语喧天,大分贝的音乐轰鸣着,几万个(或者是几十万个,小刚对这么多人在数量上没有概念)盛装的男人女人在尽情地玩闹,跳街舞、恰恰、伦巴、芭蕾;抖空竹翻筋斗,打醉拳舞太极;反正一

深空

句话,是把地球上的全球狂欢节挪到这儿了。阿凌早就消失在人群中,就像溶入大海的一滴水,根本甭想找出来。

小刚在密密的人群中困难地穿行,观察着四周。他原来担心这里戒备森严,其实即使不戴徽章也不会有人注意的。他挤到了广场中间,惊奇地发现这儿有一个魔幻般的玩意儿:一个黑色的球状物,静静地悬空飘浮着,黑球黑得非常深,似乎有无形的黑浪在里边不停地翻滚。小刚想,这就是谢米纳契先生说的"天之眼"吧?信徒们要通过它来升天。小刚在科学世家中长大,从不相信世界上有什么超自然的灵物,便想挨近去仔细看。但在距离黑球相当远的地方,他被一道无形的屏障阻住了。屏障是半球状的,把那个悬空的黑球严密地包在里面。这当然不是上帝的法术,无疑是某种高科技的东西。

小刚入迷地看着这个悬空的黑球,抚摸那道无形的屏障。他想,眼前的这一切绝非儿戏。

音乐声突然停止,世界就像在这一瞬间突然停住了。狂欢的人们停止了动作,气喘吁吁地看着上方。从几不可见的穹顶上打来一束耀眼的光柱,打到广场中央的一座高台上。高台边有一支乐队,已经准备就绪。一个男人走到光柱中,向众人举起双手,大声宣布:

"我,上帝之骰教第5222任庄家,现在主持本次升天仪式。请大家就位!"

地灯亮了,把场地分成无数个棋盘格。下边一阵骚动,每人都做了轻微的移动,站到一个格子里,小刚也学大家占到一格中。

庄家再次扬起手:"孩子们,向万能的上帝祈祷吧!"

下边响起一片吟哦声。小刚赶紧学起东郭先生,哼哼哝哝地应付着。他很快就听清了大家念的祈祷词,原来翻来覆去只是一句话:

"我向万能的上帝祈祷,望上帝之骰能完成你老人家无力完成的事情。"

小刚怀疑地咂摸着:这句祈祷词怎么不是味儿。信徒们不像是在膜拜上帝,倒像在调侃他老人家!没错,小刚注意地看看四周,吟哦的信徒们远远说不上肃穆虔诚,他们眼里都闪着顽皮的光芒。祈祷结束,庄家庄严地发问:

"孩子们,你们都做好升天的准备了吗?没有做好准备的请退出圈外!"

下边像小学生一样整齐地回答:"我——们——做——好——准——备——了——"

这会儿小刚真想退出圈外——他可不想参加什么"升天",把自己的命搭在里面。但他不想引起怀疑,咬咬牙,站在原地没有动。

庄家开始掷骰子了。在他脚下的高台上放着一个精致的金属盘,银光闪亮。投光设备把它投影到天幕上,显示出其上密密麻麻的棋盘格,这些格子和众人所处的格子是一一对应的。庄家拿出一个黑色的骰子,上面有 1 到 6 各个数字,不过小刚随后知道,在这种掷骰方法中,点数实际是无用的。

第一次投掷开始。庄家把骰子投进金属盘里。骰子跳动着。它的弹性极好,跳了很长时间才停下来,静止在某个格子上。立时,与此格对应的广场中的那个格子唰地亮了,耀眼的光柱由地上射向穹顶,光度之强,似乎把格中那个人熔化了。乐队立即奏乐,鼓声铍声响成一片。乐声停歇后庄家宣布:

"向第一个幸运者祝贺!"

那是个 30 岁左右的男人,他兴高采烈地向大家挥手,离开原位

| 深空

走到高台上。下面是如涛般的欢呼声。

掷骰依次进行，几十个幸运者陆续聚到高台上，有男有女有老有少，不过以20岁左右的年轻人居多。下一次掷骰子出了点儿麻烦，骰子停住后，鼓声钹声响起来，但广场上有两个棋盘格同时亮起又同时熄灭。下边响起一片"咦"声。庄家低头在金属盘里查看一番，笑着宣布：

"噢，是一次巧合。骰子完全均等地压到两个格的中间线上，其均分的精度超过了仪器所能分辨的限度，无法四舍五入。现在怎么办？如果宣布此次掷骰无效，对这二位无疑是不公平的，我想应在二人中选一个。但是该如何选，是由大伙儿投票决定，还是让他们二位单独对决？"

下边响起一片声浪："由大家投票决定！投票决定！"

庄家同意了，请那两人上台发表竞选演说，但只能说一句。两人中那个男的先走上台，向大家行了礼，简短地说：

"当然应该选我，请大家回忆一下地球上有史以来所有探险家的性别！"

下边轰然响起叫好声，当然主要是男声。演讲者得意地向四周鞠躬致谢。那位女的随即上台，说：

"那么我也请大家回忆一下地球绅士的高贵传统：女士优先！"

又是轰然的叫好声，这回男声女声都有。庄家说：

"下边开始投票。凡是赞成这位女士的就请拍拍手，凡是赞成这位男士的就请跺跺脚！"

众人兴高采烈地拍手跺脚，天幕上的投票数字飞速上升。不过，显然有些捣蛋鬼暗地里达成了某种共识。这会儿天幕上的数字变换放缓了速度，一边数字蹦上去几个，紧跟着另一边的数字就蹦上去几个。投票终于结束了：134293 对 134293，一票弃权。人群中轰然笑起来。在鼓钹声中，庄家为难地说：

"又是一个平局！只好让他们二位单独对决了。当然不是用剑，仍然用骰子。我宣布规则如下：一掷定胜负，大点为胜。二位请吧。"

两人走近金属盘，女的从庄家手里接过骰子，撒到盘里。骰子蹦了一会儿，定住了，6 点！鼓钹声响成一片，姑娘激动地跳起来说：

"上帝偏爱我！"

小伙子看来要输，但他仍气度从容地掷出骰子。骰子跳动着，似乎要停到 3 点上，但它在最后一刻又弹了一下，把 6 个黑点停到上面。小伙子大声笑道：

"上帝对我也不差！"

不过毕竟上帝对那姑娘更偏爱一些，在第二次掷骰中，姑娘赢了。她兴奋地走到高台上幸运者的队伍里，小伙子则懊丧地回到台下的原位。

在热热闹闹的仪式中，小刚几乎忘了自己也是参与者。所以，等到第 99 次掷骰，他脚下的方格忽然亮起时，他没有一点儿心理准备。在众人的欢呼声中，他几乎是无意识地走上高台，排在队的末尾，并没决定一会儿自己是否跟别人一块儿"升天"。

第一百次掷骰子不再是选升天者，而是选下一届的庄家，这次选中一位须眉皆白的老人。本届庄家拥抱了下届庄家，做了简单的交接，然后向大家挥手告别：

"永别了，愿幸运与我同在！"

他走到幸运者队伍的第一个位置，开始脱衣服。后来小刚知道，

| 深空

每人成功通过天眼的概率与其信息总量（粗略地讲就是体重）的指数成反比，所以升天者除了尽量减肥，还要去掉所有身外之物。赤裸的卸任庄家已经站到那堵无形的屏障前，刚才它曾经阻止小刚往前走，现在它暂时打开了，庄家一闪身走进去。下面的场景让小刚目瞪口呆，因为那具身体一越过那道无形的界线后，就立即悬浮起来，朝上方的黑球飞过去，或者说是被黑球吸过去。他的速度越来越快，眨眼间已经被黑球吞没。在吞没前的瞬间，可以看出他的身体已经被黑洞潮汐力拉得相当细长。

小小的黑球吞没了这个人，照旧不露声色地悬浮在场地中央。

到这时小刚才意识到，他所目睹的并不是闹剧或魔术。不管刚才的掷骰子程序是否有猫腻，反正信徒们的死亡是货真价实的。头顶飘浮的这个黑球无疑是个货真价实的黑洞，而拉星的科技水平已经能激发并控制这样的黑洞了。

排在队伍第二位的升天者也脱光了衣服，安详地向台下人群挥手，然后跨过那道死亡之线。大厅中的人群跟随升天者的告别辞，平静地吟哦着：

"永别了，愿幸运与我同在！"

"永别了，愿幸运与我同在！"

……

不过小刚觉得，这刻意的平静下涌动着悲凉的暗潮。

黑洞吞吃了几十个人，仍然无喜无怒，用它的黑色独目冷眼看人。

小刚飞速地思索着。他不知道眼前看到的东西有多少是真的、多少是假的。至少他对一点有所怀疑，自己第一次走进这座大厅就被选中，"运气"未免太好了吧？要知道这是268586人中选100个，只有 2685 分之一的概率啊！也许——有人发现他是窥探者，故意在骰子上捣了鬼？对于拉星的高科技来说，这是再简单不过的事……身后的老庄家轻轻推推他，原来，前边的 99 个人都已经"升天"完毕，轮到他了。他可不想糊里糊涂把性命送到这个黑洞中，仓促中他脱口喊道：

"我不愿升天！我不愿死！"

全厅愕然！20 多万双目光汇到他身上，快把他点燃了。他想愤怒的信徒们马上会怒吼着扑上来，把自己撕碎，不过这一幕并没有发生。人们只是盯着他，目光中充满轻蔑不屑。他身后的下任庄家，那个老人，更是真诚地不解。他走过来轻声问：

"你既然不愿升天，刚才庄家在做'最后询问'时，你为什么不退到圈外？"

小刚面红耳赤，没法儿回答。好在有人及时打破了他的尴尬——是阿凌，她一直隐在人海中，这会儿露面了。她匆匆跑上台，对大伙儿说：

"我认识他，他是从摩纳哥号来的新移民，不知道咱们的规矩。其实他根本不能参加升天的，他肯定没通过提升呢！"

小刚不知道什么叫"提升"，但阿凌的救场显然缓和了大家的情绪。老庄家怀疑地看看小刚身上佩戴的"上帝之骰"徽章，不过没有再难为他，只是温和地让他退到台下。小刚狼狈地退下来，虽然他没脱衣服，但这会儿觉得自己是赤身裸体，无数目光烙在他的后背上。

老庄家回头面向大厅："这可是 5222 次升天中头一次碰见的意外，我只好提前进入庄家的角色了。现在咱们怎么办？我想应该再掷骰

| 深空

子选一个,我们不能留下一次不完美的升天。"

下面立即有人喊:"不用再选了!不用了!"那人快步走上来,原来是刚才二选一被淘汰的小伙子,他对大伙儿说:

"你们一定没忘记刚才那个不幸的落选者吧?他曾与对手战成三次平局,在最后一关不幸被淘汰。仁慈的教友们哪,为什么不把这次机会赐予他呢?"

下面轰然同意,老庄家也慈爱地点了点头。于是,这个落选者脱去衣服,跨过生死之线,高兴地喊道:

"永别了,愿幸运与我同在!"

老庄家宣布这次祭礼结束,26万人如水泻般井然有序地散去,只剩下小刚一人,孤零零地站在空旷的大厅内。本来他很怜悯这群愚昧的教徒,但这会儿他觉得该怜悯的倒是自己。没说的,在大家眼里,他是个临阵脱逃的怕死鬼,被万夫所指万人所骂。这一切都是他自找的。大厅里的灯光忽然熄灭,这儿变成绝对的黑暗,黑得连他自己的肢体似乎都不存在了。只能看见那个黑洞仍在原地悬浮着翻滚着——之所以能看见它,不是因为它会发光,而是因为它比四周的黑暗更黑。小刚慌了,一步也不敢迈。他焦急地喊:有人吗?有人吗?但声音被无边的黑暗吞没了。

忽然灯亮了,电梯门随即打开,阿凌匆匆跑出来,笑着说:

"电脑统计显示少上来一个人,我心想肯定是你了。来,跟我走。"

她拉着小刚走进电梯。电梯平稳地上升,耳边是轻微的嗡嗡声。在电梯上升的途中,小刚非常尴尬,他想向阿凌做一番解释,但试了几次都张不开口——他根本没办法为自己的行为辩解。倒是阿凌体会到他的心情,平淡地说:

"没关系的,我知道你并不是信徒,只是溜进来玩的,误打误撞被选上了。你不想升天是可以理解的,没人说你是胆小鬼。"

小刚只有苦笑。

电梯停了,门打开,智远和智英焦灼地守在那儿,一看见小刚就惊喜地大叫起来,甚至不敢相信自己的眼睛,拉着小刚又是捏又是摸的。在他们看来,小刚身入"魔窟"竟然能全身而退,简直不可思议。阿凌立在旁边,笑眯眯地看着三人,等他们的情感发泄告一段落,她过来说:

"我要走了,再见。以后去找我玩——还有,别忘了请我吃饭。"临走她补充一句,"小刚,你以后不要戴那枚徽章了,我是说,在你没成信徒前不要带它。这在拉星社会中是犯忌的。"

小刚一下子面红耳赤。

阿凌走了,小刚向两个朋友详细讲了进洞后的经历,讲了那个神秘的黑球,讲了100个人奇诡的死亡方式,也讲了自己临"升天"前的退缩。英子是个怀疑派,认为小刚被骰子选中肯定是有人捣鬼,是想除掉他这个"间谍"。小刚摇摇头,说:

"我曾经这样想过,现在不这样想了。如果真是这样,恐怕他们不会轻易就放我一马。"

而小远的怀疑集中在另一个点上:"这些信徒们为什么甘愿赴死?即使是邪教,也得有个说得过去的提法吧?小刚,咱们去问问谢米纳契先生。"

小刚不想问,他知道谢米纳契会生气的,不过最终他还是把电话打了过去。果然,得知小刚去参加了升天仪式,谢米纳契先生非常恼火:

| 深空

"你这个孩子,为什么不听我的嘱咐?"他叹了口气,"也好,也好,也许这是好事。既然你能在升天前决然退出,也许以后你就有免疫力了。"

小刚一个劲儿赔笑:"是的,是的,以后我肯定有免疫力了,再不会受它的蛊惑了。所以,你可以把'上帝之骰教'的真相全部告诉我了,没关系的。"

谢米纳契没有上当,冷冷地说:"这次你没有送命,该感谢上帝的恩典了。听我的话,再不要和他们有任何接触,更不要打听它的教义。"

他挂了电话。小刚无奈地说:只好找阿凌问了,想来她不会隐瞒的。电话打过去,阿凌打趣地说:

"是小刚?是不是请我吃饭?感谢你经历了生死之劫后还记得对我的承诺。不过今天我还是没时间,明天摩纳哥号就要出发了,我父母都是它的乘员,我要和他们共度最后的一天。"她补充道,"他俩是飞船第一任值班船长和值班科学官,和你的父母一样。"

三个朋友十分吃惊。这种无预案飞行生死难料,而且即使摩纳哥号能顺利找到一个可移民的星球,反正阿凌和她的父母是不可能再见面了,此次生离即为死别。所以,移民者一般都是以家庭为单位的,她的父母为什么不带女儿一块儿去呢?不过他们没有谈这件事,不想搅乱阿凌的心情。小刚只是说:那我们就不打扰了,明天我们也去发射场去送行。

第二天他们赶到发射场,100架太空巴士已经准备完毕,齐齐地排在那儿。电磁加速轨道像一把长剑,斜斜地伸到天外。阿凌及其父母在第一辆巴士附近,阿凌向父母介绍了三个新朋友,父母拥抱

086

了三个人，同他们道别。从他们脸上看不出生离死别的悲戚，阿凌爸反倒安慰小刚，问他是否已经走出父母去世的阴影。又说，在飞船离开后，希望三个朋友多到阿凌那儿陪陪她。英子一直在为阿凌难过，忍不住问：

"伯伯，阿姨，你们为什么抛下阿凌？你们至少应该带她一块儿走的。"

这句问话不能说很得体，有点儿"专往痛处捅刀子"的味道。小刚和智远都有点儿尴尬，拿眼色制止英子。阿凌妈笑着说：

"孩子，阿凌不愿同我们一道去的。我们宁愿早走一步离开她，也不愿见到她先离开我们啊！"

她说的阿凌"先离开"无疑是指"上帝之骰教"信徒的升天。这句话里多少透露了夫妇两个的悲戚。

出发时间到了，他们最后一次拥别，阿凌父母走进第一号太空巴士，穿上抗荷服。指挥台一声令下，太空巴士在电磁力的加速下，嗖嗖地射出去，消失在蓝天中。不久，空巴士返回，从屏幕上看到轨道中的巨型飞船开始加速，离开拉星，飞向无垠的宇宙。

一切都是1200年前第一批太空移民离开地球那个场景的重演。

小刚父母自杀前在SWW网中同儿子（当然是虚拟的电子小刚）有过一次长谈，坦率地讲述了他们决定自杀的心路历程。他们说，人类对未知的探索，或者说是人类的冒险天性，从另一个角度看实际上是逃离，是对某种囚笼的逃离。猿人学会直立，从树上走下来，是对森林囚笼的逃离；学会用火和工具，是对蒙昧囚笼的逃离；学会说话，是对无声囚笼的逃离；发展了医学，是对疾病囚笼的逃离；从非洲向其他地方迁徙，直到走出地球，是对地理囚笼的逃离……

## 深空

整个人类文明史就是这样一次又一次成功的逃离。但科学家最终发现,有一个囚笼是绝对无法逃离的,那就是宇宙本身。宇宙必然灭亡,人类所有的文明之花都会在那时枯萎,即使在我们的宇宙之外或之后仍有新宇宙,也不可能把人类文明的种子播撒到那里。人类在成功逃离一个个囚笼、自信心空前膨胀之后,却发现她仍处在一个最大的笼子里,一个和宇宙一样大的笼子,绝对不可逾越……

"孩子,请你原谅,你的父母都是懦夫。在100年枯燥的旅途中,这个念头一天比一天更重地压在我们心头,让我们心灰意冷、沮丧悲怆。既然最终的宿命不可更改,我们的奋斗又有什么意义呢?最后,我们只好以死亡来逃离这个心理的囚笼。

"军儿,爹妈对不起你!我们走了,留下你一个人去面对陌生的世界。希望你不要做爹妈这样的懦夫,而要成为一个勇士,勇敢地活下去!"

"很可惜,你爸妈如果活到飞船抵达拉星就好了,在这儿他们会知道,那个宇宙之笼并不是绝对不可逃离的。"阿凌兴致勃勃地说。这是摩纳哥号起程之后,她和三个朋友坐在一家饭店里。"相信到那时候,你爸妈一定会成为'上帝之骰教'最虔诚的信徒。"

"你是说,宇宙之笼也可以逃离?"

"对。当然老宇宙会灭亡,这是毫无疑问的,再先进的科技也无法改变。但科学能在母宇宙中激发出一个婴儿宇宙,就像是在橡胶薄膜上吹起一个小泡泡。小泡泡逐渐长大,最终与母宇宙脱离,形成一个封闭的新宇宙。告诉你们吧,拉星人在100年前已经激发出一个婴儿宇宙,而且能让它与母宇宙之间保持一个始终相连的蛀洞。这种蛀洞的进口是黑洞,出口是白洞,小刚那天在地下溶洞中看到的那个空中悬浮的黑球,实际就是蛀洞的进口。""你们……'上帝之骰教'的升天……是在逃离这个宇宙,向另一宇宙迁徙?"三个朋友都十分震惊,七嘴八舌地问。

阿凌笑了:"别性急,你们得听我慢慢讲,这里边的事儿非常复杂哩!虽然拉星人已经能让两个宇宙通过蛀洞相连,但不幸的是,我们也同时确认了'宇宙不可通'的金科玉律。它是什么意思呢?浅显地说是这样的:两个宇宙之间如果能有任何信息的传递,那两者之间仍然是一体,有同样的命运,会在同样的时刻灭亡;真正独立的婴儿宇宙则完全关闭了与母宇宙的信息通道,不可能有任何的信息传递过去。你们知道,任何生命,任何文明,其实质就是信息。所以,这个'宇宙不可通'定律,其实也关死了人类逃离母宇宙的任何可能的通路。事实确实如此,凡想通过蛀洞到达新宇宙的任何有机体,都会在蛀洞中被彻底打碎,回到最原始的物质状态,再从白洞中喷出去。所以,组成你的物质虽然到了新宇宙,但和原来的你已经没有任何联系了。"

小刚非常失望,拉长声音说:"噢,说了半天,还是不可能啊。"

"你又着急了不是?你再打岔,我就不给你讲了。"三个朋友连忙保证再不打岔,阿凌才继续说下去,"但这时万能的量子力学来救驾了。量子力学说,宇宙中任何不可能的事都是可能的,只是概率的高低而已。所以一个有机体也可能通过蛀洞,带着完整的信息到达新宇宙,只是机会非常非常小。这个概率与通过蛀洞的信息总量有关,粗略地说与该有机体的质量有关。经过计算得知,如果人来进行蛀洞旅行,存活的概率是一万亿分之一。"她看见小刚张张嘴想说什么,忙说:"你一定说这违犯了'宇宙不可通'的定律,不,并没有违犯。虽然一个人连同他脑中的科学知识(这同样是信息）可以到达新宇宙，但这只是理论上的可能。实际上，他究竟能否活着抵达，抵达后会变成什么样子，能否在新宇宙繁衍生息，等等，在母宇宙中是永远不可知的。于是，量子力学与'宇宙不可通'定律以这种奇怪的方式保持了统一。"

英子困惑地问："哥哥，你听懂了没有？"

智远尴尬地摇头："听懂了一点儿，但不全懂。"

"小刚，你呢？"

小刚听懂了，但听懂的同时也不寒而栗。他喃喃地说："一万亿分之一的概率。每星期有100人升天，大致是两亿年之后能凑够一万亿人。那时才可能有一个人活着抵达新宇宙。"

"你算得没错。当然这只是概率数，实际上可能今天已经有一个人活着抵达了，甚至可能第一个人就活着抵达了，但也可能200亿年后还没有一个成功者。"

小刚敏锐地说："而且这边永远不会知道！正如你说的，可能今天已经有了一个成功者，也可能200亿年内都没有成功者，但老宇宙这边永远不会知道的。所以，不管这种升天的成效如何，你们只能晕着头继续升天，让概率数的分母一天天增大，尽量加大成功的可能。"

阿凌微笑着说："这正是'上帝之骰教'信徒们的信念。我们有勇气来实践自己的信仰。"

朴氏兄妹终于听懂了，也像小刚一样不寒而栗。一万亿分之一的概率！"上帝之骰教"的信徒们前赴后继地"升天"，只是为了这一万亿分之一的成功率，而且这是个永远无法验证的概率。这些赌徒们的胆量未免太大了。阿凌知道三个朋友的心思，笑着说：

"这有什么嘛。这不过像地球人买彩票,中头彩的概率是几十万甚至几百万分之一,绝大多数人买一辈子也不会赢一次的,但这些失败者们仍然会前赴后继。"

"那是几百万分之一,你的概率可是万亿分之一啊。"

"这是上帝在掷骰子,想赌赢当然会更难一些。小刚,就拿你父母说吧,他们肯定乐意成为'上帝之骰教'的信徒。他们死都不怕,还怕跟上帝打一个赌?"

三个朋友无话可说了。智远不好意思地问:"我想问一个问题,可能是个傻问题。既然通过蛀洞的概率与质量的指数成反比,为什么不拿低等生物先做实验呢,像病毒啦、细菌啦、昆虫啦、青蛙啦,它们肯定容易通过蛀洞。"

"谁说我们没做?正像上帝造万物的日程一样,一星期中有六天是在造其他生物——向蛀洞的入口中大量倾倒各种低等生物,只有最后一天才是'造人'。你说得对,低等生物成功通过蛀洞的概率比人大得多,所以,等哪天终于有一个人成功抵达那儿时,他可能发现那儿已经是个热热闹闹的生物世界了。当然,人类绝不会只让低等生物占领新宇宙而让自己缺位。你可以回忆一下,人类在刚刚迈出宇宙航行的第一步时,就急于让人类登月。那和今天是一样的道理。"

第二天谢米纳契先生找上门来了,是朴氏夫妇把他喊来的,他们从儿女那儿知道了三个人同阿凌的交往,非常担心。而且——不知道为什么,他们最担心的是小刚。他们认为,如果三个年轻人被"上帝之骰教"所蛊惑,肯定小刚首当其冲。

谢米纳契也是同样的看法,找到三人之后,他的矛头首先是对

| 深空

着小刚的。他生气地说:"你们把我的关照全扔到脑后了。小刚,你辜负了我的心意。"

小刚尴尬地说:"对不起,谢米纳契先生。不过我们已经知道了,'上帝之骰教'并不是邪教,相反,他们都是最虔诚的科学信徒,是最勇敢的探险家。"

几天前谢米纳契曾说"上帝之骰教"是邪教,但这会儿他说:"他们不是邪教,也与邪教相差无几了。你们已经知道,成功通过蛀洞的概率只有一万亿分之一。这个概率是通过理论推算的,咱们可以相信。但即使一个人能够到达新宇宙,他在那儿活下去的概率又是多少?他可能在通过蛀洞时变成一个傻瓜或失去四肢五官;他可能落到恒星的核火焰中而灰飞烟灭,或掉到一个氯化氢的气态星球上,找不到可食用的食物和可呼吸的空气,更别说找到配偶来繁衍生息;等等。总的来说,他即使能成功到达,活下来的可能也只有一万亿分之一。两个万亿分之一相乘,结果又是多少呢。"他叹息着,"我不怀疑量子力学对那个概率的计算,我知道那是经过多少科学家验证过的,非常严格。但——严格的科学最终却演化到这一步,不得不让成功的希望建立在掷骰子上,岂不是莫大的讽刺。科学发展到这时已经不是科学了,是走火入魔。"

小刚辩解道:"阿凌说了,凡是参加升天的人,事前一定要经过严格的提升,也就是学会在一个新宇宙中生存的技能,比如,用克隆方法繁衍,或者从无机物中制造食物。"

谢米纳契哼了一声:"那只是画饼充饥罢了。对于一个根本不了解也永远不能了解的世界,你所做的训练有什么用?说好听一些,那只是一种心理安慰。"他摇摇头,加重语气说,"小刚,虽然可能为时已晚,我还要再劝你们一句:赶紧中断与阿凌的来往,否则你们很难逃过'上帝之骰教'的蛊惑。"

小刚说:"谢米纳契先生,我想劝阿凌退出那个组织,我不忍心看着她送命。"

"你能办到吗?你对她的影响能超过她的父母吗?如果她父母能够劝转她,也就不会报名参加这次无预案宇宙航行了。无预案宇航也是冒险,但毕竟是可以预测的冒险。"

小刚犹豫着没有回答,英子着急地说:"小刚,咱们应该听谢米纳契先生的话。先生,伯伯,我们一定听你的话,不再与阿凌来往了。"

谢米纳契长叹一声:"但愿如此吧!"其实他已经不抱什么希望了,像小刚这样的人,一旦陷进去,很难再脱身而出。因为——公平地说,在"上帝之骰教"中洋溢的那种激情,非常纯洁的殉道者的激情,对热血青年们是很有诱惑力的。

三个朋友倒是认真听取了谢米纳契先生的劝告,在第二个星期里直到周日,小刚没有去找过阿凌,更没有参加他们的升天仪式,虽然这么做很难,因为——想想吧,当你躲在一边玩耍、聊天和吃喝时,那枚"上帝之骰"可能已经落到阿凌头上了!

……

鼓声和铙声再一次响起,阿凌站的那个格子里的灯光忽然亮了起来。她从耀眼的光柱中走出来,笑着向大家招手,走向高台,回过身大声说:

"永别了,愿幸运与我同在!"

然后脱去衣服,就要越过那道无形屏障。她忽然停住,向四周

| 深空

寻找,喃喃地说:"小刚呢,智远和英子呢,我想在死前再见见我的朋友。这是我唯一的心愿了。"

小刚这时在岩洞之外远远地看着她。小刚知道她其实不想死,她很留恋这个世界的。他想回应她的呼唤,想跑过去把阿凌拉回来,但不知道为什么,他被魔住了,一动也不能动,只能眼睁睁看着阿凌,看着她失望地回过身,越过了那道屏障,立即被黑洞的引力撕碎……

小刚猛然惊醒,冷汗涔涔。

他想自己再也不能躲避了,明天一定要去找阿凌。至于找到阿凌做什么,他心中还没数。第二天,他硬拉着智远兄妹去找阿凌,智远和英子努力劝阻他。正在这时阿凌的电话先来了,她说她不上班了,不再管那个"最高通感乐透透"的摊点了,想和三个朋友痛痛快快地玩一个星期。英子还在犹豫,但小刚立即答应了。

四个朋友在游乐场见面。一见面,阿凌就喜气洋洋地说:

"告诉你们一个好消息,昨天的升天仪式上,我已经被选为这一周的庄家了!"

小刚的脸唰地白了,英子和智远则愣了片刻才悟出阿凌的话意——她已经被选为"上帝之骰教"的庄家了,下个周日她就要主持本周的升天仪式,然后第一个投身到那个吃人不眨眼的黑洞中。怪不得她要"痛痛快快地玩一星期",这也是她待在这个世界的全部时间了。三个朋友都一言不发,锥骨剜心一样地难过。英子忍不住,大颗的泪珠子滚出来。阿凌喊起来:

"干吗呀?干吗呀?你们该为我庆祝的,怎么哭起来了?"

英子抽噎着说:"阿凌姐……你真的……不害怕?你……不留恋……这个世界?"

阿凌想想，老实说："我当然留恋，要不我干吗约你们痛痛快快玩一星期呢？不过，从加入'上帝之骰教'那天起我就做好了准备，那是我应负的责任。"她笑着说，"也许我去的那个世界比这儿更好玩呢！"

智远忍不住说："我们昨天见了谢米纳契先生，他说……"

阿凌打断了他的话："我知道，我知道，他说的一切我都知道。但我，和所有的信徒们都相信一点：你如果不去做，连那万亿分之一的机会也不会有；如果去做，毕竟还有非常小的成功机会。在我们看来，'非常小'和'零'是有天壤之别的。"

她笑着告诉三个朋友：她已经怀孕了，当然是人工受孕，医生在她体内植入了两个没有亲缘关系的受精卵。如果她能平安抵达新宇宙中，把这两个儿女生下来，他们将成为新宇宙中人类的始祖。英子很不理解，问：

"那以后呢？这对兄妹长大以后可以结婚，因为他们实际是没有亲缘关系的。但他们的后代去和谁结婚？"

阿凌放声大笑，说，英子，你考虑得真长远啊，不过这件事实际根本不必担心的，地球上已经有先例——想想亚当和夏娃的后代和谁结婚就行了。

英子和智远无话可说，都看着小刚。这一阵小刚一直没有说话，独自在愣神。这时他开口了：

"阿凌，我已经考虑好了，我要和你一块儿升天，一块儿去新宇宙——你别打断我的话，我知道你们的升天是由掷骰子决定的，但无论地球或是拉星上，都允许夫妻，或家庭，作为一个单位去参加抽签，你父母就是这样嘛。我们可以在这一星期内结婚，然后共同出发。如果能够到达新宇宙，两人的力量毕竟比一个人大，彼此

| 深空 ──

也是个照应。"

智远兄妹没料到小刚能做出这个决定,一时愣了。阿凌也愣了片刻,再次放声大笑,走过来,结结实实地吻了小刚:

"谢谢你的情意,太让我感动啦。这说明,古典的骑士精神是长留天地间的。"她收起笑谑,认真地说,"小刚,真的感谢你,但你说的事情是行不通的。首先'上帝之骰教'并没有这样的规定,即使有也不行。咱俩如果作为一体去升天,成功的概率会大大降低——你知道的,成功概率与通过蛀洞的信息总量的指数成反比;还有,你还没有经过提升,没有能力去面对那个全新的世界。"

小刚平静地说:"你说的这些道理我全都知道,不过——你刚才说过的:如果不去做,连那万亿分之一的机会也不会有;如果去做,毕竟还有非常小的成功机会。在我看来,'非常小'和'零'是有天壤之别的。"

阿凌搔搔脑袋:"原来你在这儿等着我哩!"不过她仍坚决地拒绝了,"不行,我决不会同意你的想法。"

"我不光是为你,也是为了我的父母,是替他们行这件事——'逃离母宇宙之笼'。他们如果知道有这个'万亿分之一的机会',也一定会来赌一赌的。"

"很高兴你能这样想。那么,作为本届的庄家,我欢迎你参加'上帝之骰教'。但你必须经过正式的提升——大概需要一年的时间,然后参加升天仪式中的正式遴选,靠那枚'上帝之骰'决定你的命运。"

"一掷赌生死?"

"对。"

小刚想了想:"好吧。喂,阿远,英子,咱们不说这个话题了,好好陪阿凌玩吧！"

一星期的时间很快就过去了，这些天他们玩得很痛快，谁也没有提及与"升天"有关的话题。周日，阿凌要走了，三个朋友陪着她一块儿到了那个溶洞里。智远兄妹是第一次来，对这个奇大无比的溶洞，对那个在空中悬浮的鬼魅似的黑球，还有20多万快快活活的人们（要知道他们都是来这儿一赌生死的），都充满了好奇。

升天仪式开始了，阿凌同朋友们告别后，走上高台，照老规矩开始主持升天仪式。她领着大家念诵了那段祷辞："我向万能的上帝祈祷，望上帝之骰能完成你老人家无力完成的事情。"然后大声问：

"孩子们，你们都做好升天的准备了吗？没有做好准备的请退出圈外！"

智远兄妹乖乖地退出圈外。虽然由阿凌这个小姑娘称呼信徒为"孩子们"，让他们感到好笑，但在肃穆的气氛中，他们笑不出来。英子焦急地问：小刚呢，他怎么没退出圈子？他们在人群中找到了小刚，他已经把那枚徽章戴到衣服上，像大伙儿一样，静静地站在一个方格里，等着那2600分之一的幸运降到他头上，这样他就可以同阿凌一块儿出发了。在台上主持仪式的阿凌发现圈外只有两个人，稍稍犹豫，在惯常的主持词中加了一句：

"孩子们，你们都经过提升训练了吗？没有经过提升的请退出圈外！"

她扫视着下面的人群。虽然她没有看见小刚（在20多万人无法找到他的），但站在下边的小刚感受到她锋利的目光，只好乖乖地退出来了。阿凌高兴地笑了，开始向金属盘中掷骰子。

随着骰子的一次次掷出，99个幸运者陆续来到高台上，最后一

| 深空 ——

掷选中了下周的庄家,阿凌同新庄家做了交接,向大家挥手:

"永别了,愿幸运与我同在!"

她开始脱衣服,忽然发现一个人匆匆走上高台,是小刚,胸前戴着那枚"上帝之骰"的徽章。小刚走过来同她拥抱,大声说:

"等着我,一年之后!"

阿凌笑了:"我会等着你,一年之后!"

当然他们不可能再见面了。一个人成功抵达新宇宙的概率只有万亿分之一,两人同时抵达的概率又会有多少呢?再说还有一年的迟滞,它也许意味着在新宇宙里 100 亿光年的空间距离或 100 亿年的时间距离。何况,一年只是对小刚进行提升所需的时间,提升后他可以参加遴选了,但那枚"上帝之骰"不知道何时才能垂青他呢!总之一句话,两人重逢的机会虽然不是绝对的零,也是非常小、非常小的。不过两人都说得很随意、很笃定,就像一对去海滨度假但没有同时出发的夫妻,约定若干天后在某家饭店会面。

小刚长久地抱着她,舍不得放手。鼓声钹声响起来,台下人群中也泛起一波波声浪,大家都在为这对恋人祝福。后来阿凌吻吻小刚,从他怀里挣出来,脱去衣服,迈过那道无形的屏障,然后飞快地投身到那个黑洞中。

索何夫 ● 魂兮归来

宇宙文明毁灭周期

## 深空

一

这里的许多人即将死去。

她竭尽全力地沿着从峡谷中央蜿蜒流过的小溪奔跑着,肺叶和气管因为持续的急促呼吸而火烧火燎地疼痛。装有行李的背包已经在早些时候的慌乱中被丢弃了,右脚的登山靴也不知去向,溪边尖锐的砾石割破了她的袜子,将她的脚底划得鲜血淋漓。谷底的荆棘在她裸露的面部和手臂上留下了一道道红肿的伤痕,疼痛随着她的每一个动作持续不断地涌来,像冲击堤坝的汹涌潮水般冲击着她的理智与耐力的底线,但这一切都没有让她停下狂奔的脚步——因为死神就紧随在身后!

一支粗陋的标枪突然从不远处的树丛中飞出,燧石制成的枪头准确地扎进了一个跑在前面的男人的胸膛!这个不幸的人无力地跪倒在溪水中,双手仍然紧握着标枪的枪杆,似乎在与试图带走他生命的死神进行最后的角力。

片刻之后,几块沉重的卵石也呼啸着飞向了奔逃的人们,一个女人躲闪不及,颅骨被砸得凹下去一块,在摔倒之前就已经毙命。

另一个男人返身试图把她拉起来，旋即成了下一阵石雨的牺牲品。

侥幸躲过一劫的人们惊恐地尖叫着，像猝然遭遇野狼的鹿群般朝着另一个方向奔去，十几双腿在染上了鲜血的溪水中起起落落，溅起一片骇人的浪花。

这一切都将被如实地记录下来——正悄无声息地围绕着她飞行的那个拳头大小的灰色球体会确保这一点。该球体经过特别加固的外壳和镜头，足以抵挡那些奎因人原始武器的打击，而如果这些人全部丧生，它将会自动飞往戴达罗斯α行星上最近的——事实上也是唯一的——居民点，将发生在这里的一切通报给其他人。她花重金购买这台蜂式摄像机的最初目的，是拍摄戴达罗斯α行星上最为神秘的奇观——那些被奎因人奉为"圣域"的地方，但讽刺的是，它现在却成了众人惨遭屠戮的全过程的唯一见证者。

到底是哪里出了问题？她绝望而恼怒地问自己。为了完成这项拍摄计划，她等了整整半年才从邦联殖民部弄到了允许前往戴达罗斯α行星随团旅游的许可，然后又花了相同的时间获取奎因人的信任，让奎因人允许她进入他们的村落参观拍摄，并在他们臭得像A级垃圾处理流水线一样的茅屋里住宿。为了取得那些愚蠢的原始人的信任，她和她的同事们对土著村落进行了一次又一次的礼节性拜访，向他们赠送了从药品、种子到金属工具在内的各种礼物，还按照他们的习俗割开自己的手掌，用鲜血在一堆木片和骨头上涂抹了一大堆鬼画符，以求得到接近"圣域"的许可。为什么在把该做的全都做过了之后，那些该死的原始人却突然翻脸不认人？自己到底做错了什么？

当一支颤抖着的箭杆突然出现在她的胸口上时，她终于意识到，自己永远不会有机会知道这个问题的答案了。在一阵如同夜枭般的低啸声中，数十名、也许是上百名奎因人从藏身的湿地植被和矮树

| 深空 ___.

丛中蜂拥而出，截住了这群精疲力竭的逃亡者。或许是由于趋同进化的缘故，除了像蜥蜴一样带有瞬膜的眼睛和没有外耳的耳孔外，这些戴达罗斯α行星的土著看上去更像是罗马史学家笔下的凯尔特或者色雷斯蛮族——他们拥有修长有力的四肢，涂抹着暗绿色和黑色油彩的健壮躯干，从头顶一直沿脊椎延伸到背部、看上去就像是狮子的鬃毛般的浓密毛发，以及一双野性未驯的金黄色眼睛。这些奎因人挥舞着棍棒、投石索和短矛，前额上用彩色线绳绑着一串猎物骨头——按照为她的拍摄计划提供建议的社会学家的说法，这些可怕的饰物代表着为了捍卫神圣所展开的不死不休的战斗。

在生命的最后时刻，时间的流逝似乎变得慢了下来。她看到一支箭像慢镜头般缓缓掠过她的头顶，准确地击中了正在拍摄这一幕的蜂式摄像机，但随后被它的高强度陶瓷外壳弹到了一旁。飘浮在半空中的小圆球摇晃了一下，像受惊的鸟儿一样飞到了更高的地方，继续拍摄这场一边倒的屠杀。

陷入包围的人们厉声尖叫、慌作一团。一些人试图进行自卫，另一些人则将双手举过头顶，大叫大嚷着希望对方能放他们一条生路。但所有的努力全都是徒劳的。挥舞着武器的奎因人一边发出狂热的吼叫，一边冷酷地将包围圈中的每一个人砍翻、捅倒、刺穿，就像一群正在围捕猎物的猎人。

"获救了！"当这群土著中的一个举起手中的短柄斧，准备结果最后几名仍在痛苦挣扎着的伤员时，她的植入式个人终端将那个奎因人的喊声翻译了出来。"获救了！"在斧刃砍进她的血肉、劈开她的骨骼的一刻，那个奎因人再次呼喊道，语调中混合着莫名的兴奋与悲伤。

世界变成了一片黯淡的血红色……

## 二

"诸位,这是两年里的第三次了!"邦联殖民部的特派员罗南中校用那支雕刻着镀金猎鹰图案的军官手杖敲了敲安装着全息投影仪的旧办公桌,正在播放的三维图像摇晃了一阵,不过很快就恢复了稳定。"我希望你们能够解释一下,为什么这群混蛋到现在为止还这么干——在他们从我们手里拿了这么多援助之后!"

因为总有些家伙自以为高人一等,认为他们可以肆意妄为,不必遵守那些"原始人"定下的规矩。坐在桌边的韩碧深吸了一口气,强迫自己将目光从仍然在播放着的杀戮场景上移开。她不是一个缺乏同情心的人,更不是那种一门心思扑在研究项目上、对周围的一切全都漠不关心的"技术生物",但即便如此,她仍然很难让自己对画面上那些正在遭到杀戮的人产生同情。她知道,如果按照现代人的标准,奎因人的行为是十足的野蛮之举,但这里是戴达罗斯α行星,是奎因人的地盘。在这里,一切都应当按照奎因人的标准进行衡量。

"你们难道就不能做点什么吗?"在桌子的另一侧,罗南中校仍然在用他那令人厌恶的夸张语调说着,听上去活像个正在对着镜子练习独白的三流话剧演员,"韩博士,邦联殖民局每年付给你两百万信用点供你和这帮奎因人打交道,让你研究他们的文化、语言与习俗,为他们提供免费的医疗卫生服务。但现在,你却告诉我,你们不会试图阻止这些家伙继续杀害无辜的——"

"无辜?"韩碧纤细的眉毛微微向上扬起了几度,"恕我直言,发生在 11 月 20 日的那场袭击显然是——如果您不介意我使用这个词来形容的话——情有可原的。那个摄影记者和她的同伴们非法将摄影器材带上这颗行星,并擅自接近新奥林匹斯峰的奎因人'圣域'。

## 深空

我在去年、前年和三年前提交的年度报告中已经多次指出,任何私自接近奎因人'圣域'的行为都极为危险。换句话说,我们不能因为某些蠢货无视警告而送掉自己的性命就指责奎因人——如果一个傻瓜执意跳进关着老虎的笼子里,那么我们能指责吃掉他的老虎吗?"

"恐怕您的比喻不太恰当,博士。"在踱够了步子之后,罗南中校终于重新坐了下来。在这种姿势下,这个长着方下巴和厚嘴唇的大块头亚洲人看上去活像一头山地大猩猩,正用咄咄逼人的目光俯瞰着那些胆敢闯入他的领地的家伙。"老虎不过是没有智力、凭本能行事的畜生,但奎因人却是通过了邦联科学院鉴定的智慧种族——如果我没记错的话,智慧种族判断标准的第一条是拥有理性思维能力,对吧?"

"没错。"

"但你现在却告诉我,你们没法和他们讲讲道理,让他们认识到这种愚蠢的行径——"

"如果涉及的是其他问题的话,我们确实会这么做。"拉尔夫·特伦特说道。这个一脸倦怠神情的中年男子是戴达罗斯α星人文与自然科学研究所的主任,也是除了在这座研究所里担任人文科学部主任的韩碧之外仅有的一个曾经在这颗行星上连续生活超过十年的地球人。"奎因人并非蛮横无理的种族,只要对方开出合适的条件,他们很乐意作出让步。但一切与'圣域'相关的问题都不在此例。事实上,比起在这个问题上让步,他们宁愿选择继续支付命债。"

殖民部特派员的嘴角不引人注意地抽动了一下——在他带着整整一个中队的维和部队士兵抵达这颗行星的第二天,奎因人就为他送上了一份"大礼":十四名奎因人同胞的头颅。在奎因人的概念中,这便是所谓"命债"——他们取走了十三名游客和一名摄影记者的性命,因此要用十四条等价的性命抵偿,公平交易,童叟无欺。

当然,这并不是奎因人首次向地球人支付"命债"——戴达罗斯α星短暂的殖民史浸透了鲜血。最初来到这里的几批定居者全都遭到了奎因人的屠杀,而谋杀者们的答复理直气壮:由于这些开拓者无视警告,擅自闯入被奎因人称为"圣域"的地方,因此他们不得不采取必要的手段"拯救他们的灵魂"。作为补偿,奎因人每次都会按照他们的习惯送上参与袭击行动者的头颅,偿还被杀者的"命债"。尽管邦联当局没有因此向奎因人兴师问罪,但在著名的"屠杀谷事件"后,殖民部还是将戴达罗斯α星列入了B级禁止入境名单——这意味着除了少数科研与医疗人员,任何人都严禁在此定居或拥有不动产,而游客的入境则会受到严格限制,并在出发前被告知可能的危险。尽管如此,每年仍然有数以千计的游客络绎不绝地来到这颗行星,甚至不惜为此支付高得惊人的费用——只为了目睹遍布戴达罗斯行星系的遗迹。

在大多数情况下,只要认真遵守殖民部的规定,循规蹈矩的游客都能安然无恙地离开这颗行星。但总有某些傻瓜为了满足好奇心或者经济利益,而将警告当成耳旁风——而这种家伙往往会为自己和同行者惹来杀身之祸。那些奎因人会先毫不客气地砍掉他们的脑袋,然后再在一场特别的仪式上割下自己的头颅,作为对杀戮行为的补偿。

——不过话说回来,两年发生三次屠杀事件的确是有些太多了。

"我不想要什么该死的命债!"罗南恼怒地说道,"我要那些毛蓬蓬臭烘烘的脑袋有什么用?殖民部既不能拿这些玩意儿让死人活过来,也不能用它们支付抚恤金。这些忘恩负义的狗东西,我们每年花那么多钱为他们提供医疗援助——"

| 深空

"那点钱连殖民部颁发旅游许可证收入的十分之一都不到。"韩碧指出,"我们只是施舍了一些残羹剩饭。你管这个也叫'援助'?"

罗南涨红了脸:"听着,殖民部已经决定永久性地结束这种该死的、无意义的流血事件,而不是……"

"那他们就应该加强对入境者的管理。"特伦特说道,"只要他们不去惹麻烦,麻烦就不会惹上他们。"

"但我们都知道,这是不可能的。"罗南慢慢地揉着他那十根裹在手套的白色布料里的粗短手指,"我们生活在一个无聊的时代——所有人都因为缺乏生存压力和娱乐过度而无聊透顶,为了五分钟的新鲜感,他们连命都可以不要。奎因人越是藏着掖着他们的'圣域',人们对它的兴趣就越浓。你们真的认为那些以身犯险的傻瓜不知道来这儿有危险?实话说吧,有些家伙就是冲着危险才跑到这里来的。而邦联却必须替他们擦屁股!我知道那些奎因人信任你,韩博士,你是唯一一个得到他们'认可'、可以与他们共同生活的人。我不相信你真的没办法说服他们。"

"那您最好学会相信这一点。"韩碧耸了耸肩,"我可以安排他们与你进行一场正式谈判,特派员先生,但我可以保证,这种谈判不会有任何成果。除此之外,动用武力也同样解决不了问题——在奎因人眼里,拯救灵魂比保护肉体要重要得多。"

沉默。

"也许你是对的。既然谈判注定于事无补,那我们也没必要去白费工夫,对吧?"在片刻的沉默之后,罗南舔了舔他厚厚的嘴唇,小小的黑眼睛里露出几分得意的神色,看上去活像是一只盯上小鸡的狐狸。"不过,殖民部派我来这里,是为了阻止类似的流血事件继续发生。既然我们既不能通过武力,也无法依靠谈判解决问题,那么我只能采取迫不得已的手段,向殖民部申请将戴达罗斯α行星的禁止入境等级提升到 A 级。"

韩碧和特伦特交换了一个混合着恼怒与担忧的眼神——被列入 A 级禁止入境区域,意味着整颗行星及其周边区域将被邦联维和部队无限期关闭,任何人都不得进入该行星的大气层内,当然,也包括在这颗行星上工作的所有科研人员。尽管提升禁止入境等级的最终决定权在殖民部,但韩碧他们愿意拿出全部家当打赌,如果罗南真的提交了这么一份报告的话,坐在办公室里的那帮老爷肯定会在一分钟之内就把这份报告变成盖着官方钢印的正式文件。

"既然这样,那我认为……呃……也许试着进行一次谈判也没什么坏处。"韩碧强迫自己挤出了一丝僵硬的笑容。但愿你不得好死,你这自以为是的混蛋!"但我还有几个条件……"

三

透过嘲鸫级运输机视野良好的舷窗向外望去,戴达罗斯α星的大地就像一片由苍翠欲滴的绿玉铺成的巨大马赛克。浅绿色的高地、平原与深绿色的峡谷像海面的波浪般层层叠叠地排列在蔚蓝的天穹之下。一座座积满了水的圆形死火山口如同蓝水晶般点缀其间。早在数十万年前就已经冷却的玄武岩平原上覆满了青翠的矮小灌木。无数带着白色伞状绒毛的种子随着温暖的晨风四处飘荡,宛如一片片有生命的雾霭。

## 深空

除了似乎无穷无尽的绿色和天蓝色外，在这颗行星的地表还有另外一种颜色，一种显然出于人力而非自然之手的颜色。数以百计的巨型建筑星罗棋布地散落在一望无际的茂密丛林之中，每一座的表面上都闪烁着非自然的冰冷钢青色光泽。大多数建筑物都是规规矩矩的圆柱体，分布也相对集中，显然是公共建筑或者居民楼之类的设施。但另一些建筑的用途就很难猜测了：一座外形活像埃菲尔铁塔和勃兰登堡门混合体的巨型建筑不断从钢青色转化成淡蓝色，接着变得完全透明，随后又逆向重复这一过程；另一座看上去有些类似于玛雅金字塔的建筑上空悬浮着一个不断旋转的淡橙色花岗岩球体。当"嘲鸫"飞过一处像圣海伦斯山一样崩塌了小半边、显然曾经猛烈喷发过的火山口时，一道从山顶射出的淡紫色光芒迎头碰上了这架穿梭机——这道光芒穿透了穿梭机的外壳，像一堵移动的墙一样从正坐在客舱中相互"相面"的韩碧和罗南身边扫了过去，仿佛将他们与外部空间隔开的二十厘米厚的钛合金机壳和陶瓷隔热层不过是一层透明的糯米纸。

"唔，有意思。"当那道紫色的光墙从罗南的身边扫过时，他咂了咂两片厚实的嘴唇，"怪不得总有人想来这儿——除非亲眼看到，否则你永远也不可能有这样的感觉。这就像……"

"像魔法一样。"拉尔夫·特伦特说道。

"哈，你们搞科学的也信这个？"

"所谓'魔法'，不过是理性与无知的分水岭。对于处于蒙昧状态的人而言，一切他们无法理解的东西都可以被视为魔法。"韩碧语气生硬地说道。

"就像阿瑟·克拉克说的那样。"特伦特补充了一句。

"以我们目前的知识水平,要理解古代奎因人的科技,就像试图阅读上帝本人的手稿一样困难——以刚才那座方尖塔为例,一个物理学专家小组曾经花了三年时间对它的工作原理进行分析,他们最后得出的结论是,要想弄清楚那些光子是如何穿透不透明物质的,人类必须先开拓一个全新的量子物理学分支学科才行。换句话说,与这些遗迹的建造者相比,我们的技术水平与石器时代的原始人并没有本质区别。"韩碧说。

在由主星戴达罗斯、伴星伊卡洛斯,以及姊妹行星戴达罗斯α和戴达罗斯β组成的戴达罗斯行星系中,古老文明的遗迹随处可见,正是它们吸引着成千上万的游客源源不断地涌入这颗气候宜人但却缺乏天然资源的偏远行星。在遥远的20世纪,一位名叫费米的学者曾经提出了一个著名的悖论:假如智慧生命在宇宙中是一种普遍现象,那么为什么一直没有任何外星人前来拜访地球?在其后的几百年里,这个悖论一直困扰着一代又一代的科学家与科幻小说作家。直到人类发明了跃迁引擎,展开真正意义上的星际航行活动后,一切才有了点眉目——最初的开拓者在数十颗类地行星表面(包括地面和海底)都发现了曾经存在的智慧文明留下的痕迹。在某些行星上,他们甚至发现了不止一个文明。

正如地球上各个区域的文明发展存在差异一样,这些古代的地外文明的发展程度也各不相同,其中一些并不比奥尔梅克人先进多少,而另一些则已经发展到了太空时代,但所有这些地外文明都有一个共同点:它们全都在大约八万地球年之前的某一天突然土崩瓦解、灰飞烟灭,从此隐没在历史的迷雾中。大多数智慧种族只留下了废墟与遗迹,而某些种族——比如奎因人——尽管幸存了下来,但却退化成了茹毛饮血的蛮族。正是在那之后,人类逐步摆脱了旧

| 深空

石器时代的蒙昧状态，建立起了真正的文明。科学家们针对这些文明同时消失的原因进行了旷日持久的研究，提出了数十种理论与假说，但没有人能够给出一个令大多数人信服的解释。

在所有已经覆灭的地外古文明中，戴达罗斯 α 文明（或称古奎因文明）是历史最悠久、发展程度最高的——没有之一。尽管时光已经流逝了八万年（按照戴达罗斯 α 的恒星年计算，则是六万四千年），但这个文明的绝大多数遗产却似乎并未受到岁月的侵蚀，仍然像它们刚刚建成时那样正常运转着。支撑它们运转的能源全都来自双星系统中的小个子伴星伊卡洛斯——这颗红矮星被古代奎因人整个罩上了一套类似戴森球的能量采集系统。它产生的每一焦耳能量都会被吸收、转化，输送到戴达罗斯 α 星，为古奎因人的设备提供永不枯竭的能源。唯一的例外是他们的量子计算机——这些利用物质的量子叠加态进行高速运算的设备，全都在古奎因文明崩溃的同时变成了无法工作的废铜烂铁，没人知道其中的原因。

"那么，"罗南又一次咂了咂嘴唇，"那个所谓的'圣域'又是怎么回事？我听说那似乎也是他们的祖先建造的某种设施……"

"可以这么说吧。"特伦特点了点头，"根据我们的推测，'圣域'其实是类似仓库的地下储存设施，堆放着数以万计的记忆晶阵——那是古代奎因人用来储存信息的装置，其中的信息可以通过一种特制的信息读出设备转化成脑电波形式，直接'输入'浏览者的大脑。不过，我们迄今为止发现的所有信息读出设备，都与存放在'圣域'的晶阵不匹配，因此，我们无法判断其中到底储存着什么信息。一种较为普遍的看法是，这些被集中储存起来的记忆晶阵是损坏的废品，古代的奎因人将它们存放在那里是为了将来回收利用。不过，这些都仅仅是推测而已——奎因人从来不允许任何人触碰放在'圣域'里的晶阵，更不可能允许我们将它们带回去研究。"

"照这么说，"罗南语带讥讽地问道，"你的意思是，那些家伙一天到晚顶礼膜拜的'圣域'，不过是一些可笑的、毫无意义的垃圾堆放场？"

"特派员先生，我希望您在谈判时不要发表类似的言论。"韩碧冷冷地说道，"奎因人相信，存放在'圣域'的那些记忆晶阵里栖息着他们远祖的灵魂，因此他们对'圣域'有着近乎狂热的尊崇，任何被他们认为是玷污圣域的行为都有可能引发严重的流血冲突，如果——"

"尊崇？我看恐怕是畏惧吧……"罗南发出一声阴沉的冷笑，"对缺乏理性思维能力的原始人而言，崇拜往往源自趋利避害的本能，源自惧怕而非热爱——他们惧怕无法控制的自然力，惧怕无法预测的命运，当然，更惧怕他们的头脑想象出来的危险。源于畏惧的崇拜是最普遍的，但同样也是最脆弱的：一旦人们不再害怕某种事物，对它的崇拜就会随之消失。"

"你这话是什么意思？"拉尔夫·特伦特皱起了眉毛。

罗南没有回答这个问题。

## 四

光，充满了戴达罗斯α行星赤道地区最大的死火山——新奥林匹斯峰中空的山腹，在这里，没有人能够找出真正的光源：充斥这里的光线并非来自灯具、火焰或者其他发光体，亦非完全来自由布

## 深空

满绿色植被的火山口射入的阳光,更不是从火山已经凝固的岩浆通道表面或者人们脚下的火成岩地面上发出的。作为这颗行星上最负盛名的景观之一,无穷无尽的光子从山腹内每一立方微米的空间恒定而源源不断地凭空涌出,像水一样溢满这处巨大的地下空间每一个最微小的角落,让所有置身此地的人都沐浴在恒常永在、无始无终而又永远无法被遮蔽的温暖光芒之中。这里没有黑暗,没有阴影,没有寒冷,更不存在与黑暗和寒冷伴生的恐惧——早在文明的孩提时代,这种恐惧就已经深深烙入了作为昼行性动物的人类的DNA中。

在周遭奇观的映衬下,奎因人"侍圣者"们居住的村庄看上去愈发显得粗陋不堪,活像一堆脏兮兮的微缩建筑模型。几十座粗糙打磨的火山岩垒砌而成、没有房顶的矮小石屋,就是这个村子几乎全部的"不动产"。这里没有奎因人的村落中常见的畜栏和菜园,也看不到散养的小型家禽和家畜——"侍圣者"由来自不同血缘氏族的志愿者组成。他们自愿奉献终生守卫"圣域",一切衣食用度全靠自己的氏族接济。

在村子中央,一圈低矮的石墙圈出了一块面积与一座标准游泳池差不多大小的圆形空地。这片空地上堆放着数以万计的瓦蓝色棱柱体,每根棱柱都有半个成年人高,直径与成人手掌长度相仿,有着一模一样的正六边形截面,像蜂巢里的蜂房一样整整齐齐地排列在一起——这就是"侍圣者"们自愿终生守护的"圣域",他们眼中远祖灵魂的寄居之处。

当罗南一行沿着一条似乎是自然形成的通道进入新奥林匹斯的山腹时,奎因人早已派出了他们的欢迎队伍:两百名侍圣者在村外排成了一列。这些自愿终生守护"圣迹"的本地土著,个头最矮的也有两米一以上,装备着一尺来宽的小圆盾和一头镶嵌着黑曜石锋刃的大头棒,像接受检阅的士兵一样整整齐齐列成两队,要不是在不到一百米外就站着十二名由电磁突击步枪武装起来的、负责保护殖民部特派员安全的陆战队员,这番阵势看上去倒还颇有几分威慑力。

在这支石器时代水平的卫队簇拥下出场的,是代言者勃克。这位活了九十五个地球年的老者已经上了年纪,皮肤像脱水的梅子干一样干枯皱缩,脊背和肩窝上的鬃毛也已经变成了枯树叶般毫无光泽的棕灰色。他的腰间围着一条用塑料编织袋和晾干的动物神经缝成的缠腰布,脚上穿着一双女式厚底高跟鞋,鞋尖上还缀着一颗明晃晃的假钻石——向奎因人赠送用玻璃或者塑料制成的假宝石制品已经成为游客们的一种习惯。对某些游客而言,这么做有双重好处:既能以低廉的代价博得对方的好感,也可以让自己在这些"愚蠢的原始人"面前享受到某种智力上的优越感,就像用塑料香蕉逗弄被关在笼子里的猴子一样。

这就是一切问题的根源之所在。韩碧摇了摇头。大多数人都把戴达罗斯α星当成了一座动物园,奎因人则是动物园里最聪明、最有趣的那群动物——对他们而言,奎因人存在的价值就是供他们参观。他们傲慢地扔给动物一点残羹冷炙,然后就认为动物们应该为他们的仁慈而对他们感恩戴德。

"向您致敬,诸代言者之首。"韩碧用一种低沉的、听上去就像一连串混在一起的喘息与口哨声的语言对那位老者说道。奎因人的发音器官与人类的声带有很大差异,他们语言中的大部分词汇都位于人类发音器官无法发出的次声波段。现在韩碧说的这句问候语是少数几句人类能够不借助翻译仪器就直接说出的奎因语之一。"我们带着诚意来到此地,"她改用英语说道,"这位是——"

"我是邦联殖民部的特派员罗南。"罗南毫不客气地打断了她

| *深空*

的话，同时用轻蔑的目光扫视着面前的奎因人，仿佛打量一群正在腌臜地方找食的野猫，"这么说，你就是奎因人的谈判代表？"

"你可以这么认为，特派员。"代言者用沙哑的声音答道。由于发音器官的差异，奎因人虽然能讲人类所使用的任何一种语言，但说话时的声音听上去就像是得了重感冒似的，让人很不舒服。"我是代言者，我所说的话，你可以认为是我的全体血亲所说的。"

"很好，"罗南说道，"你知道邦联殖民部为什么派我来这里吗？"

"不知道。"

"我奉命与你们进行交涉，就最近发生的流血事件展开谈判。"罗南的语气显得很不耐烦，"据我所知，在一个月前——也就是你们这里的十九天前，你们的人在离这里两千米外的一处溪谷中，谋杀了十四名无辜的游客……"

"但这件事已经结束了，我们已经支付了赔偿。"勃克的灰色角质嘴唇愤怒地颤抖着，"你的要求毫无意义，自相矛盾，我们无法理解。"

"少跟我来这一套！"罗南吼道，"你知道我在说什么——我代表邦联当局要求你们作出保证，类似于那样的流血事件永远不能再度发生！你们的人永远不能再对那些不会对你们造成任何威胁的没有任何武装的游客发动无端攻击！能听懂我的话吗？"

"不能。"勃克回答得非常干脆，"你的话仍然自相矛盾，难以理解——我们从来没有、也不可能进行无端的攻击，因为没有任何行为是可以'无端'进行的。当我们有所行动时，必然要先有一个明确的目的作为其前提与动机。"

罗南恼怒地回头看了一眼正在努力掩饰嘴角露出笑意的韩碧和

特伦特,仿佛是他们教这位奎因人这么说的。"我没兴趣和你继续玩这种无聊的哲学游戏,你这个……"他咳嗽了两声,没有把后半截话说出来,"好吧,我希望你先解释一下,为什么没有任何武装的游客可能让你们产生追击并杀害他们的动机?就因为他们试图未经许可拍摄你们的'圣域'?"

"因为他们的所作所为对我们构成了巨大的威胁。"勃克说道,"他们的那种东西——"他用细长的手指比划了一个球形,显然指的是摄影记者们常用的蜂式智能摄像机,"像那样的东西是不能接近'圣域'的,它会唤醒栖居其中的永世长眠者,这是绝不能允许的。"

"永世长眠者?你指的是你们祖先的灵魂?"

"是的。"

"你们真的相信你们祖先的灵魂就储存在这些……东西里,而不是在别的地方?"罗南冷笑着问。

"确信无疑。"勃克回答。

"那么,你们见过那些灵魂,或者曾经与它们沟通过吗?"

"没有。"

"也就是说,你们其实并没有证据能够证明你们祖先的灵魂就待在你们所谓的'圣域'里?更没有证据可以证明如果被……打扰的话,你们祖先的灵魂就会来找你们的麻烦。对吗?"

"我们不需要证据,"代言者答道。不知为何,他的语气中流露出了一丝慌乱:"你何必去证明那些你已经知道的东西?"

"可笑!"罗南冷笑着摇了摇头。接着,这位殖民部特派员突然做出了一个让在场的所有人都始料未及的举动——他粗暴地推开了挡在面前的几名代言者,大步穿过位于村子中央的小广场,朝着

深空

被矮墙围起来的"圣域"走去。

两名守在墙边的侍圣者举起了短矛和大头棒,试图阻止这个胆敢在众目睽睽之下接近"圣域"的地球人。但罗南只花了不到五秒钟就解决了他们——特派员首先冲向从左侧攻来的对手,在闪过朝他刺来的短矛的同时,以一种与他的臃肿身躯完全不相称的敏捷身手连续踢中了对方的胸部和喉咙,紧接着,他旋身躲开了从身后呼啸而来的木棍,反手抓住第二名侍圣者的双肩,将这个奎因人重重地摔了出去。

"住手!该死的,住手!"拉尔夫·特伦特大声喊道,韩碧愤怒地尖叫起来。负责保护罗南安全的陆战队员们则爆发出一阵喝彩声,而在场的奎因人却纷纷发出了震惊的怒吼。罗南没有理会这些从身后传来的声音,他径直翻过那道矮墙,踏进了奎因人眼中神圣不可侵犯的"圣域"。接着,他来到那些如同蜂房般紧紧排列着的瓦蓝色晶体旁,用双手握住其中一个,像亚瑟王拔出石中剑一样缓缓地将它抽了出来。

"不——"韩碧喊道。

"看看这个!你们这些被迷信与恐惧蒙蔽了双眼的家伙!在无知的黑暗角落中裹足不前的蠢材!"罗南像举起奖杯的冠军一样,将那根晶阵高高举过头顶,"看看这个吧!你们这群蜷缩在蒙昧迷雾中的不幸者!这里面根本没有什么灵魂,更没有什么危险:它们只不过是你们祖先的造物,是由一群与你们一样的人制造出来的东西,仅此而已!"

"该死的!你知道你在干什么吗?"韩碧恼怒地问道。

"我当然知道我在干什么,博士!"罗南说道,"我在帮助这些可怜的人，帮助他们摆脱这种源自无理性的恐惧的盲目崇拜。这一切必须结束！也只有这样，他们才能放弃这些愚蠢的、毫无意义的禁忌，我们才能避免下一次流血事件！我要让他们亲眼看到，这里根本就不存在什么永世长眠者，也没有什么蛰伏的鬼魂，只有——"

一支标枪在空中划过一道弯曲的抛物线，擦着罗南的帽檐飞了过去，燧石枪尖在地面上敲出了一蓬金色的火花。紧接着，另外几个奎因人也将标枪举过头顶，准备投掷——

但他们没能成功。

随着一串电磁步枪开火时特有的短促"嗖嗖"声，负责保卫罗南的精锐陆战队员们已经抢先开火击中了这些奎因人。高速飞行的钛合金穿甲弹头像撕裂纸片般撕碎皮肉，切断骨头，眨眼之间就将它们的牺牲品变成了地面上面目模糊的血肉残块。

"住手！住手！"特伦特愤怒地大喊着，但他的呼吁没有起到任何作用。在他身边，一场一边倒的战斗正以残酷的高效率迅速进行着——陆战队员们迅速聚拢成半圆形阵势，将罗南和两名科学家护在他们身后，同时向每一个敢于接近到二十米内——这是奎因人标枪和投石索的最大有效杀伤距离——的目标倾泻子弹。

愤怒的奎因人在电磁突击步枪的密集火力下像被割倒的麦子般纷纷倒地。他们富含铜元素的鲜绿色血液从被撕裂的血管中流出，像一丛丛蔓延的藤蔓植物般在地面上四处流淌。

接着，这场屠杀戛然而止。

"你们有五分钟时间，"勃克的声音仍然一如既往地干涩嘶哑，但却增添了几分不容妥协的威严。他遍布皱纹的灰色手掌中握着一把用动物甲壳打磨成的短刀，刀刃正紧紧地贴在另一个人柔软的颈

深空

动脉上。"放下圣物,留下那个人做人质。"他伸手指向拉尔夫·特伦特,"其他人离开这里,否则她就得死。"

"照他说的做!"虽然正被一把刀子顶着喉咙,但韩碧的声音中却没有丝毫恐惧。在刚才的一片混乱中,没人注意到她是何时离开负责保护她的陆战队员的视线,又是如何落到奎因人手里的。

"相信我,他们真的会动手的!"韩碧高声叫喊。

罗南极不情愿地将高举着的记忆晶阵放回了原位,黑色的小眼睛里闪烁着恼怒的光芒。"我们会回来的。"在一番权衡考虑之后,他丢下了一句话,带着他那群武装到牙齿的保镖离开了。只有被指定作为人质留下的拉尔夫·特伦特还留在原地。

"我相信他这话是认真的。"当最后一名陆战队员从视野中消失后,特伦特无奈地耸了耸肩,"所以,我真心希望你们知道接下来该怎么办。"

五

夜深了。

在新奥林匹斯峰的山腹内,昼夜的变化几乎无从察觉。每时每刻都充斥着这里的柔和光芒将这里的时间永远定格在了正午。唯一能让人们意识到夜幕降临的只有位于"圣域"上方的椭圆形火山口处露出的那一小块夜空——现在,戴达罗斯星的光芒已经彻底黯淡下去,越来越多的星辰正出现在渐渐由橙黄色转为青灰色,然后又变成一片深不见底的黑色的天穹上。

"你觉得那家伙现在在干什么?"拉尔夫·特伦特端着一杯刚刚烧好的白开水,在韩碧身边坐了下来。后者现在正坐在"圣域"周围的一截矮墙上,抬头仰望着点缀在黑天鹅绒般的夜幕上的群星,"我知道你是故意成为奎因人的人质的,但这么做只是让罗南那家伙得到了更多对奎因人采取强硬措施的口实。说不定他现在正忙着通过星际通讯网向邦联殖民部发送报告,告诉当官的那些野蛮的奎因人是如何背信弃义地对前去谈判的代表团发动袭击,又如何卑鄙无耻地绑架了两位手无寸铁的科学家……"

"我倒巴不得他这么干,"韩碧干巴巴地说道,"至少殖民部的行事作风一贯谨慎,如果他们知道了奎因人手里握着两名人质,肯定会在第一时间指示他们的特派员不得轻举妄动。我现在怕的是那家伙搞个先斩后奏……"

"什么?"

"按照《殖民地特殊状态处置法》,在紧急状况下,殖民部特派员有权派遣随行的安全部队或者殖民地民兵执行低烈度军事任务,而不需要事先获得殖民部的批准。"韩碧叹了口气,"比如营救人质……"

"营救?我敢拿我的教授头衔打赌,他那号人才不会关心我们是死是活呢!"特伦特摇了摇头。

"所以他才更有可能这么做。"韩碧说道,"想想看吧,你真以为罗南今天下午的行为不过是心血来潮?不,他从一开始就不相信奎因人会答应他的条件。所谓的'谈判'不过是个幌子——他真正的目的是毁掉奎因人的信仰。我从一开始就很清楚这一点。"

"呃?"

| 深空

"你对罗南这个人了解多少,拉尔夫?"韩碧问道,"你知道他是提升派的主要支持者之一,而且还是其中最积极的一个吗?"

"呃?"特伦特依旧是一脸茫然的表情,"提升派?"

"要是你愿意多花点时间看看新闻,而不是一天到晚宅在实验室里,我想你就不会问这种问题了。"韩碧有些不悦地说道,"所谓的'提升派',和当年想'教化'澳洲土著的白澳分子完全是一个模子倒出来的蠢蛋。他们相信,帮助那些落后种族达到'更高的文明层次',是先进种族命定的义务。在最近几年里,这帮人在殖民部的影响力一直在上升,把罗南中校派到戴达罗斯 α 星就是他们最新的一步棋——如果他们能通过事实证明自己的理论的话,公众对他们的支持率肯定会大幅度上升。我想罗南大概以为,只要能终止奎因人对'圣域'的崇拜,他就能让他们脱离蒙昧状态,主动拥抱'文明'。"

"那他肯定……"特伦特摇了摇头,"有人来了。"

是勃克。

奎因人的代言者看上去相当疲惫,本就凌乱的灰白色毛发现在已经变成了绒毛球似的一团,爬行动物般的黄眼睛里闪烁着犹疑不决的神色。他缓慢地扣着两排细小的槽牙——在奎因人的面部表情中,这是犹豫的表现。"我有……东西要给你们看。"他吞吞吐吐地说道,"跟我来。"

在勃克的带领下,两人离开侍圣者的村庄,来到了不远处的一个天然岩洞中。这个岩洞的空间相当狭窄,光线也比外面要昏暗得多。洞内的地面上摆放着几张草垫和一些盆盆罐罐,还有几只用植物纤维编织而成的大草篮。勃克默不作声地在这些篮子旁徘徊了一阵,似乎正在犹豫是否应该把那东西拿出来。但他终于下定决心,打开了最大的那只篮子，从里面取出了两样东西。

尽管这两样东西都包着褐色的动物毛皮，但特伦特和韩碧还是凭着外形认出了它们，第一件东西是一个标准的六棱柱体，显然是古代奎因人留下的众多记忆晶阵之一；而另一件东西则是一个被镂空的圆柱，直径比勃克拿出的那个六棱柱要略微大一点儿，很显然，这应该就是与那块记忆晶阵配套的信息读出设备了。

"你们带了……那个吗？"勃克解开包裹在两件东西上的皮毛，将记忆晶阵插进了读出设备的六边形孔洞里。片刻之后，晶阵表面的瓦蓝色变成了晶莹的冰蓝色——这意味，它储存的信息正以奎因人的脑电波形式被正常读出。

"我这里有一套。"特伦特点了点头，从大氅的衣袋里取出了一套与 20 世纪末曾经一度流行的"随身听"有些类似的设备。这套俗称"翻译机"的装备是戴达罗斯 α 星人文与自然科学研究所的诸多小发明之一，它唯一的用处就是将奎因人的脑电波形式"翻译"成人类的脑电波形式，从而让研究人员能够正常使用古代奎因人留下的那些数据读出设备。特伦特迅速将这套"翻译机"的设置检查了一遍，重新设定了几个工作参数，然后将它递给了韩碧。

"不，"勃克突然说道，"她不行，你来。"

"我？"特伦特不解地看了勃克一眼，但还是照他说的将翻译机的"耳机"贴在了自己的前额上，然后拉过一张三角凳坐下来。

短短几分钟过后，他脸上疑惑的神色逐渐转化成了强烈的惊讶，接着，这种惊讶又变成了喜悦。

"是的！"特伦特突然大喊了一声，把韩碧吓了一跳，"是的！罗南是对的。那不是尊崇，是畏惧！这就说得通了……"他关掉了翻译机,"他是对的!该死的,罗南是对的!"

"你说什么?"韩碧几乎不敢相信自己的耳朵,"谁是对的?"

"罗南。你还记得他在来这儿的路上对我们说的那些话吗?"拉尔夫·特伦特的神情看上去相当复杂,他褐色的眼睛里既闪烁着兴奋的光芒,也潜藏着隐约的担忧与不安,"他当时对我们说,奎因人对'圣域'的崇拜很可能源自畏惧而非热爱。他们之所以派人对'圣域'严加看守,是因为他们害怕……"

"害怕?"

"没错,他们相信自己祖先的灵魂就栖息在那些存放于'圣域'中的记忆晶阵中。"特伦特语气激动地说道,"我们以前一直以为那只不过是个传说,但……但那是真的!呃……我是说,如果这件记忆晶阵里的资料属实的话,那'圣域'里就确实储存着奎因人祖先的灵魂!"

"你在开玩笑。"韩碧一脸难以置信的表情说道,"这世界上怎么可能存在灵魂这种东西?也许是哪个奎因人无意间把哪块'圣域'里的记忆晶阵插进了匹配的读出设备里,结果听到了自己祖先的声音。所以他们就以为……"

"你难道忘了吗?"特伦特连连摇头,"存放在'圣域'的所有记忆晶阵都无法与我们迄今为止所找到的任何型号的数据读出设备匹配!"

"对……"

"况且从理论上讲,假如我们将'灵魂'定义为'脱离躯体的个体意识'的话,那么它并非不可能独立存在——我刚才所接触到的古奎因人科技资料就已经向我证明了这一点。"特伦特继续说道,

"在各种解释意识产生原因的理论中,有一种理论认为,意识是脑组织内电离电子的量子叠加态作用的产物,如果这一理论成立,那么我们就可以解释计算机的问题了……"

"什么计算机?"韩碧听糊涂了。

"你忘了?戴达罗斯α星的古文明是迄今为止发现的所有古代地外文明中唯一拥有成熟的量子计算机技术的文明。在文明崩溃时,他们的大多数科技产品都毫发无损,但量子计算机却全都瘫痪了。"特伦特解释道,"我们一直不明白这两件事间有什么关系,但按照这套记忆晶阵中的记录,古代奎因人的物理学家已经发现,宇宙的基本物理法则每隔数百万到上千万年就会发生短暂的变化——他们将这种变化称为宇宙的'脉动'。在每次'脉动'过程中,物质的量子叠加态将不能稳定地存在。换言之,每当这样的'脉动'发生,宇宙中的文明就会被全部毁灭,然后一切都只能从头再来。"

"难道就没有办法阻止这种事吗?"韩碧问道,"一切自然现象都可以被利用或者改造,在过去的上百亿年里,怎么可能没有任何文明找出阻止'脉动'的办法?"

"因为'脉动'问题事实上不可解——古代奎因人曾经就这一问题进行过长期研究,但他们得出的结论是:计算出解决这一问题所需方法的时间远远超出两次'脉动'间的最长时间间隔,因此他们把这称为'脉动困境'。"特伦特激动地深吸了一口气,"这就是费米悖论的真正答案:之所以没有更先进的外星文明拜访地球,是因为我们就是最先进的——至少是最先进的之一!在大约八万年前,人类就获得了意识……"

"但是——"

▎深空 ────

"我知道你要说什么，"特伦特说道，"从进化角度上讲，人类这个物种已经存在了几十万年，或许是几百万年——这取决于你是否将早期直立人与南方古猿也算入'人'的范畴。但人类拥有真正意义上的思维能力，也就是我们所谓的'意识'或者'智慧'，是在六到八万年前的事。没错，在那之前，人类也具有社会性，能够制造工具，但这都是出自本能的行为，与蜜蜂筑巢、海狸筑坝没有什么区别。直到最近一次'脉动'结束后，人类社会才因为某次随机量子事件而产生了意识，从而开始了真正意义上的进步。而与此同时，那些比人类先进的智慧种族都已经因为'脉动'过程中物理规则的变化而丧失了意识，退化成了依照本能行动的动物。"

"但这说不通啊，"韩碧摇了摇头，"在原有文明崩溃后，并不是所有智慧物种都退化成了动物，还有少数物种仍然保留着起码的智慧——比如奎因人。"

"这'说不通'的地方就是关键所在，"特伦特挥了挥手，"奎因人并没有'保留'他们的智慧，他们——怎么回事？"

"来了！"一名年轻的代言者学徒掀开盖住岩洞入口的皮帘子，跌跌撞撞地冲了进来。他没有按规矩向勃克行礼，灰色的角质脸颊涨成了淡紫色——这是奎因人在感到极度恐惧时的表现，"他们来了！"

"什么来了？"韩碧问道。

"是那个人，"学徒改用英语说道，"他回来了，带着很多人！"

## 六

这次奇袭进行得干净利落,堪称特战经典。

在夜幕的掩护下,一百名训练有素的陆战队员只花了不到一分钟,就穿过新奥林匹斯峰的火山口索降到了奎因人的村落中央。在大量催泪弹和闪光手雷的双重夹击下,那些毫无防备、昏头昏脑的奎因人甚至还没弄明白到底发生了什么事,就已经被从天而降的陆战队员们解除武装,戴上了塑料手铐,然后像牲口一样驱赶到了村中的广场上。在整个行动中,总共有四名奎因人被打死,十几人受伤,而罗南这边的全部伤亡仅仅是一名在索降时不慎扭伤了脚踝的陆战队员。

"啊哈,你们来得可真是时候。"当韩碧、拉尔夫·特伦特与勃克赶到广场时,罗南的嘴角露出了一丝混合着嘲讽与得意的微笑,"看来你的奎因人朋友并没有伤害你和特伦特教授,这可着实是件令人宽慰的事情,韩博士。"

"该死的!"当看到罗南身后的陆战队员们正在做的事时,韩碧不由得惊呼失声——如同蜂房般整齐排列在"圣域"中的上万支记忆晶阵的表面已经被贴上了一层黏土般的黄褐色塑性炸药,几名陆战队员正忙着将一枚枚用于起爆的圆筒状引信插进这层塑性炸药里,"你这是干什么?你疯了吗?"

"疯?我当然没有疯,我很清楚我在干什么。"罗南站在那堵围绕着不可侵犯的"圣域"的矮墙前,带着睥睨的神态俯视着那些戴着塑料手铐、被陆战队员们押到广场上的奎因人,活像是正在检视战俘的亚述国王。"他们,这些所谓的'侍圣者'才是真正的疯子——花费一生看守一堆毫无价值的垃圾,甚至不惜为此而滥杀无辜,这不是疯狂又是什么?作为一个文明人,我有权利、也有义务结束这

| 深空

种疯狂，让——"

"你是对的，中校。"拉尔夫·特伦特说道，"你是对的，勃克刚才向我提供了一些可靠的信息。奎因人对'圣域'的崇拜确实如你所说，是源自对其中潜藏的危险的恐惧。所以我恳请你不要破坏存放在'圣域'中的任何东西。这么做相当危险，很可能会释放出那些奎因人一直极力避免……"

"恐怕我不这么认为，特伦特教授。"罗南轻轻地摇了摇头，"我们都知道，这些所谓的记忆晶阵不过是古代奎因人的信息储存设备而已，不是被所罗门封印的魔瓶，它们和我们使用的磁带与光盘没什么区别。而据我所知，如果我扯断一根磁带，或者踩碎一块旧硬盘，里面是不会有什么妖魔鬼怪冲出来把我的肠子掏出来的。对吧？"

"对，哦，不，你不知道……"特伦特的声音因为慌张而变得结巴起来，"这不像你想的那样……这里有一些装置，一些……别的装置。这是某种……故障保险系统或者类似的东西。你不能……"

"你这么做是违法的！中校！"韩碧厉声说道，"《殖民地土著智慧种族保护法》中有明确的规定，在没有获得殖民部批准的前提下，任何破坏土著居民宗教圣地、崇拜物或者——"

"我和你一样清楚那些规定，博士，但事后求取原谅总是比事先取得同意和批准要容易得多。"罗南耸了耸肩，"相信我，我的做法对所有人都是最好的。"

"现在，起爆！"

刹那间，仿佛有人在这座山洞中同时点燃了一万颗超新星，强烈但却毫无热度的冷光在瞬间淹没了这里的每一个人，剥夺了他们的视觉，将他们眼中的世界变成了一团光怪陆离、扭曲盘绕的斑驳色彩。

韩碧听到了无数的声音——其中一些是惊慌失措的陆战队员们发出的尖叫，但更多的则是奎因人绝望的呐喊声。她感觉到有一些尖锐的物体碎片正以极高的速度四散飞溅，其中一些划过了她的脸颊。她感到疼痛，有很热的东西沿着脸颊流到了脖子上。

当韩碧的双眼终于不再因为刺痛而流泪时，她发现那些曾经整齐排列在"圣域"中的记忆晶阵已经变成了满地的蓝色碎片，就像是鸟类或者爬行动物所产的蛋孵化后留下的碎蛋壳。大多数陆战队员仍然三五成群地蹲坐在一起，用力揉着泪流不止的双眼，而那些被押到广场上、被迫观看这一幕的奎因人——包括勃克和他的学徒在内——则全都倒在了广场的玄武岩地面上，像母胎中的婴儿一样蜷缩成一团，只有微微起伏的胸腔表明他们仍然活着。

"这……是怎么回事？"罗南用衣袖抹着眼泪，不可置信地看着身边发生的一切，"这些……这些……他们都怎么了？"

"你刚刚杀了他们。"拉尔夫·特伦特面色死灰地说道，"或者说，你等于是杀了他们。"

"我……什么？"

"现在一切都清楚了。"特伦特摇了摇头，喃喃自语道，"这些所谓的'圣域'，是古代奎因人为了让他们的文明逃过所谓的'脉动'的劫难而设下的最后保险——他们精确地预测出了最近一次'脉动'的发生时间，并在此之前从大脑中分离，或者至少是复制了自己的意识，并将它们保存在这些特制的记忆晶阵里。当'脉动'结束后，负责控制'圣域'的计算机系统会自动将这些处于储存状态的意识从晶阵里释放出来，并通过某种我们还无法了解的方式重新'植入'奎因人的大脑中。"

| 深空

"但是,"韩碧问道,"既然储存在晶阵中的意识一直没有被……呃……释放,奎因人为什么仍然拥有智慧呢?"

"这和我们之所以拥有智慧是同一个道理。"特伦特答道。这时,几名奎因人已经开始轻微地颤抖了起来,透明的瞬膜后面的黄色瞳孔急剧地反复缩放着,"很显然,在'脉动'期结束后,原本已经退化的奎因人又因为某场偶然的量子事件而再度获得了意识与智慧——正如八万年前地球上的早期智人那样,而这一事件同时也阻止了'圣域'的控制系统释放处于储存状态下的意识——我认为,古代奎因人很可能并不完全认同'脉动'理论和意识的量子叠加态本质理论,因此他们在设计'圣域'的控制系统时也赋予了它某些检测手段:假如奎因人真的在'脉动'中丧失了智慧,那么它就会照常运行,反之则会继续处于待机状态。"

"'脉动'?"罗南仍然是一脸迷茫。现在,更多的奎因人已经动了起来,看上去似乎随时就会醒来。"你们到底在说些什么?我不懂——"

特伦特没有理睬他,"按照那套记忆晶阵里的记载,'圣域'的控制系统还附带有一套损坏管理机制。如果遭到严重的外力破坏,它将会自动实施意识再植入行动。后来,重新进化出文明的奎因人在机缘巧合下找到了勃克给我的那套记忆晶阵和信息读出装置,并摸索出了它的使用方法……"

"所以奎因人才对每一处'圣域'严加保护!"韩碧恍然大悟地点了点头,"他们之所以为了保护'圣域'而不惜杀人,是因为担心'圣域'遭到破坏后会将它所储存的意识,或者他们所说的'灵魂'释放出来——他们知道,一旦被祖先的'灵魂'占据自己的大脑,那他们就等于是死了。"

"不完全是这样。"一个沙哑的声音说道。勃克已经重新站了起来——尽管他还是那个毛发灰白、腰间围着塑料袋缠腰布、脚穿厚底高跟鞋的勃克，但即便是罗南也能注意到，他身上有什么地方已经变了，而这种变化让他感到不寒而栗。

站在罗南身边的几名陆战队员显然也感觉到了恐惧，并本能地举起了电磁突击步枪，但仅仅片刻之后，他们就在惊恐而痛苦的尖叫声中纷纷丢掉了自己的武器——这些杀人工具如同艺术品般精致的钛合金外壳在短短几秒内就从闪亮的银色变成了炙热的红色，然后又变成了如同熔融的黄金般的灿烂金色。最后，随着勃克举起一根布满灰色鳞片的手指，所有突击步枪都发出了令人牙酸的"嘶嘶"声，它们的轮廓开始融化、消失，最终遵循质能转换定律转化成了纯粹的能量，像溶入水中的盐块般消失在新奥林匹斯峰山腹内温暖的空气中。

接着，山腹内突然黯淡了下来，光线不再凭空涌出——至少在大部分地方是这样。光源现在集中在了村子中央的小广场上，而且似乎变得愈发明亮温暖了。在耀眼光辉的笼罩下，越来越多的奎因人正从昏迷中苏醒，宛如一群重生的神灵。

不，他们本来就是神灵。韩碧下意识地后退了几步。没错，对处于蒙昧状态的人而言，一切先进到无法理解的程度的科技都是魔法。而施行魔法的，自然是神。

"我被释放了。"勃克——或者说，那个在沉睡八万年后归来的"灵魂"——继续用标准的英语说道。这纯粹是个陈述句，听不出感激、愤懑、激动或者其他任何情感，"但与我预期的不一样，我现在和另一个意识相互重叠。我——他——我们……我们现在可以被视为一个统一的完整意识。原计划出现了预料之外的误差，但结论仍然是正确的。"他不带感情、例行公事般地说完了这句话，

| 深空 ———

接着就闭上了眼睑和瞬膜,似乎正在思考某个难以理解的深奥哲学问题,"我们现在还有最后一个环节需要完成。"

"最后一个环节?"罗南问道,"这是什么意思?"

勃克薄薄的嘴唇扭动了一下,似乎想要露出一个讥讽的笑容。接着,他消失了。

其实,用"消失"这个词形容方才发生的一幕并不恰当,更贴切的说法应该是"蒸发"或者"升华"——构成他身体的物质在一阵沙哑的嘶鸣声中迅速崩溃、分解,眨眼间就化为乌有。接着,第二个、第三个……越来越多的奎因人站了起来,对他们微笑,然后一个接一个像风中的灰烬般消失无踪,仿佛他们从来未曾存在过一样。

"他去了哪儿?他们到底去了哪儿?"罗南用力摇晃着韩碧的肩膀,仿佛要把她的胳膊整个从肩关节上卸下来,"他们到底要干什么?你是研究奎因人的专家,你肯定知道——"

"我研究的是现代奎因人的社会心理学,不是古奎因人的心理学。"韩碧摇了摇头,"现代奎因文明与古奎因人文明是两个完全独立、毫无瓜葛的文明。我无法通过对前者的任何理解来对后者加以推断。"

"也许我知道,"拉尔夫·特伦特语气急促地插话道,"如果我的推测没错的话,所谓的'最后一个环节'很可能正是——"

"不!"罗南的尖叫打断了特伦特的话。仿佛患上了某种可怕的传染病一样,他发现自己的身体就像那些正在"蒸发"的奎因人一样开始了由下而上的崩溃!

首先消失的是双脚,然后是腿部、骨盆和腰部。从血管断面中喷出的血液在刹那间就变成了苍白的雾气,肌肉蛋白、碳酸钙和角质蛋白像落入水中的固态金属钠一样尖叫着化为乌有。罗南甚至感觉不到疼痛——在代表疼痛的生物电信号被传到大脑之前,组成信号的自由电子就已经和承载它们的神经组织一同分崩离析了。

"是的,是的!"当这种毫无痛苦的毁灭发展到腰部时,拉尔夫·特伦特兴奋地喃喃自语道,"就是这样!我早该知道——"

他没能把这句话说完,因为他的肺部和气管在那之前就已经崩解成了无数亚原子微粒。黑暗像天鹅绒帷幕般从四面八方降下,裹挟着他残余的意识沉入了安宁静谧的深渊。

## 七

这颗行星不会存在多久了。

戴达罗斯 α 曾经是一颗生机勃勃的绿色行星,但它现在看上去更像是一颗融化了一大半的夹心软糖。原本覆盖行星表面的生物圈已经不复存在,橙黄色的岩浆与鲜红色的铁－镍物质不断从遍布残存的地壳表面的裂缝与火山口中涌出,就像从伤口中流出的鲜血。以氮、氧和二氧化碳为主的大气正在迅速流失,而失去大气层保护的海洋则已经凝固成了冰蓝色的晶体。在行星的北半球,大部分地壳和地幔物质已经不复存在,残余的星体物质正以肉眼可见的速度分裂、消失,仿佛正被一张无形的巨口逐步吞噬。

一个直径不到十米的银色球体悬浮在这颗垂死行星的伤口上方——不,它其实并不完全存在于这里。除了一层处于中子简并态的超高密度壳体之外,它的绝大部分物质都同时拥有近乎无穷个量子态,它既存在于这里,也存在于无数条它有可能存在的时间线上;

| 深空 ——

构成它的每一个粒子既存在于球体内的三维空间中，但又不完全存在于此处。每分每秒，都会有更多被肢解成基本粒子的行星物质涌入这个空间，随后被转化成这个庞大的、容纳了数以百万计的意识的量子系统的计算能力。

它是罗南，是韩碧，是拉尔夫·特伦特，是勃克，是罗南的精锐陆战队员们，是居住在"圣域"的诸多侍圣者，是那些沉睡万年的"灵魂"，是每一个曾经生存在戴达罗斯α星的智慧生命。它是两个文明涅后的伟大余烬，是一个可以近乎无限扩充计算能力与智能的有机体。它的存在只有一个目的：求解一个以其他方式永远不可能解出的问题。

"脉动"问题在理论上是可解的，但解出这个问题所需要的计算能力与智力远远超出了一切文明在两次"脉动"的间歇期中所能够达到的极限。在奎因文明的前世中，他们已经意识到了这一点，并制定了相应的对策——但它同样也清楚，即便如此，它所得到的也仅仅是一线希望，一点微妙的不确定性。这是一场从八万年前就已经拉开序幕的豪赌，而赌注则是这个宇宙中的每一个灵魂。这么做的胜率到底有多少？对这个问题，它完全无法给出答案。

当戴达罗斯α星的内核终于暴露在宇宙空间中时，它停止了对这个问题的思考——它已经耽搁了整整八万年，现在，每一个量子比特对它而言都至关重要，不应浪费在这种无意义的问题上。它要做的只有扩张、计算、再扩张、再计算，直到这次间歇期在三百万个地球年后终结为止。

到那时，它会亲自去发现这个问题的答案。

## 二人谋事

索何夫

智慧有时也会成为一种毒药

| 深空

三人不能守密,二人谋事一人当殉。

——东亚古谚

一

当表示"安全带未插好"的红色警示灯亮起之后,苏珊娜·塞尔准尉松开了已经被掌心的热度焐得发烫的操纵杆,像猫一样将双臂抵在面前两尺外的风挡上,在穿梭机狭窄的驾驶室里伸了个长长的懒腰。尽管从理论上讲,这是严重违反驾驶规定的,但在眼下,至少有两个理由允许她这么做:首先,对任何一位在这个容积不到二十立方米的罐头盒子里与三个散发着难闻气味的男人一起待了整整三十个标准小时,而且一直在不眠不休地驾驶穿梭机的女性而言,暂时的放松是极其必要的;其次,就她所知,那些有权查阅她的驾驶记录的人已经不会再因为这点儿小问题而扣除她飞行执照上的点数,或者因为"涉嫌危险驾驶"而把她扔进基地的禁闭室了。

因为他们全都死了。

仅仅在几天之前,死亡对苏珊娜而言还是一个陌生而抽象的概念：虽然她已经在被公认为死亡率最高的邦联太空军舰艇部队服役了整整九年零七个月,但在这段时间里,她的名字总共只从运输司令部的名单上消失过短短八个星期——那还是因为训练司令部的人手因为一次交通事故而出现了暂时性短缺,才让她临时去指导那帮初出茅庐的菜鸟怎么操作地面模拟器。在其他时间里,她的工作岗位一直在交通艇、运输机与穿梭机上来回跳转,与那些可能危及生命的暴动、冲突与动乱之间隔着的距离远得可以用光年来计。

但是,在最近的几个月里,那种她熟悉的、规律但却平淡无趣的生活已经一去不复返了——自从奉调来到这颗编号为MG77581A3的类木行星后,她首先见证了大自然那毫无理性的可怖暴力,随后又有幸成为那些以往只存在于流言与传说中的壮丽奇观的目击者。而在那之后,她又目睹了另一种更加令人不寒而栗的暴力——来自她的同类、试图置她与其他无辜的人于死地的暴力。也正是因为这种暴力,她才不得不开始执行另一项使命:在这个危机四伏的风暴世界中为那些死难者寻求正义。

当穿梭机的碰撞警告系统又一次发出一连串凄厉的哀鸣时,苏珊娜以最快的速度将手放回到操纵杆上,同时下意识地将眼角的余光投向机翼下波涛汹涌的黄褐色云海。万幸的是,引力场探测器提供的全息模拟图表明,这一次的危险来自上方——那不过是又一块被这颗行星强大的引力从围绕它的环带中扯下来的硅酸盐碎块,纯粹遵循着牛顿三定律而运动。没有意识,更没有恶意。

——但仍然足以致命。

在匆匆瞥了一眼机载计算机估测出的目标运动轨迹后,苏珊娜立即灵活地拉动辅助操纵杆,开始驾轻就熟地调整起拖拽着穿梭机的两面充气风帆间的夹角。经过近半年的练习,她现在已经能像控

| 深空

制自己的身体一样,熟练地操纵这种最初由追求刺激与冒险的"追风者"所设计、专门用来在类木行星大气层中飞行的特制穿梭机了。正如她预料中的那样,仅仅几秒钟后,灰色的碎块就悄无声息地掠过穿梭机的右舷,拽着一条炫目的等离子尾羽径直在数百千米下的氨冰云层中钻出一条狭长的隧道。五光十色的电光仿佛灵动的游蛇般窜过云团的表面,然后在尾焰的残迹周围纷纷炸裂、消散,宛如古地球的盛大节日庆典中施放的绚丽焰火。

"准备收帆,在两分钟内把时速降低到四百五十千米以下。"就在那块陨石最后的残迹被重新聚拢起来的云层彻底抹去的同时,坐在副驾驶座上的男人用低沉的嗓音对苏珊娜说道。他的声音干涩而沙哑,就像在重压下碎裂的枯叶。霜雪般的鬓发与皱缩干枯如羊皮纸般的皮肤再清晰不过地表明了他的年龄。尽管从理论上讲,他对穿梭机上的另外三人并没有直接指挥权,但在这一小群幸存者中,没有人会质疑他的权威——这种权威一半是属于富有经验的长者的天然特权,而另一半则源于他所拥有的知识与能力,以及他的同伴们对他的信任。"我们离他已经不远了。"

"老天有眼!我们马上就能抓住那个混蛋了!"还没等苏珊娜开口,坐在后排座位上的一名乘客已经情不自禁地吼出声来。这个长着一张线条粗犷的大众脸的男人只是镍星基地的一名普通警卫,对最近发生的一切都知之甚少。他现在所想的仅仅是为那些不幸的同伴讨回公道——但这已经足够了,"到时候我一定要——"

"别急,"老人摆了摆手,"请允许我解释一下,我刚才说的'不远',只是平面距离而已。如果我没弄错的话,他很可能和我们并不在同一高度上。"说罢,他那双蜡黄色的眼睛转向了苏珊娜,"准尉,预热1到4号主推进器。我们要到下面去了。"

"下面？！"这个看似平平无奇的词就像一根尖锐的冰针，戳得苏珊娜不由自主地打了个寒战：在她脚下，无穷无尽的冰冻云团正在气态行星那种特有的永不休止的飓风驱策下狂暴地相互盘绕撞击着，含硫的云层碎屑如同炼狱群魔伸向天空的爪子，不断从划过云海的闪电之间探出。"下面多远？"她问。

"不超过八十千米，在液氢海面以上。那儿可能有点儿小风，不过我认为应该没什么大碍。"

"八十千米？！可我们的机体强度——"

"至少比'无惧号'的要好。"老人挥手打断了她的话，"既然他能下得去，我们当然也能。"他对苏珊娜露出一个勉强可以算是微笑的表情，"相信我。"

"当然。"苏珊娜叹了口气，开始从充气风帆中抽出填充在高密度薄膜内的惰性气体，银光闪闪的风帆迅速皱缩成两个连在细长绳索尽头的小球，然后被收进了位于机首两侧的舱室中。事到如今，他们已经成了一堆过河卒子，唯一的道路只有继续向前……同时祈祷能在这趟旅程的尽头找到正义。"我相信你。"她说。

穿梭机身子一沉，像一只扑向水面的翠鸟般冲入张牙舞爪的层云之中。

## 二

就像许多类似的故事一样，这个故事开始于一个微不足道的小小光点，由一套微不足道的监控系统投射在一幅微不足道的二维平

| 深空

面图顶端的一个微不足道的角落之中。

一开始,这个小点出现在行星晨线的北极点附近,从北极圈逐渐向南移动,一路上与其他的小点逐一会合、共同行动,就像一只在雪地中越滚越大的雪球。当这只"雪球"最终抵达行星的赤道时,它的体量已经膨胀到了镍星基地的执勤人员无法将其忽视的地步。于是,在这一天凌晨(当然,基地里的"天"是与旧地球而非这颗类木行星的"天"同步的。毕竟,除了真正的饭桶之外,没人愿意每过六个半小时就吃一顿晚餐),当苏珊娜·塞尔准尉从标准睡眠程序中被唤醒时,她惊讶地发现,自己醒来的时间比预设时刻早了整整两个小时,而且她的视网膜读出装置上也多出了一份任务简报。

在不情不愿地爬出睡眠舱后,苏珊娜用了十分钟时间阅读任务简报、打理个人事务并进行飞行器的必要准备,而等待乘客登上停在航空港内的"好奇号"——它是镍星上的八架穿梭机中最新也最结实的一架——并将它从双层气密闸门里开出去,则花掉了几乎两倍于此的时间。在跃出气闸的一刻,一股强烈的上升气流如同传说中北海巨妖的爪子般紧紧地攥住了"好奇号",险些在这架穿梭机开启引擎之前就将它砸碎在镍星坑坑洼洼的灰色表面上。值得庆幸的是,经过一番挣扎之后,苏珊娜最终成功地让她的宝贝穿梭机摆脱了那只无形的巨手,开始沿着导航系统自动规划的航线盘旋下降。

"注意到了吗,准尉?"就在苏珊娜专心致志地操纵穿梭机躲开一处危险的湍流时,这架航天器上唯一的乘客突然开口问道,"这次任务的路线与以前的不太一样。"

"嗯,没错。"苏珊娜心不在焉地答道,同时略微调整了一下机翼的迎角,以便降低穿梭机下降的速度。在大多数时候,她的乘客们通常都不怎么和她说话,仿佛她不过是一台套着人类外壳的自动驾驶仪,但这一位却有些不同:作为镍星研究基地的主任,吕锡安教授一直以健谈和性格开朗而著称。这位有着东方血统的天体物理学家可以报出基地里近百名工作人员中每一个人的名字,并与其中至少三分之一的人都结下了某种程度的友谊。尽管这个数字看上去并不算惊人,但相对于他那些一心扑在研究课题上的同事而言,这已经是个不折不扣的奇迹了。"我们的目标离基地太近了,我现在都还能用肉眼看到它的影子。"

"的确,"吕锡安下意识地挠了挠下巴上稀疏的白色胡茬,"这还是我们的观察对象头一次大量集中在离行星赤道这么近的地方。按照过去的观察记录,它们通常不会越过南北纬16°25′——也就是行星的南北回归线,这也是我们当初选择镍星作为基地的主要原因之一:在赤道上空设立基地可以最大限度地远离我们的观察对象,从而将对它们日常活动的干扰降到最低。"

太空军准尉点了点头,没有答话。尽管在邦联科学院的不动产清单上,镍星基地一直被算在"空间站"那一栏下,但事实上,这座科研基地的外观与人类所建造过的任何一座空间站都截然不同:如果将镍星基地的全息影像与主要物理学参数摆在一个不明就里的天文学系毕业生面前,那么他或者她多半会指出,这颗看上去活像是一只被烤焦的马铃薯的小天体是一颗典型的、环绕类木行星环带内侧运转的周界卫星,有着极不规则的外型和紧贴行星大气层的低矮轨道。在被告知它的化学成分之后,这位毕业生或许还会做出进一步推断:这颗卫星极有可能是一颗类似于水星的类地天体被行星引潮力撕裂后残留的固态铁镍核心碎片之一,并且正沿着一条螺旋形轨道无可避免地坠向它所绕转的行星表面——就像它那些早已踏上这条不归路的同胞兄弟一样。当然,事实也的确如此。

❘ 深空 ▂▂▂．

不过，与 MG77581A3 拥有的其他几十颗卫星不同的是，镍星上存在着生命——在这颗最大直径不足两千米的小卫星内部，龙造寺建筑株式会社的施工队挖掘出了超过十二万立方米的空间，并为这些空间安装了高强度混凝土内壁、废物回收系统、空气循环系统与能够维持平均 0.9G 重力的重力场发生装置。而阿纳斯塔修斯精密仪器有限公司则为基地提供了绝大多数研究设备与通信装置。在这颗小卫星上，定居着超过四十名科研人员和同等数量的后勤人员，外加一个班的警卫、他们的三只宠物猫和一名邦联行政官——后者存在的唯一意义是宣示这里是邦联的神圣领土。只不过，邦联对这里的主权不可能维持多久：由于轨道过度接近行星表面，镍星很可能会在未来的一两个世纪内最终给它所绕转的行星一个致命的拥抱，当然，这颗卫星上的居民现在暂时还不怎么担心这个。

由于类木行星通常被认为"缺乏研究价值"，邦联科学院极少向这类天体派遣科考人员，更遑论派人长期驻扎了，但 MG77581A3 却是个彻头彻尾的例外：十年前，一名曾在邦联军队服役的生态学家若望·罗孚特教授在考察类木行星大气表层的硅基微生物群落时，偶然来到了这颗尚未命名的类木行星，随即发现了一个惊人的事实：因为某种不为人所知的原因，那些看似漫无目的地游荡在这颗行星表面的气旋——至少是它们中的一部分——竟然拥有某种可以称得上是意识的东西。这些气旋能够通过改变自身各部位的电位差与物质密度，有目的地进行运动，能够对主要以无线电与微波信号为主的外界刺激做出有条理的反应，甚至还表现出了某种程度上的逻辑能力！尽管罗孚特教授本人在不久之后就不幸死于一场事故，但他的发现已经引起了邦联科学院的兴趣，并最终促成了镍星基地的建立。

"目标已经进入肉眼可见范围。"当一系列硕大无朋的阴影宛如传说中的擎天巨柱般从地平线上慢慢浮现时，苏珊娜又例行公事地检查了一遍仪表读数——大多数现代航天器都采用更方便的人机互联操作，甚至是纯人工智能控制，但这架穿梭机是军方提供的，因此它的操纵系统在本质上仍然与它那些活跃于 20 世纪末的鼻祖颇为相似。按照设计师的说法，之所以采用这种设计，是因为传统操作界面更加"可靠"，能够"将意外受损导致事故的概率降到最低"。但苏珊娜怀疑，这更可能只是因为那些家伙的脑子仍然停留在五个世纪前的缘故。"雷达扫描结果与同步卫星传来的航拍图像完全吻合，目标总数为一百七十一个，包括一百一十九个 C 级、三十九个 B 级、十个 A 级和三个 A+ 级，运动方向全部是东南偏南，速度四十节上下。"

"看来今天是钓大鱼的日子。"吕锡安轻描淡写地评论道，"重力场探测器启动了吗？"

"计算机正在生成读数……等等！"当几行闪烁的数字从那台古董级的显示屏上跳出时，苏珊娜下意识地咽下了一口唾液，"教授，目标的平均质量……有些不太正常。"

"的确，"在盯着显示屏看了几秒钟后，吕锡安点了点头，"纯粹的氢、氨冰和甲烷的密度绝不会这么大……选定一个目标，生成精细密度图像。"

"好的。"苏珊娜修长的手指像弹琴般在操作屏上来回跳动了几秒，"成了！这就是离我们最近的目标的密度影像。"她指了指副驾驶席前的一块显示屏。在狭窄的屏幕上，一道巨大的、不断运动着的旋涡状物体足足据了三分之二的空间，看上去活像是某种有生命的后现代主义雕塑。就像人类体温图一样，这道气旋的不同位置按照密度差异分别以不同的颜色标出：构成它"躯体"绝大部分的都是海水般的湛蓝色，间或夹杂着少量的草绿与淡黄色，但在

| 深空

接近其顶端的地方,一块代表高密度区域的显眼红色就像阴燃的煤炭般闪烁着,而且正以极快的速度来回移动着。"我不知道这是怎么回事,教授,"苏珊娜的语气中带上了一丝惊慌,"但我从没见过这样的情况!这根本不像是自然的——"

"这当然不是自然现象。"吕锡安朝着穿梭机的风挡伸出了一只鸟爪子般枯瘦的手,"看仔细了,准尉。"

"该死的,又是那个混小子!"当苏珊娜沿着吕锡安手指的方向重新抬起视线时,一抹混合着好几种不同情绪的酡红立即出现在了她的脸颊上:在离那座巨型气旋只有咫尺之遥的地方,一个轻巧的银色身影正敏捷地在气旋边缘搅起的碎云间来回穿梭,就像一只逗弄着巨龙的飞鸟。与她驾驶的"好奇号"一样,这架穿梭机也有着经过强化、适合在高密度大气中飞行的倒"V"字型机翼,但它的体积更小一些,而且没有打开充气风帆——显然是担心被卷入狂暴的风暴之中。早在多年以前,镍星基地的人们就已经发现,这颗行星上的风暴似乎有着一种摧毁它们遇到的任何人造设备的倾向,尽管用于直接勘探工作的一线穿梭机现在都已经安装了被称为"隐形斗篷"的防护设备,但接近到如此近的距离仍是近乎自杀的举动。

"嘿,史蒂夫!"苏珊娜打开了一个通信频道,"今天没有你的飞行任务,你跑下来搞什么鬼?!喂!该死的,你听得到吗?"

"史蒂夫先生不在这儿,准尉,"一个细声细气、听上去似乎有些没精打采的男子声音从扬声器里传了出来,"'无惧号'上现在只有我一个人。"

"洛佩斯博士?!"在听到这个声音的一刹那,苏珊娜下意识地挑起了细长的眉毛。奥古斯特·米格尔·洛佩斯博士是镍星基地里最重要的科研人员之一,而且恰好也是他们中唯一一个拥有穿梭机驾驶资格的人。就苏珊娜所知,这位沉默寡言、不善交际的科学家对独来独往有着一种特殊的爱好,而且从不注意他人的感受——她自己就曾经不止一次因为洛佩斯不打招呼就擅自开走"好奇号"而与他发生过争执,"你来干什么?"

"很抱歉,我不认为我有义务向一个没有接受过必要的专业训练的人解释我的具体研究活动。很明显,即便我做出解释,你也未必能够理解。"洛佩斯的声音仍然软绵绵的,但却带上了几分令人厌恶的自以为是的味道。与此同时,那个银色的影子突然从环绕气旋的盘旋飞行中猛然拉起,如同一支离弦之箭直冲云霄,"我想我应该回基地去了,代我向吕锡安教授问好,准尉。通信完毕。"

"你这该——"苏珊娜下意识地张了张嘴,想趁着结束通信之前再为对方送上几句"祝福"。但就在这时,另一件事却吸引了她全部的注意力:她原本以为,刚才重力探测器上出现的反常高密度区域不过是"无惧号"穿梭机的存在所造成的干扰,但事实却并非如此——在"无惧号"离开仅仅几秒钟后,那个高密度区域又一次出现了,虽然比刚才看上去小了一些,却也更不规则,但这个物体的体积和总质量仍然颇为惊人,更重要的是,在短短几秒钟后,它突然开始沿着气旋的内缘螺旋上升,就像一枚被火药燃气推动的枪弹一样骤然冲上了云霄!

"这……这怎么可能?!"透过嵌有防辐射隔层的气泡型座舱壁,苏珊娜目瞪口呆地注视着那个在转瞬之后就已经没入铺满天穹的暗色调云层中的小点——虽然只是短短的一瞥,但她的经验使她在第一时间就意识到了那到底是什么:在过去九年中,她曾经无数次在行星系内的例行飞行中见到过这种东西。无论在哪个行星系中,这些天体家族中的小字辈看上去都是一个样子:不规则、坑坑洼洼、

| 深空

色调阴暗，一副灰头土脸的蠢模样。

这是一颗小行星，一颗陨石，一个由数千吨——也许是上万吨——硅酸盐、水冰与金属构成的丑陋混合体。它被 MG77581A3 的重力井捕获，然后又落入这些"有头脑"的气旋手中，而现在却又被重新抛向了它们来时的方向。

仿佛听到了某种号令一样，就在这道气旋将陨石掷出后不久，它的同伴们也争先恐后地开始了行动——把它们肚子里的"存货"抛向了空中。这场怪异的烟火庆典持续了差不多十分钟，数百颗体积大同小异、外型千差万别的硅酸盐碎块在彤云密布的天穹下划出一道道近乎相同的轨迹，朝着同一个方向奔去。

虽然苏珊娜并没有让机载计算机测算这些丑陋的大石头的轨道，但她相当清楚，它们的目的地只可能是一个地方。

"噢，不，"苏珊娜听到自己喃喃自语道，"这下我们麻烦大了……"

### 三

情况比预想的还要糟糕。

尽管作为一颗被撕裂的大型卫星残块，镍星在理论上与那些围绕恒星运转的"普通"小行星没有任何不同之处，但任何人——只要他的观察能力还没差到不可救药的程度——都能轻而易举地分辨出二者之间的差别：由于"年龄"不大，再加上外侧的行星环带已经吸收了大多数不安定分子，镍星的表面并没有"真正"的小行星特有的那种由撞击形成的坑洼和裂痕，至少就苏珊娜看来，这颗周界卫星看上去更像是地球上那些被冰川切削下来的碎石，分明的棱角和光滑坚固的表面透着一种特有的几何美感。

不幸的是，这一切现在已经成为了过去时——当苏珊娜提心吊胆地驾着"好奇号"穿过破损严重的外部气闸，驶进位于装卸区外侧的航空港时，所见到的一切充分证明了她在归途中的担心绝非杞人忧天：那群该死的气旋以一种足以令人类战争史上任何一名防空部队指挥官都为之惊叹的准头狠狠地打击了这座悬浮在大气层边缘的科研基地，至少有两颗直径超过五十米的石块命中了航空港出口处的装甲气闸，在将近半米厚的强化装甲板上留下了两处几乎一模一样的巨大凹痕，另一颗更大些的陨石则光顾了基地上方的远距离通讯塔，把这座建筑物从它所在的位置上干净利落地蒸发掉了。除此之外，苏珊娜还数出了至少一打陨石撞击后留下的痕迹，它们的狂轰滥炸扫荡了镍星差不多四分之一的地表，放射状的陨击坑中央仍然闪烁着明灭不定的暗红色幽光，就像一只只隐藏在阴影中的不怀好意的眼睛。

"我们总共遭到了二十二次撞击！"半个小时后，当苏珊娜和吕锡安脱下散发着不良气味的飞行服、坐进基地的会议室里时，镍星上的首席工程师长谷川宽秀用这个令人不安的统计数字替代了惯常的寒暄，"基地的对外通信已经瘫痪，两台在基地表面工作的维护机器人被毁，外部气闸受损。除此之外，由于撞击导致的震动和星体变形，基地内部的设施也遭到了一定程度的破坏，我们失去了三分之一的能源，各处管线与通道都发生了故障，在B2、B4两个区检测到轻微辐射泄漏，三条维护通道因为闸门变形而不能开启。更糟的是，我们缺乏必要的设备与物资来修复这些损伤——我早就说

| 深空

过，为了节约空间而把维修备件仓库放在外面，实在是个馊主意。"

"幸运的是，人员伤亡不大。"基地的医官接过了话头。像往常一样，这个长着一张长马脸的男人保持着无动于衷的神色，仿佛他汇报的是另一颗天体上的伤亡情况，"我们只有四个人受伤，其中一个人重伤，但没有生命——"

"行了。"吕锡安挥了挥手，打断了对方的话，"我现在只想知道，基地是否有可能恢复通信能力？我们的研究目标在今天表现出了与以往截然不同的行为模式——它们不但在使用工具，而且表现出了拟定计划并组织集体行动的能力。这一发现将完全改写我们之前做出的大多数研究结论，同时也意味着我们必须重新考虑眼下的处境。"他意味深长地将目光投向一个又一个与会者——如果这次仓促的集会也能算是场会议的话，"但无论我们打算做什么，远距离通信能力都是至关重要的。"

"恐怕不行。"在短暂的沉默后，总工程师深深地吸了口气，仿佛要靠这种办法将他矮胖的身躯里的勇气集聚起来似的，"毁掉主通讯塔的那次撞击释放出的能量超过了一千吨 TNT 当量，整个建筑结构都被汽化掉了，要修复它的唯一办法，只有重新再造一个。"他停顿了一会儿，"当然，穿梭机上的超空间通信系统也能派上用场，但它们的抗干扰能力有限，要进行长距通信，必须先离开行星的洛希极限以避免重力场干扰。"

"那需要好几天时间才行。"苏珊娜插话道，"难道没有别的办法吗？"

"功率较小的备用通讯塔也许还有可能修复，我们可以用它联系新特奥蒂瓦坎殖民区的救援飞船。我们可以利用现有的设备自行制造必需的部件，只要再花上五十个标准时……"

"请原谅我打扰一下,恐怕我们已经没有五十个标准时可以浪费了……"还没等总工程师把话说完,一名个子矮小、有着焦糖般的深色皮肤和一头深褐色短发的男子突然走进了会议室。

"此话怎讲,洛佩斯博士?"一名科学家问道。

"各位,如果基地的损害评估系统提供的数据没错的话,我们现在还剩下不到十八个标准时。严格来说,是十七小时零四十四分钟,误差不超过正负三百秒。"洛佩斯将语速刻意放得很慢,似乎是要确定每个人都能听明白这句话,"计算显示,刚才的撞击已经改变了镍星的轨道,它将在十个标准时后由行星外层大气进入大气中层的水冰和氨冰云层,由此增加的阻力会进一步加速它的下坠。到十六个标准时后,镍星会进入压力超过三十标准大气压的内部大气层。此时的气压差和摩擦产生的巨大热量会使基地内的任何逃生设施——无论是穿梭机还是火箭式逃生舱——都无法使用。"

随之而来的沉默持续了足足半分钟,所有人的目光都在其他人身上来回逡巡着,似乎正在就由谁说出那个不得不说的事实而进行一场无声的投票。最后,坐在会议桌首位的吕锡安开口了:"没有挽救的办法吗?"

"就目前的情况而言,没有。"在盯着天花板看了几秒钟之后,长谷川宽秀低下头去,将视线转向了自己的双脚。

"既然这样,"吕锡安点了点头,"我提议启动紧急撤离程序。出于安全起见,所有人必须在十二个小时后登上穿梭机,随后在同步卫星轨道上等待科学院派来的补给船队——按照计划,它们下周二就能抵达这里,穿梭机能够携带的补给应该足以让我们生存到那个时候。还有谁有异议吗?"

没有异议,但也没有人立即表示赞同,哀伤的气氛就像驱之不

| 深空

去的无形浓雾,沉重地压在会议室的每一个角落中。这哀伤并不仅仅源于对基地本身的感情,更是因为他们即将付出的代价——在座的所有人都清楚,放弃镍星对他们的研究工作将造成何等重大的甚至是无法弥补的损失,但却没有一个人能够否定这冷酷的事实。

最后,所有人都很不情愿地举起了手,向可憎的命运承认了自己的失败,只有几名基地警卫露出了一丝释然的神色。接着,所有人都匆忙地走向了会议室的出口,希望能在这剩下的最后半天时间里尽可能地让他们不得不付出的代价略微减小一些。

接着,苏珊娜也站了起来。

当人群中的大多数都已经离开会议室后,她突然抢上一步,拦在了走在队伍末尾的那人面前。"我有几个小问题得请教您,洛佩斯博士。"苏珊娜看似不经意地抬起一只胳膊,撑住了一侧门框——同时也"恰好"挡住了对方离开会议室的路。

"尽管问吧。"洛佩斯耸了耸肩。在这个梅斯蒂索人遗传自卡斯蒂利亚先祖的高鼻梁上方,那对印第安人的黑色小眼睛中既没有透露出半点儿惊慌,也看不出恐惧或者心虚的痕迹。他只是将粗短的双手交叉在胸前,好整以暇地等待着对方的提问。

"我希望您能明确告诉我,今天上午,当'好奇号'执行观测任务时,您到底在干些什么?"苏珊娜字斟句酌地问道,不给对方留下任何可以故意曲解的漏洞,"如果我没记错的话,'无惧号'穿梭机当时并没有得到起飞许可。"

"哦,我不得不承认……怎么说呢?你说得确实没错,准尉。"洛佩斯的嘴角弯曲了一下,似乎苏珊娜问的是一个愚蠢至极的问题,"但别忘了,有些机会稍纵即逝,为了避免白白贻误时机,在某些情况下打破规则是必要的。"

"但'好奇号'当时正在执行相同的任务,而所有穿梭机上的科研设备都是按照相同标准配置的,"苏珊娜立即指出,"换句话说,您所需要的数据我们都会为您带回来的。"

"我自有这么做的理由。"

"能解释一下吗?"

"我会尽量试试的。"年轻的梅斯蒂索人露出一丝讥讽的神色,"我相信你也注意到了,这些气旋今天的活动十分反常:在平时,它们的行为模式更类似于老虎或者大白鲨这样的独行掠食者,几乎从来不会集体行动,更没有表现出任何能够实施有组织行动的征兆,而这与它们两个小时前的所作所为——组成一支拥有数百个体的队伍,有组织、有计划地摧毁预定目标——格格不入。虽然我对它们这么做的动机一无所知,但毋庸置疑的是,做出这样的行为,必须通过持续不断的沟通以实现协调,而这恰好属于我的专业范围。"

没错,那确实是你的专业。苏珊娜咬了咬嘴唇,没有说话。在十年前的最初几次接触中,若望·罗孚特教授就已经发现,由于不像正常生物一样拥有感觉器官,这颗行星上的气旋依靠接收周围的温度差与无线电脉冲——偶尔也包含一小部分微波的波段——来感知周边环境,或者在相互之间进行一定程度上的沟通与互动。而使得镍星基地的研究得以进行下去的"隐形斗篷"技术正是基于这一原理发明的:由于MG77581A3上的气旋对一切人造设备都有着原因不明的强烈攻击倾向,要想接近它们,唯一的办法就是通过安装在穿梭机上的无线电欺骗装置将自己伪装成它们的同类,而发明并负责改进这套设备的人正是米格尔·洛佩斯。

"当然,你完全有理由质疑我的做法。"洛佩斯继续说道,"没错,我的行动没有得到执行委员会的授权,但我必须这么做。众所

▎深空

周知,我们过去很少拦截到这些气旋之间的通信信号,有时一整年也只能截获几十个 KB,对于一个显然具有比大猩猩甚至南方古猿更高智力的社会性智慧群落而言,这样的信息量明显是少得过分了——而造成这种情况的原因很简单,那就是我们过于保守的研究策略!就像人类之间的沟通更多是靠悄声细语而不是大喊大嚷一样,这些气旋之间的大多数交流都是依靠低功率信号进行的,要接收这些信号,你就必须凑到它们身边才行。"他举起右手,比划了一个"靠近"的手势,"当然,我并不是在质疑执委会制订的安全守则的合理性:由于对研究目标相互间的交流模式缺乏了解,'隐形斗篷'目前还很不完善——我们可以远远地伪装成打招呼的陌生人,但要是凑得太近、遇上了仔细盘问,那可就得露馅了。正因如此,执委会才专门通过决议,禁止一切穿梭机接近到距气旋五千米之内的地方。"

"没错。"苏珊娜说。

"但这么一来,我们在确保安全的同时也束缚了自己的手脚——我刚才查过'好奇号'的记录,你们在四十分钟里录下了多少有意义的通信?只有不到两千比特!"洛佩斯的声音陡然升高了八度,"也许这么做确实避免了潜在的风险,但从科学的角度来看,这却不啻于最恶劣的犯罪!我在一个小时的冒险行动中截获的信息是我们过去十年中全部收获的二十倍以上!一旦我们的研究工作恢复正常,我就可以——"

"你的意思是,你当时只是在接收信号?"苏珊娜追问道。虽然她的理智告诉她,洛佩斯的解释相当有力、完全符合逻辑,但她总觉得有什么地方不对劲——这种感觉就像是品尝一杯跑了气儿的可乐,虽然味道没多少问题,但就是有什么地方不对劲,"没干别的?"

"当然。"洛佩斯答道,随后他又补充了一句,"要是不相信我的话,你为什么不去看看'无惧号'的飞行记录?"

"记录是可以伪造的,而你有能力——"

"够了!"一直坐在会议桌旁的吕锡安挥了挥手。他的声音虽然不大,但却带着一种不容忤逆的权威,"我已经检查过了洛佩斯教授截获的信息和航行记录,那里面没有任何问题,继续在这种话题上浪费时间是毫无意义的。"他的语气略微舒缓了一点,"准尉,我认为你有些疲劳过度了,最好去睡眠舱休息几个小时——这是命令。"

"遵命,先生。"苏珊娜不情不愿地放下胳膊,让洛佩斯离开了会议室,在擦肩而过的一刹,她似乎隐约看到了梅斯蒂索人那双棕色小眼睛里闪过的阴暗笑意——这也许只是她的幻觉,也许不是。"我这就去。"她说。


四


毁灭的脚步声正在朝这里逼近。

就像走向绞架的刽子手一样,这声音的频率并不快,也算不上响亮,但却令人无法忽略。厚重的气密门能够有效地封堵住空气这一声音传播的主要介质,但当它本身也开始在无法抵御的强大力量面前颤抖时,这种可怜的封锁就失去了意义。很快,保护着她的住舱的气密门就被撕裂了,跳动的橙色火焰在门口的裂缝中闪烁了片刻,旋即寂然无声,接着,一个庞大的黑色形体出现在门外。

这是一个冰冷的、充满暴虐气息的形体,是来自太古洪荒的最原初的愤怒与狂暴浓缩而成的精魂。它有智慧,却没有灵魂;它有

| 深空

理性,却毫无人性——气旋就像爬上豌豆藤顶端的杰克遇到的巨人一样,带着病态的兴趣打量着被逼进死角的猎物。

她想要做点儿什么,但身体却仿佛套上了无比沉重的锁镣,潜伏在人类基因中的生物本能——在无法逃脱也无法抵御的强敌面前保持静止以避免被发现的本能——无情地限制了她的行动,让她只能继续面对这个无情而又不可捉摸的魔鬼。与此同时,整个舱室也突然变暗了下来,仿佛某个黑暗之神刚刚抽走了所有的光和热,只留下了绝望与虚空。

接着,魔鬼开始发生变化:狂暴涌动的气体逐渐塑出了人类的五官——苏珊娜惊讶地发现,米格尔·洛佩斯的脸正注视着她,扭曲的笑容让他看上去就像是一个充满恶意的掠食者,正在打量着到手的猎物。冰冷的气流从两排由冰晶组成的利齿之间来回穿梭啸叫,听上去既像是苦笑,又像是哭泣。

苏珊娜想要说点什么,但她的舌头和声带似乎都已经冻成了冰,甚至连一声最细微的喘息也发不出来。在不属于人类的尖锐笑声中,巨怪将一道由阴影构成的爪子伸向了她,一股强烈的寒意就像海蜇的螫针,无情地穿透她的皮肤,钻进她的肌肉与骨骼,同时又像一柄弯刀一样将她的感官从这个世界上生生剥离开来。

她在无尽的黑暗中坠落,在寒冷与恐惧共同形成的泥沼中无助地越陷越深……

苏珊娜重重地坠回了现实。

一组幽蓝色的数字在睡眠舱内侧的仪表板上跳动着,告诉她时间已经过去了五小时零十一分钟——这相当于超过十个小时的常规睡眠。按理说，深度睡眠过程中预设的脑波调谐程序应该让她在醒来之后精力充沛、情绪平稳，但事实却并非如此：尽管噩梦已经退去，但那种如同附骨之疽般的寒意却并没有消散。

苏珊娜摸索着找到了睡眠舱的温度调控面板，将内部温度调到了三十三摄氏度的上限，但这并没能让她的感觉变得好些，这种难以言喻的寒意并非来自周围的空气，它直接源自她潜意识的最深处，源自那种无法抑制的不安与焦虑。

在睁开眼睛的刹那，苏珊娜还看到了别的东西：一行由视网膜投影设备投射出的文字在她的眼角跳动着，提示一封新邮件刚刚发到邮箱里。她打了个呵欠，打开个人终端，但奇怪的是，那封没有署名的邮件却怎么也打不开——事实上，无论她想用什么办法打开它，能看到的都只有这么一行字：

本邮件已设置定时开启／加密程序，将在一百个标准时后自动开启。在此期间，不能被删除、修改或移动。

"噢，见鬼。"苏珊娜嘟哝了一句，翻身从铺在睡眠舱里的软垫上坐了起来。负责控制室内环境的人工智能程序意识到了她已醒来，立即让柔和温暖的鹅黄色灯光洒满房间的每一个角落。她一边揉着眼睛，一边习惯性地朝床头柜伸出手，但只摸到了一个空空如也的杯子——直到这时，她才后知后觉地想起来，宿舍里的自动咖啡机两个星期前就坏掉了，至今还没有修好。

苏珊娜无奈地摇了摇头，披上外套走出了舱门，准备到办公区俱乐部去碰碰运气。

在狭长的走廊里，一盏盏照明灯伴着她的脚步陆续亮起，在末日将至的时刻最后一次善尽它们的职责。走廊两侧的大多数办公舱舱门都开启着，到处都能看到基地的居民们在进行撤离准备时留下

| 深空 ——●

的痕迹：没有用处的纸质文件与表格像旧纪元中的廉价街头广告一样散落在办公室的地板上，价格昂贵的实验设备被匆匆塞进包装箱里，与从厨房和食品仓库里拿出的一箱箱浓缩食品一道摆在走廊两侧。许多抽屉与储物柜都被翻得乱七八糟，它们那些平时丢三落四的主人显然刚花了不少工夫试图从里面找出某些不知去向的重要物品；还有几个舱室里仍然亮着灯光，后勤人员正在巨细靡遗地整理清点他们能找到的每一件东西，并裁定它们的命运：被带上穿梭机，还是留在这里与镍星基地一同毁灭。

镍星基地唯一的俱乐部位于办公区走廊的末端，恰好处于这颗小天体的正中央。说是"俱乐部"，其实不过是当初设计这座基地的建筑师因为一系列阴差阳错而留下的几座相联的冗余仓库。出于物尽其用的原则，基地执委会在这些舱室里安装了立体音响、全息放映设备和感官游戏接口，以及其他一些可以在普通的小酒吧里发现的玩意儿——事实证明，在提供地方让那些百无聊赖的基地警卫和换班的后勤人员消磨时间、以免这些精力过剩的家伙惹出乱子这一点上，这地方确实起到了不可替代的重大作用。

俱乐部的第一间舱室是一间舞厅，色调艳俗的彩灯和塑料做的假藤蔓纠缠在一起，从天花板一直延伸到墙角的两台廉价音响上。在舞厅的一角放着一台饮料机，苏珊娜一边打着呵欠，一边打量着饮料龙头上的字样，随即沮丧地发现这玩意儿只能供应她最不喜欢的碳酸饮料。她摇摇头，转身打开与第二个舱室相联的门，但就在气密门沿着滑槽退入墙壁的瞬间，一个沉重的东西突然从门的那边掉了出来，就像一只被缺乏敬业精神的邮递员随手扔出的包裹一样，砰的一声倒在她的脚下。

那是一个人。

一个已经死去的男人。

这位不速之客的出现完全出乎苏珊娜的意料,在随后的几秒钟里,突如其来的惊吓与一直盘踞在她脑海中的那股驱之不去的寒意汇成了一道冰冷彻骨的洪流,只差一点就彻底压垮了她的理智。值得庆幸的是,多年服役生涯所培养出的理性很快就重新占据了上风,苏珊娜左右环顾片刻,以最快的动作从一个标有"紧急"字样的箱子里取出一把消防斧和一只手电,将雪亮的电光射向门后的黑暗之中。

与被布置成舞厅的第一个舱室相比,第二个舱室的容积还不到它的一半,因此,负责改装的那些家伙把它变成了一间小型酒吧。在长长的木质吧台上,几只快要见底的酒瓶还摆放在顾客最后一次放下它们的位置上,一旁的玻璃杯仍然盛着半透明的小麦色酒液。从放在吧台后的椅子数量来看,不久之前很可能曾经有两个人在这里对饮。在她的脚下,那个扎着马尾辫的矮小男人就像献祭给山神的印加木乃伊一样蜷缩成一团,缀在卡其色袖口上的银色工程师领章表明了他的身份:镍星基地的总工程师长谷川宽秀。

狭小的酒吧间里看不到其他人的踪影,凶手显然从一开始就不打算用待在案发现场的方式为自己的行为负责。长谷川的身上没有明显的外伤,他的瞳孔扩散、脸色青紫,嘴角流出的白沫散发着一股淡淡的苦杏仁味儿——苏珊娜曾经在紧急救护讲座上听说过氰化物中毒的症状,但她还是头一次看到实例。

冷静,必须冷静。苏珊娜强迫自己深呼吸,然后在尸体旁蹲下,开始翻检死者的随身物品。长谷川宽秀的个人物品数量颇为可观,简直足以用来开设一座小型博物馆。在他身上,苏珊娜找到了数目繁多的各种卡片、证件、钥匙、钱币、挂饰和小工具,当然,还有她真正想要的东西:一块大小和形状都与旧纪元的怀表颇为类似的、

| 深空

表面刻着一个银色工程师标记的圆盘。

在强忍住想要呕吐的冲动后,苏珊娜掰开已经去世的总工程师的下巴,用指甲从他的口腔里刮下了一些活性细胞,然后将其涂在了代表工程师的"扳手与锤子"标记中央。就在她做完这件事的同时,一道毫无热度的幽蓝色光束从圆盘中倏然射出,在她面前的空气中勾勒出一块由全息影像形成的操作界面。让苏珊娜始料未及的是,长谷川宽秀的个人终端使用的是一种完全不同的操作程序——很可能是为工程师专门设计的。在光束投射出的操作界面上,近百个操作图标就像门捷列夫元素周期表里的元素符号一样密密麻麻地排列着,里面没有一个是她熟悉的。在这些杂乱无章的图标下方,她发现了一个被最小化的对话框,上面用醒目的红色箭头显示着一个正在跳动的倒计时器:00:00:11。

这是什么的倒计时?苏珊娜用手指戳了戳对话框,一张由倒计时器组成的图表立即填满了整个界面。令人费解的数字规律地跳动着,显示出的剩余时间从十秒到五分四十秒不等,但却没有一个倒计时器带有文字说明,"系统,解释倒计时的目的。"

"无效访问,需要合法的授权码。"终端用那种愚蠢透顶的欢乐语气说道,与此同时,第一个倒计时器终于跳到了"0","D-7封锁准备就绪,开始紧急封锁——"

"封锁什么?!"

"——紧急封锁完成。"第一个倒计时器消失了,它下面的那个立刻像压在弹匣里的子弹一样顶了上来——还有十秒时间,"D-6封锁准备就绪——"

"这是搞什么鬼?!"苏珊娜嘟哝了一句,胡乱按下了一连串图标。大多数标志都没有任何反应,但位于界面右下角的一个圆规按键却让她看到了想要的东西：一幅镍星基地的三维结构图。在这张结构图上，所有舱室的气密门都以两种显眼的颜色标示出来，其中三分之二已经成了表示密封的红色，三分之一仍然是绿色。

上一道变成红色的门正是 D-6——而如果这幅结构图没有弄错的话，酒吧间的门的编号则是 D-5。

D-5 的倒计时还剩下五秒钟。

"天杀的！"苏珊娜一把抓起那台个人终端，以她这辈子达到过的最快速度发足飞奔起来。就在她冲过几米之外的气密门的一刹那，半英尺厚的 Lt 级合金板就像一柄巨型铡刀般从滑槽中悄无声息地落下。如果她的动作再慢上半拍，这玩意儿多半会像切土豆一样把她拦腰削成两段。

"终止程序！"她一边跑向俱乐部的出口，一边朝捧在手里的终端扯着嗓子大喊，"马上终止程序，把所有门都给我打开！这是命令！"

"命令无效，需要正确的授权码。"合成电子语音洋洋得意地答道，"重复，终止紧急封锁程序需要正确的授权码。"

苏珊娜当然不知道什么是正确的授权码，而她也不打算冒险瞎蒙：从理论上讲，一次性蒙对标准授权码的概率大约是十的十七次方分之一，而只需要三次错误就会启动安保程序，使得个人终端被完全锁死。她咬了咬嘴唇，重新调出全息地图：谢天谢地，编号为"E-1"的主要气密门——它是由办公区前往装卸区的唯一出口——目前仍然被标示为绿色。苏珊娜很清楚，这道门一旦也被封锁，整个办公区都会成为一条死胡同，而那些被堵在这道门后的人将只能像被困在沉船上的老鼠一样，无助地陪伴着这颗注定灭亡的小卫星

157

| 深空 ——

坠入万劫不复的冰冷深渊之中。

她还有三十九秒时间,而她离那道门的距离是两百四十米。

不知是不是由于正在执行的封锁程序的缘故,曾经充溢着整条走廊的柔和光线已经全部熄灭了,取而代之的是昏暗的红色应急灯光。几个尚未撤离办公区的后勤人员正聚在一间堆满杂物的办公室里,惴惴不安地交头接耳。"快跑!"苏珊娜在接近办公室时朝他们吼道,"这儿不安全!跑!快跑!"

那几个人不知所措地对视了片刻,随即如梦初醒般地朝办公室的门口冲去。

有那么一瞬间,苏珊娜欣慰地以为这些人得救了,但就在最前面的那个男人即将冲出办公室时,大门的指示灯突然变成了刺眼的猩红色。

苏珊娜只救出了一只被齐腕削断的手掌。

由于气密门良好的隔音效果,苏珊娜没能听到垂死的伤员撕心裂肺的哭喊声。她既来不及再打开那幅全息地图,也没时间关心剩下的时间到底还有多少,存留在她脑海中的念头只剩下一个:跑!为了自己的生命而跑,为了能够活下来找出这件事的幕后元凶而跑,为了不被困死在这块活见鬼的大石头里而跑。现在还有多少时间来着?十五秒?十秒?这些都不重要。她已经能看到那扇通向装卸区的大门了,现在需要做的只是再加把劲——还有不到五十米了,不,还剩下三十米,不,二十米,最多还剩二十米了。只要再……

随着一阵刺耳的蜂鸣声如同催命丧钟般骤然响起,厚重的气密门扇在离苏珊娜不到十米的地方冲出了滑槽,以迅雷不及掩耳之势将办公区与装卸区分割了开来!

有生以来第一次，无法抑制的绝望彻底击垮了苏珊娜的心理防线，她无力地在这扇大门前跪了下来，脑海中一片空白，剩下的只有无底寒潭般深不可测的绝望。苏珊娜很清楚，这扇门再也不会打开了，她曾经离逃出生天只有一步之遥，但现在却注定将要永远埋葬在千里之下暗无天日的黑暗世界中，直到……

"嘿！你还在磨蹭什么？"就在泪水沿着脸颊落下的一刻，她突然听到了一个熟悉的声音——是的，这不是绝望中产生的幻听，而是真实存在的声音！

"动作快点！我们没时间了！"

五

那扇门并没有完全关上。

当苏珊娜动作笨拙地翻过那堆因为闸门的重压而扭曲变形的废金属时，她认出了这玩意儿曾经是什么——在基地的装卸区里，大多数搬运与装卸工作都是由这些棱角分明、蠢头蠢脑的HC-21多功能机器人完成的，而眼前的这位，显然也曾经是它们中的一员。即便已经被沉重的闸门挤压变形，但苏珊娜还是能分辨出那些坚韧的机械臂，以及那台酷似昆虫复眼的光学传感器。尽管有着足以抵御轻武器打击的坚固外壳，但气密门关闭时的重压仍然彻底摧毁了它——它的壳体被压得凹下去一大块，里面的部件也全部毁于一旦，熔融的金属与燃烧的塑料散发出的味道混在一起，令人恶心欲呕。值得庆幸的是，它的自我牺牲至少成功地让气密门留下了一条缝隙，

| 深空

一条足以让一个人钻过去的缝隙。

"谢天谢地!"还没等苏珊娜的双脚在装卸区的复合材料地板上站稳,一只枯槁的手已经轻轻地落在了她的肩上,"走廊里还有其他人吗?"

"没看到。"苏珊娜摇了摇头。在装卸区外侧的停机坪上,基地的八架穿梭机中只有六架还停在原地,她知道"探索号"正在大修,但另一架失踪的穿梭机……是"无惧号"吗?它又去了哪儿?"他们都被困在办公室和仓库里了。"

"真是不幸……"吕锡安下意识地朝那些并排停放着的穿梭机群看了一眼,"好在你逃出来了,否则我们谁都别想活着离开这儿。"

这话倒没错。苏珊娜心想。在偌大的装卸区里,她总共只看到了三个人:吕锡安本人、一名航空港警卫和一位值班的机械师,后面两位此刻正站在航空港的武器库门口,将一大堆火力强到足以推翻一个旧纪元小国的武器装备往"好奇号"的货舱里搬。但除了她之外,这里没有任何人知道怎么驾驶这玩意儿。"其他人呢?到底出了什么事?"苏珊娜问。

"刚才发生了可怕的事故……"镍星基地的负责人语气沉重地说道,"基地的自动安保系统出了故障,它认定整座基地正在遭受烈性生物武器侵袭,于是启动了自动封锁与防疫系统!"他停顿了片刻,看了看站在他身后的那名机械师,"如果不是刘钢先生应对及时,命令装卸机器人堵住了装卸区入口的气密门,我们俩恐怕都没机会逃出来。"

"我们还能救出其他被困者吗?"

"很抱歉,办不到。"名叫刘钢的机械师双手一摊,"针对烈性生物武器袭击进行的封锁是永久性的,门锁的控制系统在锁定后就会被自动熔毁。除非实施定向爆破,或者干脆用焊炬把它们切开,否则不可能打开这些门。"

"除此之外,一旦封锁完成,防疫程序就会开始对所有被封锁区域逐一实施最高级别的消毒,以杜绝生物武器蔓延的可能性。"吕锡安补充道,"所有被判定为遭到感染的舱室都会经受大剂量持续性辐射照射,直到里面的每一个蛋白质大分子都被高能射线烘烤得外焦里嫩为止,没有任何病原体可以在这样的环境中生存下来——人更是不行。"

"但这不可能啊,"苏珊娜倒吸了一口凉气,"这种级别的措施只能针对无人设施使用!"

"而所谓的'人'指的是活人,如果系统判定被困人员已经死亡,那它就完全可以这么做。"吕锡安说道,"而不幸的是,这似乎正是安全系统的想法——至少,当我试图命令它终止程序时,它就是这么告诉我的。"

一连串令人不寒而栗的画面开始浮现在苏珊娜的脑海中,让她不由自主地打了个寒战:成群没有面孔的人被困在无法逃离的囚笼内,成为原本用来保护他们生命的消毒程序的牺牲品。他们就像一群被困在沸水中的活虾,被迫在意识清醒的状态下体验缓慢而又不可逆的毁灭过程:骨髓和血液被破坏,神经系统功能渐渐紊乱,皮肤因为血管壁细胞的大量坏死而逐渐被内出血涨成可怕的殷红色,就连临终前的每一次呼吸都会成为一种可怖的刑罚……

"无论如何,"吕锡安长长地叹了口气,"我必须对这场可怕的意外负全部责任,一旦回到科学院……"

| 深空 ──

"不,教授,我不认为这是意外,"苏珊娜从口袋里掏出总工程师的个人终端递给对方,"我想,有人蓄意策划了这一切。"

"这么说,你认为正是那个谋杀长谷川宽秀的人冒用他的身份入侵了安全系统,并发布了生物武器威胁的假警报?"当"好奇号"载着基地仅有的四个幸存者缓缓驶出扭曲变形的航空港气闸时,吕锡安用穿梭机上的机载电脑向基地的中央控制系统输入了最后一段密码——几分钟后,为镍星基地供能的主反应堆就会变成一个小号核火球,苏珊娜由衷地希望,这么做至少能让那些落入死亡陷阱的人在临终前少受一点儿痛苦。

"我相信是这样。"苏珊娜来回调整着辅助发动机喷口的角度,试图让穿梭机在一连串狂暴的湍流冲击中稳定下来。尽管在目前的高度上,她暂时还不必担心那些危险的大型气旋,但强烈的对流活动制造出的紊乱气流仍然足以把那些过分粗心大意的傻瓜送上不归路,"虽然我和长谷川先生接触不多,但我并不认为他有理由谋害我们或者自杀——他是个好人,教授。"

"没错,他当然是个好人,而且还是个虔诚的基督徒。我宁愿相信邦联科学院的院长能当上下一任邦联主席,也绝不相信他会自寻短见。"吕锡安说道,"那么,这件事只剩下一种可能——虽然我仍然不愿意相信这是真的。"

"您的意思是——"

"准尉,你知道科学院当年为什么要花费巨资建造镍星基地吗?"吕锡安突然问道。

"嗯,就我所知,建造镍星基地的目的是研究这颗行星上的气旋——整个宇宙中独一无二的、具有自我意识的气旋,而且这里也能成为一个绝佳的天文观察点和天体物理实验中心。"苏珊娜猛地向后一拉操纵杆,堪堪避过了一个正在迅速朝"好奇号"接近的放电云团。不断探出暗橙色云层周围的闪电让它看上去活像一只怒气冲冲的大水母。"至少公开的官方说法是这样的。"

"哦,没错。而且从技术层面上讲,这种说法确实是真的——虽然并不是全部真相,"当穿梭机在云团上方重新转入平飞时,吕锡安继续说道,"别忘了,邦联议会除了那点儿关税和出售勘探特许证之外,没有任何财政收入,科学院的运行经费绝大多都得靠大公司赞助——议会给我们的拨款连给科学院总部的清洁工们发工资都不够。"

"这我知道。"苏珊娜回答。

"换句话说,科学院不会进行没有经济回报的研究——至少不会为了那种项目花掉两千多亿资金。想想看,对一颗远离人类定居点,甚至几乎没有人听说过的气态行星上的气旋的研究,能为资助研究的企业带来哪怕半毛钱的利润吗?当然不能!但事实是,几乎每一个邦联科学院的赞助企业都为这次看似无利可图的研究买了单——你觉得这又是为什么?"

"我——"苏珊娜正要开口,她面前的透明风挡突然变成了灰暗的茶色:就在刹那之前,一道来自镍星基地方向的强烈闪光刚刚照亮了天际,将周遭方圆数百千米内的一切都笼罩在炽烈炫目的光辉之下。随着闪光开始消退,位于机尾的摄像机自动将画面传输到她面前的显示器上:这颗正在坠向行星表面的小卫星从中央被炸成了两截,闪烁着橙色光泽的高温等离子体从星体表面的每一道出口、每一条裂缝喷涌而出,形成了一座座耀眼的喷泉!在冲击波的作用

| 深空

下,火焰与烟尘就像一群咆哮的炼狱巨兽般高高跃入昏暗的天穹,基地内那些尚未在爆炸中被完全摧毁的设备——燃烧的穿梭机、损毁的装卸机器人、被撕裂的闸门碎片和集装箱——与镍星的碎块一道四散坠落。就在这些东西坠入云海的同时,数以百计的气旋如同嗅到血腥味的鲨鱼般蜂拥而至,疯狂地撕裂、压扁、碾碎这些人类的造物,看上去活像一群正在被摧毁的"旧制度"象征的灰烬上狂欢的雅各宾主义者。

"愿我主安抚他们的灵魂。"坐在后座上的警卫脸色铁青,用颤抖的手指在胸口上画了个十字。

"这些东西,"苏珊娜憎恶地看着那些正在争先恐后地摧毁人造设备的气旋,"它们为什么这么恨我们?"

"这并不奇怪,"吕锡安说道,"因为这就是它们存在的目的。"

"目的?"正坐在他身后检查后备箱里的行李袋的刘钢突然冒出一句,"自然现象是不需要目的的。"

"但生命却是有目的的。"吕锡安解释道,"而这也正是生命进化必然趋向智慧的原因所在——对于一切生命而言,它们的首要目的是自我复制与增殖,而智慧的产生则是达成这一目的最有效的手段:有了智慧,生命就可以对抗自然、征服自然,最终迫使自然服务于它们的首要目的——人类的历史已经雄辩地证明了这一点。但这些气旋呢?它们要智慧又有什么用?!它们不需要对抗掠食者,不用担心疾病与伤痛,用不着因为一点儿气候变化就担惊受怕,更没有生儿育女的需求——"

刘钢工程师摇了摇头,说:"可是查尔斯·陈博士已经证明了,这些气旋的自主意识有可能是自然形成的。"

"从理论上讲，没错。但这仅仅是一种'可能'而已：你也可以把一堆切割好的石料扔在大不列颠的荒原上，然后等着一阵足够强的风'恰好'把它们吹起来，从而'自然形成'巨石阵——这在理论上也是'可能'的。"吕锡安猛地朝着舷窗外一挥手，"在旧纪元，地球上的科学家也许有理由坚持这种说法，因为在那个蛮荒时代，'智慧设计论'很容易被愚昧的民众曲解为'神创论'。但作为更加文明开化的现代人，我们完全应该接受这样的现实：在这个宇宙中，曾经存在过许多比现在的我们更加高超的智慧，有能力创造出我们暂时还不能创造的东西——而这与辩证唯物主义并不矛盾。

"当然，这种判断并非毫无根据：想想看，为什么它们要不分青红皂白地袭击一切接近这颗行星表面、完全不会对它们造成任何影响的穿梭机和飞船？唯一能说得通的解释就是，它们的存在本身就是某种防御措施，它们的创造者赋予了它们意识、对外界的感知能力和对一切外来入侵者的憎恨，以此来保护隐藏在这颗行星上的秘密——与其他防御措施相比，这种手段更加隐蔽，也更加安全：一艘被高能激光束拦腰斩断的飞船几乎肯定会引来一大群调查者，但谁会意识到一架'意外'撞上气旋的穿梭机，遇到的其实并不是一场事故呢？事实上，如果当年若望·罗孚特教授没有在最后一刻以生命为代价发回他的研究报告，我们恐怕永远都不会意识到这些'事故'背后的玄机。"

"所以说，邦联科学院真正想要的，是藏在这颗行星上的'秘密'，对吧？"苏珊娜总结道，"但那到底是什么呢？"

"我不知道。不过那极有可能是某个远古文明的遗产，而且肯定非常宝贵、极具价值——否则，它的创造者为什么要如此大费周章地把它藏在这儿？还有一些社会学家根据某些已经退化了的地外

| 深空

文明——比如奥鲁恩族或者茨纳尼亚人——的传说进一步推测，所谓的'宝藏'或许是某种类似于资料库的东西：创造它的种族将他们的文明成果储存在这个万无一失的保险箱里，以备不时之需。但出于某种原因，他们再也没有回到这里……"镍星基地的前主任耸了耸肩，"总之，这一切都只是推测，没有任何直接证据可以证明或者证伪这些观点。如果我没猜错的话，在所有在世的人之中，恐怕只有一个人知道这个问题的答案。而不幸的是，这个人显然并不打算和其他人分享他的发现——因为他很清楚，他的发现意味着远远超出绝大多数人想象的财富，甚至是某些连财富也无法换取的东西。正因如此，当这个秘密被我和其他一些人发现后，他就意识到自己正面临着一个两难抉择：要么将它拱手让出，要么……"他轻轻摇了摇头，没有继续说下去。

尽管已经猜到了答案，但苏珊娜还是忍不住问了一句："谁？"

"我们亲爱的朋友和研究伙伴，"吕锡安语带讥诮说道，"奥古斯特·米格尔·洛佩斯教授。"

## 六

就像地球海洋深处的无光带一样，覆盖在浓密云层之下的气态行星表面是个黑暗阴冷的世界。在液态的氢／氦海洋与隔离了一切阳光的低垂云层之间，极高的密度使得空气变得像树脂一样黏稠滑腻，而"好奇号"则像一只在行将凝固的琥珀中挣扎前行的小飞虫，一边竭尽全力向前蠕动，一边祈祷着在下一秒不会落入万劫不复的深渊。在浓如墨汁的黑暗中，唯一的光源只有偶尔出现的球状闪电，这些色调惨淡的光球三五成群地在云层下方无声地徘徊踟蹰,宛如一群无家可归的孤魂野鬼。如果冥王哈德斯或者地狱之后赫尔莅临此地,大概会有种宾至如归的感觉,但这种黑暗带给"好奇号"上的乘客的恐惧——这是人类最原初的、无法抑制的恐惧,是人类对于未知的本能恐惧。每当苏珊娜将视线投向风挡之外那片无边无际的黑暗时,这种恐惧就会像冰冷的毒蛇般游进她的血管,缠住她的心脏,迫使她不得不重新将视线转回搜索雷达与导航计算机绘制出的图表上,小心翼翼地保持着航向。

"距离目标三十二千米,朝东北方向转向三十度。"吕锡安一边吸吮着味道甜腻的流质高热量食物,一边向苏珊娜发出新的指示——就在一天之前,苏珊娜还不知道,镍星基地配备的每一架穿梭机上都安装有一套额外的、隐秘的追踪设备,而只有基地里的少数几位领导才有权启动它们。如果放在平时,这种对飞行员的赤裸裸的不信任肯定会让苏珊娜勃然大怒,但现在,她却不知道该对此作何感想:毕竟,正是靠着这台秘密追踪器断断续续的信号,他们才得以一路追踪米格尔·洛佩斯来到这里。

"好,现在向西北方向转向三十度,保持巡航速度……唔,有意思,看来他已经到了。"吕锡安说道。

"到了?"苏珊娜诧异地问。

"三角定位的结果显而易见:'无惧号'已经停止移动,"吕锡安用指节敲了敲副驾驶座前老旧的仪表板,"这只能说明一件事:洛佩斯教授已经找到了他想找的东西。"

"但'无惧号'也许只是坠毁了……"机械师刘钢忧心忡忡地朝舷窗外瞥了一眼——由于气压已接近机体材料可以耐受的压力极限,舷窗的多层强化玻璃表面肉眼可见的微小裂纹越来越多。每隔

| 深空

几秒钟，穿梭机线条优雅的三角形机翼就会像帕金森氏病患者的双手一样剧烈地抖动一阵，似乎随时可能断裂。"毕竟这里的气压已经超过——"

"不可能，"吕锡安答道，"追踪器是从穿梭机引擎里获取能源的。如果穿梭机已经被摧毁的话，信号也会自动消失——他就在那儿。"他看了一眼追踪器上的读数，沟壑纵横的宽阔额头略微舒展了一些，"二十千米。很好，我们应该很快就能看到他的降落地点了。"

苏珊娜不置可否地耸了耸肩，没有接话——在搜索雷达提供的三维图像上，前方二十千米处没有传来任何反射信号，就连重力探测仪和高灵敏度磁异探测器在一片虚无中也没发现半点儿异常。她甚至开始怀疑，也许他们从一开始追逐的不过是一个错误、一个影子、一个老人疯狂的幻想……

但这些想法只存在了短短几秒钟。

就像旧纪元中大名鼎鼎的大卫·科波菲尔的魔术一样，在片刻之前还是一片黑暗与虚无的地方，一座体积庞大的岛屿骤然出现在苏珊娜的视野之中。

尽管周围没有任何光源，但这座岩石岛屿的表面却笼罩着一道薄纱般的清冷光泽，这道光泽不仅照亮了岛屿本身，也照亮了周围冰冷的液氢海洋。尽管四周怒号的阴风已经达到上百千米的惊人时速，但岛屿附近的海面却在行星强大引力的束缚下保持着平静，只在岛屿边缘时不时地泛起轻微的涟漪。这座寸草不生的岩岛上，布满了大大小小的陨击坑、裂谷、山丘和深色的洼地，看上去就像一颗普通的岩石卫星——而从重力探测器获得的数据看，事实的确如此。

"这……这怎么可能？"在看到显示屏上跳出的一行行扫描数据时，苏珊娜的下巴惊讶得差点掉下来：数据显示，眼前这座"岛"

确实是一颗岩石小行星——它的直径在六百千米上下，恰好高于可以保持流体静力学平衡的最低标准，密度则和地球相当。但在大学里学到的常识告诉她，眼前这一幕应该根本不可能出现才对：没错，气态巨行星确实经常吞噬周遭的卫星和小行星，但绝大多数牺牲品——比如镍星基地的"母体"——在落入大气层前就会被强大的引力撕碎，要么变成环绕行星的光环，要么化为碎屑并湮没在浓密的大气层之下，绝不可能在坠入大气层底部时仍旧完好无损。

"这当然有可能——因为它本身就是事实。"吕锡安答道。尽管出现在他眼前的奇景足以让任何一个具备起码的物理学常识的人脑筋短路、肾上腺素浓度飙升，但他却既没有感到惊讶，也没有流露出一丝一毫的喜悦。事实上，现在的他比任何时候看上去都更像一个精疲力竭的普通老人，一心只希望能尽快回到舒适温暖的老房子里好好休息。"除非你有证据证明这不过是个幻象，否则我还是建议你相信它为妙。"吕锡安说道。

苏珊娜耸了耸肩，问："我们现在怎么办？"

"下降，让导航电脑制定登陆航线。"吕锡安捻了捻下巴上花白的胡茬，然后通过那台古董级的终端，将一系列数据敲进计算机，"我们的目标就在这儿。"一幅由外部摄像机拍摄的低分辨率二维图像被投射在驾驶座的平面显示器旁：一座位于一处环形山的中央、直径半千米上下的圆形平台，显然是某种停机坪；附近还有一座类似蚁丘的建筑物，看上去应该是航管中心或者地下通道入口。不过，真正引起苏珊娜注意的，还是位于图像边缘的那团不规则黑影——虽然看不太清楚，但她敢用自己的穿梭机驾驶员资格打赌，那只可能是舱门开启、机翼处于折叠状态的"无惧号"。

"他是怎么做到的？"苏珊娜费了不少劲儿才把又一句"不可

| 深空

能"从嘴边咽了回去,"基地的穿梭机上应该没有装备增压服才对啊。"当然,这话其实不大确切:在如此接近一颗气态巨星核心的地方,即便是穿梭机特制的高强度外壳也已经到了分崩离析的边缘,想要只凭薄薄的一件增压服抵挡住近万个大气压的可怕压力,更是无异于痴人说梦。但事实是明摆着的:"无惧号"不仅在这座"岛"上着了陆,而且还打开了全部的舱门——而她可不认为洛佩斯大老远跑到这儿来只是为了自杀。

"你很快就会知道的。"吕锡安的声音仍然一如既往的平静。

但不知为什么,这种平静的声音却让苏珊娜心中一阵发怵,"是的,我们很快都会知道。"

在苏珊娜不算漫长的一生中,她曾经见识过各色各样的走廊:其中既有镍星基地里那种明亮宽敞,但却毫无个性的标准化通勤走廊,也有达兰尼亚废弃矿坑里阴暗压抑、遍布流浪汉涂鸦的低矮隧道;在新色雷斯,当地的高级度假旅馆将悬挂在巨型石笋柱之间的全透明观景走廊作为卖点之一,而圣提奥多罗斯的活体建筑群里的走廊则完全是用活生生的藤本植物构建而成的。但是,眼下她置身其中的这条走廊,却与她的所有经验都格格不入:它是固态的,但看上去却像是某种被困住的液体;它是沉默的,但却似乎有无数声音像溶洞中的水滴般随时随地从四周的墙壁中渗出、在她耳畔悄然低语。诡异而冰冷的流光从遍布令人难以置信的微妙弧度的墙面下滑过,光和影仿佛有着自己的意志般任性地混杂交错。

就连时空本身似乎也在这里发生了令人难以理解的变化:有时候,从一条弯道走向另一条弯道所花费的时间会长得让人感觉仿佛过了一个世纪;有时候,穿过一条长得几乎望不到头的路却似乎只需要一眨眼的工夫。事实上，这里唯一"正常"的只有气压和引力——出于某种苏珊娜完全无从想象的原因，这里的气压一直保持在略高于一个标准大气压的水准上，而重力则只有区区0.9g，不到MG77581A3表面重力的二十分之一。尽管苏珊娜在心底对这一切都充满了好奇，但这一次，她明智地没有提出任何问题：这个处处充满反常的地方已经完全超出了她理解能力的上限，即使吕锡安能够回答她的问题，他给出的答案多半也只会让她陷入更深的困惑之中。

"我说，这鬼地方可真有点儿邪门。"当这支小小的队伍第十四次拐过一条弯道之后，走在队伍最前面的刘钢突然说道，"我们怎么会走到这种地方来？"

"又怎么啦？"苏珊娜用力咬紧嘴唇，竭力压下一股想要举枪乱射的无名怒火——之前的长时间疲劳驾驶已经差不多磨光了她最后一点耐心，而更糟糕的是，当"好奇号"降落之后，吕锡安甚至不容许她休息哪怕一分钟，就粗暴地把她赶下了穿梭机。在这位前任上司的指挥下，他们先对已经人去机空的"无惧号"来了一次彻头彻尾但却徒劳无功的大搜查，然后又马不停蹄地钻进平台附近的地下通道入口，继续追捕那个该杀千刀的米格尔·洛佩斯。在背着一支AG-34针弹枪和一把多功能军刀，外加总重超过二十磅的备用弹药、水壶、轻型护甲和标准急救包跋涉了好几里路之后，苏珊娜觉得自己身上的肌肉仿佛已经变成了一坨坨结冰的糨糊，双腿酸疼得活像是钻进了一窝发疯的火蚁，而积聚在心头的火气更是足以活活烤熟一头大象。"该死的，我们到底走到哪儿了？"她的语气中透出火药味儿。

"这……"机械师下意识地舔了舔干裂的嘴唇，然后将手里捧着的一台砖块大小的仪器递给对方——这是他从被洛佩斯抛弃的"无

| 深空

惧号"上拆下来的中微子定位仪。"我刚刚用这台定位仪和轨道上的同步卫星连上了线。但这上面的读数表明，我们现在的位置……呃……已经接近这颗星体的正中央了。"

"正中央？！"苏珊娜脱口说道，"这鬼东西的直径有差不多六百千米！而我们从降落到现在也才刚走了半个小时而已，"她摇了摇头，"你的仪器肯定出问题了。"

"不，"刘钢的神色变得更加紧张了，"我们真的走了这么远！我刚才试着用个人定位装置联系'好奇号'，结果它告诉我，我们与它的降落位置之间的直线距离已经超过两百千米。"他咽下一口唾沫，"我想……呃……我们最好还是回去吧。这鬼地方多半是个要命的陷阱，我可不想下半辈子都被困在这种地方。这里说不定还有……有……"

"有人！"

如果不是警卫及时出声提醒，苏珊娜很可能压根儿不会注意到那个从走廊另一端一闪而过的人影——尽管只是匆忙中的一瞥，但她还是可以肯定，那人正是米格尔·洛佩斯。"站在那儿别动！"她举起针弹枪，厉声喝道，"不然我就开枪了！"

洛佩斯的答复是整整一个弹匣的刺钉弹！就在他的身影消失在走廊前端的同时，这些呼啸而来的金属尖钉像刀尖撕碎纸片一样轻而易举地穿透了刘钢的前额。在死神造访的瞬间，这名瘦小的亚裔工程师猛地颤抖了一下，然后才慢慢屈膝跪倒，俯卧在散发着幽蓝色光芒的地板上——看上去仿佛正在进行某种源自古老东方的祭祀仪式。

"混蛋！"同伴的死亡点燃了那名基地警卫的怒火。这个高大的黑人挥舞着手里的爆能步枪，像发起冲锋的古代祖鲁武士一般怒吼着追了上去。还没等苏珊娜来得及制止这种鲁莽的行为,他就已经冲到了洛佩斯消失的岔道附近——片刻之后,一道如同太阳般耀眼的光芒突然照亮了整条隧道,然后像一个致命的情人般紧紧地拥抱了他。

我还不知道他的名字。不知为什么,这是苏珊娜脑海中浮现出的第一个念头。我还不知道他叫什么。

"待在这儿别动,教授。"在回过神来之后,苏珊娜朝跟在身后的吕锡安做了个"隐蔽"的手势,然后紧贴着走廊的墙壁,以标准的隐蔽前进姿势蹑手蹑脚地接近那个隐蔽的死亡陷阱,直到离警卫的尸体只有几码远才停下脚步。正如预料中的那样,她的这名同伴身上只有一处十分显眼的致命伤:一个位于胸口上方、直径足有成年人拳头大小的焦黑孔洞。

离子钉!苏珊娜深吸一口气,强迫自己将目光从警卫的尸体上移开。与其他那些平时储存在基地的武器库中,用于防备可能发生的恐怖袭击或是其他突发事件的枪支弹药不同的是,IC-75等离子束切割器——也就是俗称的"离子钉"——其实并不算是严格意义上的军用装备。这套设备由一台高能等离子生成装置,以及一套可以将等离子体在短时间内"塑造"成各种形态的强力约束磁场发生器构成。虽然"离子钉"在大多数情况下仅仅被用来拆卸报废的机械设备和金属废料,但只要花上一点儿时间重新设定控制程序,并安装上与之配套的热能/光学自动寻的系统,它也可以成为一种极其有效的自动防御装置。

但它远非无懈可击。

在一番摸索之后,苏珊娜终于从弹药携行袋里找出了自己需要

深空

的东西：一粒指尖大小的黑色圆球——虽然分配给镍星基地的军火大多是些老掉牙的过时货，但这种"塞壬"式多功能诱饵弹却是其中极少数的例外之一。在被苏珊娜抛出几秒钟后，这粒小球立即分解成数以千万计的纳米诱饵机器人，然后按照预先设定的参数在几米之外聚拢、发热，形成一个与一名蹲伏着的成年人类几无二致的热能信号源。

一发炽热的离子弹立即击中了它。

三秒。

苏珊娜在心中默念了一遍这个数字——这是"离子钉"在内膛的磁场中生成下一发弹药所需的最短时间。她瞥了一眼针弹枪的保险，确定它已经被拨到了精确短点射的位置，随即以最快的速度从墙角一跃而出。

两秒。

苏珊娜的目光与米格尔·洛佩斯相遇了——后者正蹲坐在为"离子钉"供能的一排超导电池组后，动作笨拙地将一个新弹夹装进那支迷你射钉枪中。从放在其脚下的那个弹药包装盒来看，他显然并没有提前准备好备用弹夹，因此不得不费时费劲地将盒子里的散弹一发发地填进打空的弹夹——若非如此，他方才完全有机会用这件武器抢先向苏珊娜开火。

一秒。

惊讶和恼怒的目光同时从洛佩斯褐色的瞳孔中闪过。与此同时，"离子钉"的自动寻的系统也捕获了苏珊娜的位置。它的发射器开始在支架上缓缓转动，只待下一发弹药形成，就可以向她发出无法逃避的致命一击。

就在扣下扳机的一刹那，炽烈的强光让苏珊娜的眼前只剩下了一片黑色。

七

"他还活着吗？"

"我不知道，教授。"苏珊娜用衣袖紧紧地捂住鼻子，试图减缓塑胶材料燃烧产生的呛人烟雾钻进呼吸道的速度。由于刚刚受到的强光刺激，她的视野中仍然充满了奇形怪状的阴影与色块——幸运的是，至少那场爆炸并没对她造成什么大碍，"我必须靠近点才能看清楚。"

在几米之外，那台"离子钉"的残骸上的余烬尚未熄灭，它的超导电池组和自动寻的装置被炸得稀烂，扭曲的发射管歪斜着搭在被烤得漆黑的三脚架上，活像一件后现代主义艺术品：在束缚它们的磁场被针弹摧毁的瞬间，那些重获自由的高压等离子体释放出来的破坏力不仅毁掉了这件设备，也波及了它原本的主人——措手不及的米格尔·洛佩斯先是被爆炸的冲击波迎面撞了个正着，然后又被远远地抛了出去。现在，这个矮个子梅斯蒂索人就像一只断线的木偶摔在岔道之外，鲜血从他的上臂和前额的创口缓缓渗出，在地面上汇成了一道细流。

不，这里根本就没有什么地面。苏珊娜立即纠正了自己的想法。从岔道入口极目望去，映入眼帘的并不是另一条散发着诡异光华的隧道，也不是任何房间或者厅堂。她看到的只有一片虚空，一片浸

| 深空 ——

透了璀璨光华的虚空。在这片仿佛无止境地向每一个方向延伸的空间中,唯一能被称为"地面"的,不过是一条看不到头的透明薄带。亿万条同样透明的岔道从隧道的尽头向着每一个象限、每一个方向延伸,一直通向那些静静地悬浮在这片广袤空间中的星星——假如那些明灭不定的亮点真的可以被称为"星星"的话。在这里,就连最后一丝物理法则的存在痕迹也已经消失得无影无踪,苏珊娜觉得自己仿佛可以从这里一直看到无限远的地方,周遭星星的数量是如此之多,它们分布得如此之密,以至于她完全无法辨认出任何星座或者星团,无穷无尽的群星最终汇成了一片浩渺闪烁的星海,放射着比她曾经见过的任何一种光源都更明亮、却又柔和得多的光芒。

尽管刚刚经历了一场生死攸关的战斗,但眼前的这一幕仍然在眨眼之间就吸引了苏珊娜全部的注意力:这片璀璨的星海仿佛带着传说中塞壬的魔咒,让人无法抵御凝视它的诱惑。很快,在某种难以言喻的力量的引导下,苏珊娜的注意力逐渐集中在了其中的一颗星星——或者更确切地说,在虚空中闪烁着的光点——上,她的意识开始变得模糊,但同时却又变得极度亢奋而清晰,这种感觉有些像是吸食兴奋剂的结果,但却没有任何兴奋剂能让她将这个世界看得如此……透彻。在近乎病态的欣喜之中,她觉得自己仿佛无所不在、无所不知、无所不能。在这一刻,日月星辰在她面前像微不足道的沙砾一样渺小至极,就连世间万物也仿佛只是她掌握中的区区玩物。

——但这仅仅是个开始。

随着意识的不断延伸,她第一次认识到了那些星星到底是什么:它们并不是真正的恒星,也不是任何一种存在于现实中的天体,它们仅仅是通向真正宝藏的钥匙与目录——每一颗"星星"都是一个入口,通向一份数量庞大的知识目录,而每份目录又包含着成百上千的子目录、子目录的子目录,以及链接在这些目录末端的无数具体信息。苏珊娜突然意识到,这座知识之海的广阔程度其实已经远远超出了她所能理解的极限,甚至就连整个人类文明古往今来的全部成果与之相比也不过是沧海一粟。是的,这确实是一座宝藏,一座挑战人类想象极限的宝藏:它的每一个最不起眼的角落都足以让世界上最优秀的学者穷尽毕生的精力,它的一丁点儿碎片都能让一个文明获得全面而彻底的飞升,轻而易举地取得他们过去做梦都不敢想象的伟大成就……

"你……你也看到了……"米格尔·洛佩斯颤抖的声音突然从苏珊娜身后传来,将她从方才那种超然的兴奋中骤然拉回枯燥逼仄的现实。让她略感惊讶的是,尽管已经被失血与疼痛折磨得气息奄奄,但这位科学家仍然保持着平静的神色。"你现在知……知道这玩意儿有多诱人了吧?"

"根据《邦联紧急状态法》赋予军事人员的临时执法权,我宣布,你的人身自由现在处于暂时受限状态。"苏珊娜打开背包,翻出从"好奇号"上带来的急救包,在洛佩斯身边蹲了下来,但她很快发现,对方的伤势已经完全超出了她能够处理的范围:他的腹部就像一只被当成靶子射击的皮囊一样破了好几个大口子,脊椎在腰间盘上方折断了。超过半数的肋骨和它们保护着的脏器都遭到了重创,内出血的迹象从胸腔一直延续到腹股沟的位置——事实上,这个男人现在还能活着,本身就已经是个奇迹了。

"从现在起,你所说的每句话都将在刑事法庭上被视为证词,如果愿意的话,你可以保持沉默。"苏珊娜咬了咬嘴唇,硬着头皮说完了这段话。

梅斯蒂索人痛苦地咳嗽着,一小团半凝固的血渍从他的嘴角滴下,落在那层看不见的"地面"上。"告诉我,你凭什么逮捕我?我的罪名是什么?"他艰难地发问。

"谋杀!"苏珊娜答道,"我们有理由认为,你很可能要对镍星基地全体人员的非正常死亡负责。"

"镍星基地的全……全体人员?!"洛佩斯的嘴角露出一丝讥讽的笑容,"我看未必。"

"什么?"

"镍星基地里的人员可没有'全体'死亡,亲爱的。至少对那个谋杀他们的人而言还没有。"梅斯蒂索人露出一个诡异的微笑。接着,他冷不丁抽出一直藏在背后的一只手,用一件闪烁着金属冷光的黑色物体指向苏珊娜的脸,"因为你还活着。"

一切都发生得极为突然,直到看清楚对方手中到底握着什么时,苏珊娜慢了一拍的脑子才意识到自己犯下了多大的错误——而她已经没有时间补救这个错误了。随着压缩空气喷出枪管的轻响,一枚尖锐的物体擦过了苏珊娜的鬓角。

爆炸。

尖叫。

焦灼的气味。

痛苦的呻吟。

"噢,天哪……吕锡安教授?!"当苏珊娜下意识地转过身去时,她的大脑几乎变成了一片空白:镍星基地的前负责人正在她身后几码远的地方痛苦挣扎着,他的一只手被齐腕炸得粉碎,好在碳化的伤口同时也封住了创面,因此他暂时还没有失血过多之虞。一支被炸成废金属块的P-127迷你手枪就落在吕锡安的身边——而摧毁它的,正是由另一支相同型号的武器射出的爆破飞镖。

"没错,你还活着。"洛佩斯无力地松开了手,任由那支 P-127 手枪从他的指间滑落,"他失败了,你还活着。"一丝胜利的微笑出现在他的嘴角。

"你的意思是——"苏珊娜惊讶地看着那支被炸烂的手枪。她可以确信,吕锡安刚才像她一样没能识破洛佩斯的伪装,没有发现洛佩斯暗藏的小手枪。而这也就意味着,他显然不是为了保护她,才拿着这件武器悄悄来到她身后的。

"他想要你的命,就像他干……干掉其他人那样。"洛佩斯语气平静地说道,仿佛只是在谈论今天的天气似的,"如果不相信我的话,你可以问他。"

苏珊娜的目光回到吕锡安身上。

老人虚弱地点了点头。

"但是……为什么?"苏珊娜问道。

"因为他不希望其他人知道这个地方的存在。"洛佩斯替吕锡安回答了这个问题,"他一直试图隐藏我们的发现,但不……不幸的是,他的努力失败了。作为补救措施,他决定为基地里的所有人安排一次恰到好处的'事故'——毕竟,只有死人才能够永远保守秘密。"

"什么?!"

"这可就说来话长了。"梅斯蒂索人说道,"我倒是想知道,吕锡安先生在骗你们来这儿之前,到底都告诉了你们什么?"

"镍星基地存在的真实目的,还有关于远古文明遗产的事……"苏珊娜用力按了按自己的太阳穴,希望能把脑子里的一团乱麻稍微

| 深空

理清爽些,"他说是你发现了这里,但你打算独占这里的——"

"我?打算独占这里?"洛佩斯突然爆发出一阵歇斯底里的大笑,"没错,确实是我发现了这里——也只有我才能找到这里。但我唯一希望的仅仅是让这里的一切造福于人类文明!我坚信,保存在圣地中的每个比特的信息,都是全人类的共同财富!每一个人都有权利使用这种财富,而且这样的权利也应当得到保障!"

"圣地?"

"这是那些气旋对这儿的称呼——至少我认为可以翻译成这个意思。但我更愿意管它叫奥林匹斯,诸神聚会之地。"洛佩斯解释道,"你听说过周期性灾难理论吗?"

苏珊娜点了点头。她当然知道这套就像旧纪元的牛顿三定律或者墨菲定律一样广为人知的理论——它也是古老的费米悖论已知唯一的正确答案:每过数万到数百万地球年的时间,一次性质不明的大规模灾难就会横扫所有发达的文明种族,将他们打回原始状态,而人类正是在上次大劫难结束后不久发展起来的第一批幸运儿。尽管还存在着诸多不明确之处,但到目前为止,至少在邦联已经探明的宇宙空间中,这套理论都还没有受到任何挑战。

"在建造这座信息库之前,那个种族已经意识到不可抗力的灾难即将降临,他们的文明将会遭到重创——因此,他们决定将文明的火种妥善保存起来,"洛佩斯继续说道,"他们挖空了这颗行星的一颗岩石卫星,将它改造成了奥林匹斯,藏匿在这颗气态巨星的浓密云层之下,然后又为它创造出了一批冷酷无情的守卫者——那些游荡在这颗行星表面的、拥有自我意识、对一切外来者都抱有强烈敌意的气旋。但他们却未曾想到,恰恰是这些无比忠诚的守卫者为我提供了发现这里的线索!"

尽管面色已因失血过多而变得像蜡一样苍白,但洛佩斯仍然露出了骄傲的笑容——在他短暂的一生中,这或许是最令他感到自豪的成就了。重伤的他继续竭力陈述:"在过去,人们习惯于将这颗行星上的气旋视为一群只有最起码的智力与意识的野兽,一群狡猾而冷酷无情的破坏者。但我的研究表明,这种看法并不准确:虽然大多数在近几万甚至几千年分裂产生的'新'气旋的确不太'聪明',但那些最古老的——它们很可能直接出于这个种族的创造者之手——却像我们一样有情感、有交流的需求。我花了近一年时间窃听它们的'谈话',最后终于通过那些语焉不详的传说确定了奥林匹斯——也就是它们所谓的'圣地'——的具体位置,并且亲自发现了它!"

"那你为什么不把发现告诉其他人?"苏珊娜问道。

"你忘了吗,准尉?按照邦联科学院的规定,任何与古代地外文明有关的发现都应该在第一时间上报地外文明研究委员会,在此之前则必须保密,以免遗迹失窃或者遭到破坏。"梅斯蒂索人不耐烦地摆了摆手,"但是,在我交出第一份详细报告之后,科学院却一直没有答复,随后的几份报告也全都石沉大海。这显然不对劲儿!没错,也许科学院里办事的混蛋们都是些该死的官僚,但就算是最无可救药的官僚也不会对他们花了一千多亿信用点,并且找了整整十年的东西无动于衷!我原以为是通信出了问题,但那几天基地里的其他通信都没有受到任何干扰,而这意味着造成这种情况的只有一种可能——"

"没错,是我截留了那些报告。"还没等洛佩斯继续说下去,吕锡安就承认道,"在基地,只有我才有秘密检查和拦截通信的权限。"

| 深空

　　"没……咳咳……没错……"由于过度激动，洛佩斯又一次痛苦地咳嗽起来，"准尉，我想你现在应该已经看清楚了，到底谁才打算把这里据……咳咳……为己有！在最初提交报告的努力失败之后，我又使用其他人的账户向科学院发出了同样的报告，结果还是毫无用处——他从一开始就做好了隐瞒真相的准备！"他用一只沾满血迹、不断颤抖的手指着吕锡安，"我不敢向任何人透露这一点，因为我不知道基地的人有多少和他沆瀣一气，又有多少人像他一样对奥林匹斯生出了觊觎之心。但我更不能选择袖……袖手旁观。因为我知道，他一定会在十二个月的轮换期结束前设法除掉我这个知情者。

　　"无奈之下，我只能采取权……权宜之计：利用过去几年里分析出的语言代码，我成功地将镍星基地的位置透露给了奥林匹斯的守卫者们，并诱使它们对这里发动了进攻。当然，这种攻击远不足以摧毁基地，但我事先篡改了基地的损害评估程序，让它做出了过度夸大的损害评估报告，迫使其他人决定立即放弃基地——而在这之后，系统会将我撰写的关于奥林匹斯的详细报告以加密文件的形式发给基地的每一个人，一旦我们返回任何一颗邦联下辖的行星，这些文件就会经由你们的个人终端发送给邦联科学院！"他叹了口气，"我原以为这是个完美的计划，我原以为他绝不可能在十几个小时内阻止这一切。但我错了——为了独吞这里的财富，几十条人命对他而言根本不算什么！"

　　"我不否认这些指控，"吕锡安语气平静地答道，"只有一点除外：我之所以这么做，并不是因为贪婪——我只是在履行自己的职责。"

　　"荒谬！"洛佩斯大喊。

　　"荒谬？"老人用仅存的一只手支撑着身下看不见的"地板"，

艰难地坐了起来,"你说荒谬?米格尔,难道你忘记了我们的职责是什么吗?没错,我们确实曾经发过誓,要尽一切努力为科学的进步做贡献。但我们的首要使命是帮助人类文明规避风险——尤其是那些披着诱人的伪装,但却可能让我们遭受灭顶之灾的致命陷阱!"

"灭顶之灾?"苏珊娜下意识地咬了咬嘴唇,"可这里只有——"

"没错,这里只有海量的知识,以及搜索与使用这些知识的方法——我必须承认,这是人类历史上最大的一笔财富。"吕锡安神色凝重地遥望着四周的星海,用诵经般低沉的声音缓慢地说,"但它同样也可以成为致命的毒药。"

"危言耸听!"洛佩斯愤怒地啐了一口带有血丝的唾沫。

"是吗?"吕锡安问道,"你会把一支打开保险的爆能步枪交到一个三岁孩子的手上,然后告诉他该怎么扣下扳机吗?当然不会!他随时都有可能为了一颗泡泡糖就轰掉自己朋友的脑袋,或者把逼着他睡觉的母亲射个对穿!在旧纪元里,整个人类文明曾经在链式反应原理发现后的一个多世纪中一直处于自我毁灭的边缘,仅仅是因为他们中的大多数个体仍然保留着十九世纪的思维方式,而储存在这里的知识领先我们现有水平的程度比区区一个世纪要大得多——只要我们成功地运用了其中的哪怕百分之一,交给八百亿个三岁孩子的,就不止是一支步枪,而是不需密码就能随时使用的核按钮!"

"但孩子总……总会长大的,"洛佩斯说道,"知识可以推动文明的发展——"

"但知识并不等于智慧!"他的前上司打断道,"你可以告诉一群石器时代的食人族怎么冶炼金属、制造工具,旧纪元的盎格鲁-撒克逊殖民者在非洲和澳大利亚就是这么做的,但这并不会立即让

| 深空

他们成为文明人——你只会让他们从拿着石斧的食人族变成拿着铁斧、杀人效率更高的食人族!你们难道真的相信,那些花费巨资赞助我们研究工作的大企业会妥善地使用这些知识?或者邦联政府能够在如此诱人的财富面前做出真正理智的决定?不,他们根本做不到,就像鱼缸里的金鱼永远无法拒绝鱼饵一样!只需要一次利令智昏的错误决策,整个人类文明就会万劫不复!"

"但并不是所有人都像那样……"

"没错,确实有那么一些人——那些最睿智的科学家、哲学家和思想家——有可能知道该如何面对这笔危险的财富,但别忘了,邦联可不是柏拉图的理想国!只要认真分析邦联的行政与立法机关在过去的决策模式,我们就不难发现,他们在奥林匹斯问题上做出错误决策的概率几乎是百分之百!"吕锡安叹了口气,"我的祖先有一句老话:三人不能守密,二人谋事一人当殉。我并不希望伤害任何人,但不幸的是,事关人类文明的生死存亡,我没有别的选择。"

"也许你是……是对的……"在沉默良久之后,洛佩斯艰难地开口道,"也许不是,但这些都不重要。现在,决定一切的不是你,也不……不是我。"他将视线转向苏珊娜,"准尉,现在只有一……一个人能够决定奥林匹斯的归属。"

"我知道。"苏珊娜紧张地绞着手指,"我知道。"

"所以你必须相信我!"吕锡安说道,"没错,我对你撒了谎。但我对奥林匹斯的评估是绝对正确的——它最好的归宿就是继续在这里待上一万年!相信我,人类有能力自己闯出一条路来,我们不需要这些危险的馈赠——"

"我相信你,"苏珊娜迟疑地说道,"我当然相信你。但我必须履行我的职责——作为太空军的人,我有义务向上级如实报告我在任务中的一切所见所闻。很抱歉，教授。"

在他的一生中，洛佩斯最后一次露出了笑容——这是一个无力却满意的微笑。接着，那双黑色眼睛里的光芒黯淡了下来。

"我们走吧，"苏珊娜朝吕锡安伸出一只手，"这里的事已经结束了。"

"结束了？我看没有。"老人说道，"你可以坚持你的职责，准尉，但我也有我的责任，"他用烧焦的右手指了指不远处的一颗"星星"，"请把我带到那个信息节点上去。我想，你应该不会反对我采取某种折衷方案吧？"

八

它要找的东西就在那里。

尽管没有任何可以感知光线的视觉器官，也不存在真正意义上的听觉、嗅觉或者触觉，但它仍然轻而易举地捕捉到了那颗从远方的地平线上冉冉升起的岩石卫星的踪迹：在气态巨星表面一片嘈杂的背景辐射之中，这颗岩石圆球就像一个袖珍黑洞，贪婪地吸收着它能够触及的一切能量，无论它们的载体是无线电、微波、可见光，还是别的什么东西。它知道，这些零散的能量将在短暂的转化过程之后变成这颗人造天体能源的一部分，从而为推动它继续加速，并最终摆脱行星引力提供源源不断的动力。

与那些更多地依靠本能行事的晚辈不同，它很清楚自己从何而来，也知道自己存在的意义：作为它们的造物主在这颗行星上留下

## 深空

的第一批作品之一，它从"诞生"的那一刻起，就与造物主最宝贵的财产——那座承载着文明精华的圣地紧紧地联系在一起。在长达百万年的光阴中，它日复一日地在整颗行星的表面巡逻，耐心地守护着这个秘密，用一场又一场"意外"将那些误入此地的入侵者埋葬在层层彤云下的液氢海洋之中。

但这次却是个例外。

作为所有守卫者中最年长、最睿智的一个，它在数百千米之外就已经发现了那架正在飞离大气层顶端的穿梭机——在过去，仅仅是发现这样的一架飞行器就足以唤起它最强烈的攻击欲望，但现在，它所感到的却只有……茫然。它曾经是一名忠心耿耿的卫士、一位无比虔诚的仆人，但它所守卫、所侍奉的东西却在不久之前不复存在了。通过与造物主遗产之间的联系，它可以感同身受地了解到在那里发生的一切：五个制造了这种飞行器的生物——都是这个宇宙中最常见、数量最多的中等体型的碳基生命体——在不久之前进入了圣地，其中的三个死于某些因为它无法理解的原因而发生的相互攻击中，另一个则留了下来。但出乎它意料之外的是，这个选择留下的个体竟然成功地启动了造物主设置的最后防御措施：随着这道措施被激活，圣地将会在几百个时间单位内离开原有的藏身之地，进入这个恒星系中唯一的一颗主序星内部。在那之后，除了造物主自己，将再无人能够触及这座伟大的宝库。

当然也包括造物主的子孙们。在"目送"着圣地消失在黑暗的星际空间中的同时，它哀伤地想。在离去之际，造物主曾向它透露过他们处心积虑创建这一切的真正目的：为熬过某场必将到来的大劫难的后代，保存文明复兴的火种。但时至今日，造物主所预言的劫难早已过去，但它却从未见到它所等待的那些人——他们是被那场劫难消灭了吗？抑或是已经放弃了返回这里的努力？它不知道，也无从知道。

在一阵愤怒的呼啸中，它带着无数疑问离开了这里。这些问题已经困扰了它千万年之久，而在今天之后，直到它望不到边的寿命最终走到尽头之前，它仍然会为此继续困扰下去。

它只知道，它的职责于焉终结。

"这里是镍星基地穿梭机 Ns-06'好奇号'，我是一级飞行准尉苏珊娜·塞尔。我已离开行星洛希极限。穿梭机状态良好，补给品储备充足，机上人员只有我本人，暂无生命危险。"苏珊娜清了清喉咙，又补充了一句，"没有发现其他幸存者。"

"收到，塞尔准尉，我们正在确定你的位置。"远在半个秒差距之外的救援船船长用公事公办的语气说道——对他而言，这仅仅是又一次寻常的救援任务，就像他平时执行的所有同类任务一样毫无特别之处。"请尽可能不要离开现在的位置，我们将在十八个标准时后赶到。还有别的情况要报告吗？"

苏珊娜下意识地抿紧了嘴唇，片刻后回答道："不，没有了。我会直接向邦联科学院提交报告，通信完毕。"

虽然"好奇号"的座舱风挡拥有自动屏蔽过量光辐射的功能，但当苏珊娜从控制面板上重新抬起目光时，她的视网膜仍然被涌入瞳孔的强光刺得一阵发痒。尽管隔着两个半天文单位的距离，但MG77581A3绕转的那颗 A3 型主序星的亮白色光辉仍然占据了她的大半个视野。在一片炫目的光华中，奥林匹斯化成的细小黑点正渐渐沉入恒星稀薄而炽热的光球层中，看上去就像是坠入一桶铁水中

| 深空

的一粒微尘。苏珊娜知道,她的三位同事就长眠于这粒尘埃之中——他们都是忠于职守的好人,但却极其讽刺地死于彼此之手。而她的另一位同事与合作伙伴现在很可能仍然活着。按照吕锡安的说法,即便是炽热的恒星,也奈何不了保护着奥林匹斯的古老技术,用不了多久,他就会成为人类历史上第一个活着进入恒星核心的人,并在那里度过自己的余生。

"折衷方案",吕锡安教授用这个词来描述他的决定——而他之所以这么做,仅仅是因为他不愿意放弃自己的职责。苏珊娜很清楚,即便在厚达数万千米的炽热恒星物质庇护下,奥林匹斯落入人类之手仍然只是时间问题:不是现在,大概也不是几年或者十几年之后,但终有一日,会有人找出克服障碍的办法,到那时,奥林匹斯的秘密仍将会毫无保留呈现在每个有意于利用它的人面前。她只能祈祷,届时的人类已经足够成熟,足以甄别出隐藏在这座宝藏中的危险。

"那就这样吧……"苏珊娜叹了口气,抱起放在一旁的折叠式睡袋离开了驾驶舱。在成为全邦联所有媒体聚光灯下的宠儿之前,她还有十八个小时不受打扰——这或许是她这辈子里最后的一段清闲时光了。

"该死的,我算是受够了……"她嘟哝着钻进了睡袋。

两秒钟后,穿梭机的电脑发现驾驶舱里已经空无一人,于是它忠实地执行自己的职责,放下风挡后的遮光板,然后把舱内的灯光关掉了。

陈凡祎 ——● **方外昆仑**
极端烧脑

▎深空 ——

  船队抵达筒罗港时,林士仲便觉得事有蹊跷。按照以往的经验,大唐商队行至此地应是最后一程了,再往西便只有故临港。故临乃是天竺最南端的港口,与筒罗之间仅有七日航程。可眼下,林家船队却在筹备史无前例的庞大给养,这远不止七日所需。码头上那些十八丈的大船,船头船尾都堆得满满当当,怕是搬到天黑也装不完。

  林士仲所乘的商船本是林家船队中最大的一艘,可现在吃水线压到了顶,看上去反倒比护卫的海鹘船还低半分。船队在故临共停泊三日,林士仲便在码头上盯了三天,眼见自家商队近百艘海船只一股脑地装些淡水、干粮,不觉暗暗咋舌——他心里盘算过,船队自广州港出航至此地,中途共补充过四次给养,可这五份儿加一起,也比不上这三天装的多!

  林士仲寻思道:"如今的目的地,多半不会是故临了。"可三天后船队起航时,仍旧望西而行,这下他更是迷茫,但也算不出这远航去往何地。"或许是天竺闹灾荒,大掌柜要贩一趟米粮?"林士仲这般想着,自己反倒摇了摇头,"没可能,堂兄他以往的买卖从没这么小本小利过。"他想来想去,觉得还是直接问问掌柜大当家才好。

林士仲所住的舱房，便与林家大当家林百万在同一船上，但林士仲在商会中专司海厘钱（注：关税。）事宜，并不是航海船工。所以依着传统，两人在海上从不谈论行船的事。不过林士仲觉得，偶尔找堂兄问问航向，也不算坏了规矩，便径直上了顶舱。

到了林百万房前，林士仲先整了整衣袍冠带，又将手中纨扇翻出字面朝外，正想着待会儿见面是称"无它否"还是"子敬兄别来无恙"，却见一名船工开门出来，手中正提着一桶水。那船工见到林士仲，忙点头招呼道："四掌柜好，您找当家的吧？不巧他可不在房里。"

林士仲应道："不妨事，他此刻的所在，我倒也猜得着。"他望了望西边的余晖，便又直下底舱，往酒窖去了。

## 一 海商王

林百万一早起来，就发现自己又睡在了储酒的船舱里。他倒也不急着起身，先打量打量手中酒碗，似还剩着小半的果子酒，其时唐商行船多会带这种醴酒，不过林百万喜好吴酿，船上会专门为他另备些黄酒。

"昨晚肯定又是混着喝了，难怪醉这么快……"林百万这般想着，把碗里发酸的酒全倒进嘴里。待站起身时，才发现自己身上披了一条毯子，想来是昨夜睡这儿又被谁撞见过。他将毯子收到一旁，便推开舱门打算回房去再睡一觉。

酒窖所在的底舱共有舱室十五格，原本能储货四万石，如今全

| 深空

贮着淡水给养。林百万一路上随手抓些吃吃喝喝,跟船工、伙计们打打招呼就上了顶舱。海船上原本就颠簸,他又是宿醉方醒,他身子晃荡,但脚下却走得很稳。

林百万一回到自己的房间,便蹭上床去。此时日已近午,他往舷窗外看去,正是一丝云彩也无,海上波涛显得愈加平缓,看来这几日行船都有好天气。他从身上摸出三枚铜钱,自己卜了一卦,又出了个"水地比"的大吉之相,心情更是格外好。想到自己身在海上,便忍不住呵呵地笑出声来,那些琐碎的烦恼也连带着醉意烟消云散了,就连老家闹兵乱的事儿也不再上心——作为大唐的海商王,还有什么比待在海上更让人安心呢?

林百万越想越自在,只觉得这酒喝得太快,便想找个人来致酒。不过这船上除了林家船队的船工,便是林家商行的伙计,委实不尽兴。想想也只有去酸丁那儿找乐子。

从底舱抓上来的酒囊还剩两个,林百万把它们别在腰上,就往船舱顶棚去,堪堪爬到架子中间,就听上面一人吟到:"白云照春海,青山横曙天……"林百万伸头上去,大喝一声:"忒那酸丁,吟此反诗!"喊完赶紧缩回舱,就听上面"啪"的一声,想来是林士仲那把纨扇又吓脱手了。林百万心中甚是满足,这才施施然上了顶棚。

林士仲此时正扶着栏架东张西望,见林百万独自上来,才算松了口气,但还是急着解释道:"堂兄你莫,莫误会,骆临海这篇《海曲书情》,调露年间就写成了,大圣皇帝(注:武则天。)她也是称赞过的。"林百万抢前一步,捡了林士仲的扇子,连酒囊一起塞到他手里,道:"真当回事儿啊?不就是骆宾王一句诗吗?"说着从褡裢里抓出一把干果,搁到林士仲手上,又道:"现在跟调露、嗣圣不一样啦,武氏和英国公,搅不清谁是正统。再说,如今反贼都抓不完，谁还抓反诗？"

林士仲接了酒囊，却不急着喝，只嚼着干果道："堂兄你昨晚刚醉在货仓里，怎么一大早又来了酒兴？"

"天儿热嘛，天儿热就想喝酒。"林百万嘿嘿笑着，自己解下另一袋，道："咱们船队出海都一个半月了，如今过了筒罗便全是热天气，下次睡酒窖，就不用给我拿毯子了。"

"堂兄你说到筒罗港，我看到咱停船这三天……似乎办了不少货啊。"

林百万拍了拍栏架，对林士仲说："子聪啊，我知道你早发现了。这次的储备量特别大，航向也和以往不同。"

林士仲抬头道："昨日我便想问。咱们这趟出海，不是到故临罢？"

"嗯。那故临港确实不能进，但故临国还是要过的。哎嗨，你现在专门应付市舶司，这里面的门道你比我清楚。"林百万举酒囊跟堂弟碰了碰，接着说，"至于目的地嘛，是丝绸之路的下一站。"

林士仲听罢，便也不再追问，只是摇摇扇子，又吟起了《海曲书情》："江涛让双璧，渭水掷三钱……"

时年正是唐乾符六年（公元874年），李唐王朝正在此起彼伏的叛乱中日渐式微。但随着经济中心的南移，唐代的海上贸易却逐年兴旺。形成于秦汉时期的"海上丝绸之路"成了商客云集的黄金航线。此时，唐商中最为世人所知的，乃是航海家林銮的海商家族。林家的海商王名号已传承两百年，如今的大当家便是林百万。

正当林百万一统南海贸易时，却听闻黄巢起义军渡江南下，连克饶、信等州，直逼海岸而来。他眼见泉州港的祖业难以保全，便想举家避祸，而林家引以为傲的船队此时却无处可藏，正在他焦头

深空

烂额之际，又碰上族弟林士仲自郓州弃官逃回，说是亲眼看到义军对郓州商户大肆劫掠。这下林百万更加认定留守福建是坐以待毙，当下把心一横，率领整只船队自泉州离港，先至广州备齐出海凭卷，随后便远航南洋，却是一招"行商避祸"，将全副家底藏到了海路上。

此时，林士仲吟完全诗，林百万亦喝光了一袋酒，正靠在栏架上出神。身后近百艘巨舶浩浩荡荡遮住了小半视野，正是号称大唐第一的林家船队。林士仲把自己那袋酒递给林百万，道："堂兄，等这一趟走完，兵乱就该过去了吧？"

林百万接过酒囊，拱拱手说："差不多，咱们这一趟要走大半年呢，乱军在南方挨不过春末的。"

"那就好，那就好……"林士仲想了想，又问道，"以往从广州港出航，肯定要带些茶叶、丝绸。这次怎的把大半舱房留给了粮食、淡水，光带银钱可换不来多少稀贝物呐。"

林百万哈哈一笑道："子聪你当了几年官儿，老把式倒还没忘。黄巢攻广州那是迟早的事儿，没时间办货啦。再说，这一趟要贩的可不是犀角、樟脑之流，我们要带回去的是……"林百万往林士仲身边凑了凑，压低声音说："昆仑奴。"


## 二　昆仑奴

唐初之时，肤色各异的海外人种开始出现在长安的客商行伍，甚至奴隶市场中。在这些异邦奴隶之内，便以南海商客贩来的昆仑奴最为抢手。这些人最初由大食商人购自哈迈尔（注：今摩加迪沙。）

的奴隶市场，再经海运带入唐土，外貌皆为卷发黑身。且个个骨架宽大，筋肉结实，看上去甚是威武。但又性情温良，老实耿直，正得豪门贵族的欢心，加之货源稀少，可谓千金难求。后又有裴御史做传奇《昆仑奴》，将其写成飞檐走壁、武艺高强的侠客，更使其身价倍增。如今，在长安城名门望族的眼中，出门时若能带上两个昆仑奴护院，最是彰显身份。

林百万此行，打的便是昆仑奴的主意。此次兵乱过后，南方贸易元气难复，要想重建商号，就只有从长安的市场下手。但建号容易，重树海商王的声望却难，只有这昆仑奴奇货可居，最容易敲开都城显贵的门廊。林百万心下盘算过，以往贩卖昆仑奴的都是大食商人，他们船轻帆小，从未做过大笔买卖。大唐虽有几倍于外国的巨舶，却只走南、东两海。如今自己被逼上绝路，倒不妨孤注一掷，延海上丝路直抵哈迈尔。做这个破天荒的买卖，必是一本万利。

林士仲听了这般计划，只觉得既佩服堂兄的胆略，又颇有些惊心。待林百万将第二袋酒喝完，便问道：“若是按你所说，还有近两月的航程，船队离开筒罗后，便不再靠岸补给了？”

"在故临港肯定不靠岸，咱们这次是空船，犯不着交那敲竹杠的舶脚钱（注：港口关税与停泊费用。）。"

林士仲听罢点点头，这舶脚的事儿他最是明白不过。当世各国的造船之术，便以唐朝最为领先，靠着榫钉接合与油灰捻缝的工艺，唐船既大且坚，载货能力远超海上诸国。但也因此被各国克以重税。尤其是故临国军站为唐船设的舶脚，高达一千迪尔汗，比其他国家的货船高出数十倍。故而在唐商眼中，故临港能避则避，除了去天竺的商队，都只航至筒罗。

"堂兄想得周全，这雁过拔毛的军港，能绕开最好。"林士仲顿了顿，又道："只是近两月不着岸，船员怕是受不了吧？"

林百万抬手朝西南一指，说："故临国境内还有别的地方可以补给，故临港南边有个大岛，叫什么叽里咕噜的想不起来。大胡子么哈么哈的商会就在岛背面，我们可以用他的港口。"

林士仲皱了皱眉，"大胡子……穆罕默德？"

"就是他！哎呀这酒真上头。"林百万敲着脑门儿道，"那个大食国的大胡子，嗯，贩犀、角象牙的那个。我们可以从他那儿请些班图语翻译，我记得犀角、象牙都是哈迈尔特产，他的商会里肯定有几个懂方言的。"

"对啊，翻译。"林士仲点头道，"咱家商号里本就有不少人懂大食语，在穆罕默德那里请翻译最是方便。"

接下来两个月的航程皆是顺风顺水，林家船队在穆罕默德的港口停靠了几日，雇到数名懂班图语的翻译。接下来便是一路向西，在一月下旬抵达了哈迈尔。船只一驶入港口，便见码头上来来往往的都是大食商人，想来此处便是丝绸之路的西端无误。

林士仲本以为船队入港后，自己便要找市舶司上下打点，谁知在港口停靠了一整天都未见动静，他心道："莫非此地风物与南洋不同，港口买卖不交税钱？"可是眼见这哈迈尔港虽是因繁就简，却不失规模，码头、栈桥均修得像模像样，实在不像一个免税的港口。但翻译都随林百万登岸寻商号去了，他也只能耐着性子等堂兄回来，再找他问问情况。

结果却是林百万先跑来找了林士仲。

"子聪！事情不妙啊！"林百万急匆匆地攀上船顶棚，身上还穿着件海蓝色的绸缎袍子,显是刚从城中回来,"咱们跑了十万八千里,还是逃不出这祸害!"

林士仲立刻变了脸色,急扶住林百万道:"莫不是……这里也闹叛军?"

"差不到哪里去,他们说是什么部族战争。"林百万扯下帽子,握在手中揉来揉去,又跺着脚说,"关键是现在壮丁全拉走了,奴隶市场里半个人没有!"

"然也,难怪港口管制这么松懈。"林士仲捋了捋颔下微须,问道,"眼下战局如何?"

"哈米尔王国的部队只能守城待援。攻城的部落士兵虽然勇猛,但不擅长城下战,又不能控制水路,照这样看是不会破城的。可援军还要再拖两个月,船队可就耗死了。"

"不急,我们进完货就走。"

"哪儿进货?我不是说过奴市空了吗?况且……"林百万话说一半,却又愣住了,他也伸手捋了捋林士仲的胡须道:"子聪,你又有点子了是不是?"

林士仲缩缩脖子,说:"算不上点子,老把戏而已。堂兄你可还记得渤泥国玳瑁那件事?"

"好买卖当然记得,当时国王要建光明神殿,在全国强征玳瑁。"林百万敲着额头道,"市场上一空如洗,就跟眼下这奴市一样。那里的渔民都嫌征价低,就把玳瑁壳藏进礁石堆,暗地里有黑市商人专找熟络买家,外国的商队只要……嗯,那一年我们贩回去的玳瑁,真是奇货可居,奇货可居啊……"

两人当下商定妥当,便带了伙计前往市内的商会,打听奴市的

| 深空

进货渠道。这哈迈尔港原也是西海贸易中心,有不少大食、波斯的商会开了分号,其中亦不乏与林家相熟的字号。可两人一番打点,听到的却全是丧气消息。原来这昆仑奴的买卖,便只有一条货源——战俘。

哈迈尔建城不过百年,在此居住的多是商人。近年哈米尔王国统治此地后,一直伺机扩张,与周边土著部族时有摩擦。按照当地规矩,受俘者充作奴隶,大食商人所贩的昆仑奴便源自于此。

"狗屁!狗屁哈米尔国!咋不是昆仑国呢?"林百万蹭上自己的床沿便不再动弹,只叹气道,"这次几十个部落联合攻城,怕是被俘的哈米尔人更多些,要不咱去跟部族做生意?"

林士仲在一旁摇头道:"长安城只认昆仑奴。"

"听说他们一个部落才百八十人,咱自己抓还不成吗?"

"子敬!"林士仲噌的站起来,对着堂兄大喊,"贩良人为奴,罪一等!"

林百万嘿嘿笑道:"回头请哈迈尔市司给立个卷,还不容易?到时名正言顺地带回去,跟大食做法还不是没两样儿?"

林士仲待要反驳,却又不敢挑官家证明的不是。虽然觉得此事大有不妥,却一时说不出个所以然。又听林百万道:"你个酸丁,非得官家凭证才能开你窍。其实让我们贩走有什么不好,长安城里的昆仑奴个个都过好日子,比在这儿强多了。"

林士仲这才回过神来,问道:"堂兄此话怎讲?"

"那些翻译说他们是不开化的蛮人,既无屋舍,亦无田地,吃穿住用均与野人无异。"林百万在床上翻了个身,接着说,"这要换成是我啊,哼,自卖自身去当官奴也乐意。"

林士仲听着连连摇头,可更多的是担心堂兄真个偷袭部族,脑海中兵戎相见的场面挥之不去。他坐在林百万床边愣了好半晌,忽然推着林百万道:"若真如堂兄所言,可以让他们自愿来啊。"

## 三 诸神南行

埃舒把弓和箭矢收在身后,俯身到草丛里搜寻着,草叶间有些零星的血迹,隐约朝海边延伸过去,他就寻着这些痕迹前行。血滴标示的路径渐渐变得蜿蜒,艾舒心里明白,巫师涂在箭头上的毒药开始发挥效果,那头中箭的羚羊已经不能跑直线了。

埃舒很容易地追上了猎物,将它放倒在一处高地上,捆绑四肢,放血,再剜掉箭创。埃舒做得很快,这已是他独力猎获的第四头羚羊。雨季的大草原充满生机,猎人们很容易找到猎物,而部落的人口也和野兽的数量一并增长着。其实埃舒还没到当猎人的年龄,只是因为战士们去了北方,他才提前扛起了猎弓和毒箭。

将净膛的羚羊搁上肩膀时,埃舒看到了坡下的海岸线。他从没靠近过海,但他了解那里,那是太阳居住的地方,也是连接天神和草原的地方。巫师说过,海的边缘衔住了天空,当神降临草原时,他们会先从那里走过……

埃舒突然注意到东北方正在发生什么变化,海与天的连接变得非常粗糙,似乎是海刺入天,又似乎正相反。那附近的海面变得浑暗。埃舒看到有东西正从"接缝"中涌出来,这样的尺度、距离和压力

| 深空

都是他从未见过的。他惊叫着冲下了高坡,向着西南方奔去。

当埃舒扛着羚羊跑进营地时,才发现已有人将消息带回部落(尽管还不知道那是什么)。巫师们围坐在火堆边询问刚回来的猎人们,尤其是去了东边的猎人。埃舒也被带到巫师面前,将自己看到的景象告诉了他们,但巫师没有回答埃舒的疑问。埃舒注意到,有几位巫师一直在指挥族人往火堆里添柴。以往,只有祭祀的时候,才会在白天生这么大的火。

随着其他猎人的陆续返回,消息也变得详尽起来,"移动的岛""白鳍的大鱼""巨大的船"……不安情绪逐渐取代了好奇,在人群中蔓延着。直到几个真正接触了海的人带回这样的消息:"那不是船,船是用树造的,但从没有那样长的树,所以不是船。""我不知道那是不是船,但上面的人不是哈米尔,所以那大概不是船了。只有哈米尔才造船,但他们不会从接缝中出来,他们总要在更近的地方才被人看见。""其中一个停下了!在岸边!就在东边的海崖那里,上面走下会发光的人,像太阳下的金属一样发光。"

当东边的猎人全部回来之后,一直沉默着的大巫师终于站了起来,他走到巫师们围成的圈子中间,用双手将木杖举过头顶,喊道:"所有人!准备迎接神的到来!"

于是整个部落都忙碌起来了,他们明白有些东西不能出现在神面前。妇女们拿出所有的杵,将它们埋藏在土里,因为这些东西会令神不快。老人们集合所有孩子,让他们待在太阳照不到的地方,因为太阳神可能还对小孩怀恨在心。男人们开始驱逐附近的蟾蜍、黄蜂、蜘蛛,当神降临时,不能让这几种动物留在村子里。埃舒被叫去清理动物,这让他觉得自己已被当作大人看待。而巫师们则为"是否驱赶蛇"的问题又发生了一次小争执。

当一切都准备就绪后,神就从东边走来了。

最初看到这些"神"时,人人为之目眩,因为"神"身上的服饰不但色彩艳丽,还反射着耀眼的日光。当他们远远走来时,所有人都以为"神"身上披覆着金属。直到他们走到很近的地方,才能看清那些反光衣料都像风一样轻,随着步幅抖出河水般的细纹。埃舒这才想起那是发光的空气,他以前就知道,神用空气做成衣服遮蔽身体。原来空气也能像这样五颜六色。

但是神并没有走向人群,他们在离村子很近的地方停了下来,似乎是在犹豫,直到一个身着白色服饰的神突然冲出队列,跑到了田地里。这让巫师们感到惶惑,他们在人群的最前排互相嘀咕着,"为什么神不降临到我们身边?""走进田地的一定是达佐德日,没有哪个神比他更关心庄稼。""庄稼可能会说我们的坏话,得让神先注意我们!"于是巫师们大声地喊出了祭文,然后一起向东方跪拜,剩下的人也都跟着跪下,并学着巫师的姿势握紧了手掌,让双肘紧贴地面。这果然吸引了神的注意,一位身着蓝装的神带头走进村子,另外几位也紧跟着他"降临"到了这片空地上。

跪在地上的埃舒偷偷抬眼看去,发现这些神的着装其实差异很大,有几位身上套着浑然一体的衣服,但另外几人却只是将大块衣料披在肩上。埃舒又觉得神的形象和巫师所描绘的十分吻合,他甚至能辨认出其中几位——正在和大巫师说话的那位是神使莱格巴,他是唯一会讲人类语言的神,他现在蒙着眼睛是因为父神阿马没收了他的视力;拿着长矛的应该是阿热,他的目光总是盯着后排的猎人们;站在最后面的是迪奥,他身上不断冒出浓白的烟雾,令人感到害怕;而莱格巴身后那位蓝衣神大概就是阿马本人了,因为莱格巴总是在请示他,然后再向大巫师转述。埃舒随后才注意到,巫师

## 深空

们正在同莱格巴艰难的对话,这位神使似乎口齿不清,不过巫师还是能勉强听懂的。

埃舒从巫师的回答中猜测着对话的大意:神对于现在的状况厌烦了,他们忍饥挨饿的日子必须结束(埃舒心想,这情况我听巫师说过,供品减少后,神总是吃不饱饭)。巫师们发誓说在猎物充沛的季节将献上更多供品,但神并不满意,他们要求活人的侍奉(巫师们不是一直在侍奉您吗?)。巫师愿意献上少女,神却指名要精壮的男子(部落间总是在争夺女性,为什么神喜欢男人?)。

莱格巴在巫师与阿马间费力地沟通着,但阿马很快就变得烦躁起来,他开始左右张望,将头上的帽子扯下来,握在手里揉来揉去。最后,他悄悄退到其他神身后,从腰间解下一个袋子。当阿马拔开袋口木塞的时候,立刻有一股棕榈酒般的香气飘散出来。

人群中,几个怀孕的母亲发出了惊恐的尖叫!

瞎眼的莱格巴反应最快,他一把按住了阿马的酒袋。白衣的达佐德日也冲到他身边,从阿马嘴边扯走了那些酒。

埃舒低头甩了甩额头上的汗珠,女人们也长长地喘出一口气。每当阿马喝多了棕榈酒时,他造物的功夫就会变得稀里糊涂,部落的住民们可不希望今年的新生儿全是驼背、跛子或者白化病儿。

失去酒袋的阿马显得很沮丧,他将双手拢在宽大的袖管里,听任莱格巴和达佐德日的数落,巫师们则在一旁诉说着他们的不安,场面一时间变得无比混乱。阿马似乎耗尽了耐性,他快步走到火堆前,双手挥动,宽大的袖子像雾气一般来回飘荡着。几乎在他挥手的同时,火苗"呼"的一声暴涨起来,炽热的触手向着四面八方挥舞,吓得火堆边的巫师们连连后退。莱格巴也慌张地躲到一旁,白衣的达佐德日反倒迎上前去,闪身站到人群和阿马之间。

"阿马！在做什么？"埃舒一边想着，一边挪动身子，刚才被挡住的阿马又出现在视线中，他看到阿马再次向火堆挥手。这次，火苗没有扩张太多，仅仅是抖动了几下，但喧哗的人群却在一瞬间变得无声无息，仿佛被扼住了喉咙——火光变成了绿色。

包括埃舒在内，没人见过这样的景象，火堆四周的一切似乎都被染绿了，绿色的柴草、绿色的达佐德日、绿色的巫师草地和天空……盯着火堆的人们渐渐变得恍惚。就在火苗快要恢复红黄色泽时，阿马再次驱使了火焰，这次他将火变成了浅紫色，持续的时间也远比上次长，直到莱格巴告诉巫师们说，阿马生气了。

巫师们再一次跪下，开始向阿马哭诉部落的艰苦。北方的哈米尔是最大的祸根，他们抢夺了土地和猎物；即便没有哈米尔的威胁，部落之间的领地争夺也在愈演愈烈。场面再次混乱起来，祈求和诅咒的言语夹杂在一起。直到阿马大声地呼喊了一句，莱格巴也大声的传达说："愿意追随神的人，将被引导至第二个特克阿德。"

特克阿德！

埃舒在心里默念着这个代表富饶、幸福和欢乐的名字——特克阿德——神赐予的土地。

这句话平息了遍地的愁苦，接下来的事情变得很简单，阿马在自愿前往神之地的人中挑选了五人随行。神没有选择巫师，因为他们无法长途跋涉。神也没有选择猎人，因为他们虽然敏捷，却不如耕夫那般壮实。伶俐的埃舒没有被神选中，这让他稍微有些失落。不过这种感觉没有持续太久，神离开部落后，他马上就有事做了。巫师们派遣了跑得最快的人，将神的到来通知给其他部落，埃舒也带着口信向南边的约鲁巴部落奔去，他要告诉那里的巫师们："神来了，神的船队在沿海岸南行，他们还要挑选更多的，更多的侍从！"

| 深空

　　林士仲看着五名昆仑奴被请进舱房，顿感心头大石落地，背脊上的津津冷汗也仿若化作清泉流淌。他原本对这装神弄鬼的把戏没几分把握，幸好堂兄施展方术压住了气势，这才首战告捷。一旁的林百万比林士仲更为欢欣，已是手舞足蹈直奔酒舱而去，身后一众伙计手捧脸盆、毛巾追之不及。

　　这边也有伙计帮林士仲等人净手擦面，将抹在皮肤上的乌黑油灰洗去。唯有扮"迪奥"的船工等不及去妆，手忙脚乱地脱了冒烟长袍扔得远远的，引得众人一阵哄笑。这件生烟"神袍"乃是将数个火浣布手炉缝于衣服褶皱中制成，炉内燃有艾草，虽不会引燃衣物，却也让那船工感到酷热难当。

　　林士仲洗濯完毕，便脱下了那身白色绸缎长衫，却见一边的大食翻译"莱格巴"依旧蒙着眼睛洗手，不觉好笑，便向他招手道："伊本兄，您今日实为辛苦，这布条可以除下来了。"

　　伊本抬手在脸上摸了摸，似是才刚发现，自己也哑然失笑，向林士仲这边作揖道："谢四爷关心，这布，不碍事。戴了半日，就忘了。惭愧啊。"说着伸手解下布条，揣进怀中。这黑布条上裁有布缝，挡在眼前不妨碍视物，外人却难以察觉。伊本摘了眼带，却不知该怎么脱衣服，其实他们几人没有合身的绸缎长袍，都是用整匹料子缠在身上扮神。伊本左绕右绕的解着绸布，忽又想起一事，忙问林士仲道："大掌柜他，真的能和神灵，沟通？"

　　林士仲摇首道："障眼法而已，前几日演练不都讲明了吗？全是按您所述的部落神话扮出来的。"

　　"我是说，那火……"

　　林士仲这才明白，伊本挂念的是那"驭火之术"，遂笑道："那是方术,嗯,与迪奥那浓烟相似,小把戏。"言罢,又忆起伊本(莱格巴)初见火势暴涨时也曾惊慌失措,觉得该与他讲明白些,便接着说:"掌柜他事先将硫磺铜粉等物藏于袖中,瞅准时机依次撒进火里罢了。火中掺了这几味方子,必会有诸般变化。"

伊本似是恍然大悟,连连点头道:"基米亚!奥基米亚!"(注:al-kimiya,阿拉伯炼金术。)

林士仲虽不明白"奥基米亚"为何意,但想来是大食人对此类手法的称呼,便也没再追问,只安排好了"诸神"休息,便提了纨扇去底舱找林百万。

到酒舱时,果见林百万在饮酒庆贺,他此时已被伙计们拉扯着换上了青布长衫,见林士仲进来,照例拉他陪酒。此时舱中已换进不少哈迈尔造的椰酒和棕榈酒,这椰酒味道醇厚,很得林百万喜欢,加上他心情大好,拉着林士仲便说了一堆豪言壮语加醉话。林士仲小口抿着酒,在一旁笑着听他嚷完,道:"子敬啊,刚才伊本翻译问我篝火的事儿,我跟他说是你撒了硫磺铜粉,但那紫色火焰,我却也没见过,究竟是使了何种手法?"

"嘿嘿嘿,那个是……花岗,花岗石粉末。"

"石粉?"

"大别山的花岗石粉,烧之则紫,很漂亮吧?"林百万打着酒嗝道,"方术这东西,有些时灵时不灵,有些百试百灵。嘿嘿嘿,就说这个石粉吧,皖地花岗岩烧之浅紫,滇地花岗岩烧之明黄。做石材生意的时候我就靠这个验货,从来没错过。"

林士仲心里倒也明白,堂兄他所学的方术涵盖卜、数、技、巫诸项,其中铜钱"卜卦术"偶尔灵验,"巫术"从未成功,倒是被他称为"技

| 深空

术"的这项十分可靠,每次重复都能显现出相同的效果。

这大概就是技术和其余方术的区别吧,所以堂兄才选了这套手段?

想到这里,林士仲又隐隐觉得不安,今日一番作为,既非猎获,又不似招募,更有一件令他十分在意的事……

"子敬啊,伊本先前说那些人是生番,没有田地屋舍。可今日见他们,村庄虽是简陋,却有耕种庄稼的。"林士仲说完不见堂兄应声,转头看去,林百万已经酣然入睡。林士仲也是无法,只好起身上了甲板,临走时给林百万留了舱门透气。

他在船舱过道中又想起大别山花岗岩的事,便又忍不住晃晃扇子,吟起那段李太白的诗词:"山之南山花烂漫,山之北冰雪皑皑。此山大别于它山也。"

商队"南下进货"的行程比预想中更为顺利。各部落间频繁联络使得"天神降临"的观点深入人心,林百万表演的种种"神迹"也更易为人所信,甚至有不少人在听到消息后涌至海边朝拜。林百万自然乐得省心,林士仲却不愿再参与其中,"达佐德日"的角色便由他人改扮。

船队按部就班地驶过二十多个沿海部落,最终登船的昆仑奴人数接近四百,比林百万事前估计的还多了两成,早先准备的舱房日见拥挤,最后连林氏兄弟所乘的主船也不得不辟出一间舱室,安置了十名昆仑奴。这些人自入舱起,便被"莱格巴"告知不能离开房间。他们的食宿均有专人负责,林百万还特别吩咐过,决不能让昆仑奴看到船上的大食人或哈米尔人,而每日当值的汉人船工倒也不用特意涂脸。待到船队返回哈迈尔港时,林百万干脆拿银钱买通了奴市官吏,立下空白人头卷,硬是没让昆仑奴下船见官。

## 四 大鲲

"子敬！听我一言罢！"林士仲大喊着冲进酒舱却不见林百万，当即兜转回去，噔噔噔地又往顶棚上跑。过道里的船工们纷纷侧目，心道：四老爷一向后知后觉，今日又悟出什么了？

林士仲爬上顶棚，便见堂兄林百万早已等在这里，他一时喘息不止，反倒是林百万先开口道："子聪啊，刚才去酒舱找我了是吧？我还奇怪你怎么大清早不在这儿泛酸呢。"

"堂兄，听我一言……"

"我知道，你想跟我说昆仑奴的事儿。"

林士仲抚着胸口道："我早前便怀疑过，吾等此番作为，不似猎获，亦非招募……"

"说白了就是诱拐。咦？子聪，我没跟你讲过？"

"然也，此等行径，与诱拐无异，堂兄您需知……"林士仲话说一半，突然省悟过来，急抓住林百万双肩，连声嚷道，"堂兄你、你、你！"

"我从一开始就晓得啦。"

"那、那、那昨夜的五石散……"

"是我吩咐伙计，掺在奴人饭食里的。"

林士仲顿感无言，他这几日常见昆仑奴夜间喧哗，在舱内手舞足蹈如同腾云驾雾。待问过管事船工才知晓，是林百万配了五石散，叫他们拌入昆仑奴飨食之中。林士仲昨夜思前想后，直至此时才想通这"诱拐"的关节，却未料到堂兄自伊始起便已打定主意，原先想好的几套说辞，一时间竟没一句能派上用场。

| 深空

那边厢林百万却已笑至腹痛，自林士仲掌下滑脱，抹着泪道："子聪你，该不会今日才想明白吧？呜呵呵，死书呆，无药医也！"

林士仲张口哑然，仍是不知该如何劝诫。此事自哈迈尔密谋开始，至今日船队归航行经麻逸岛，已过了足足三个月。自己如今才看透这层关系，已然于事无补。只是凭着一股书生意气，仍要嗫嚅道："子敬，这些人……"

林百万又是不等他说完便接口道："这些人刚入舱那会儿，瞧什么都新鲜，看来是起居饮食与我们大不相同罢……不过前几日开始有些鼓噪，大概对船啊海啊的终于腻了。我就给他们点儿精神享受，让他们老实呗。"

"五石散多食不宜……"

"反正航程也没剩几天了，就当给他们清清腹，打打虫，不也蛮合适的？过几日到了广州港，那繁华景象，啧啧啧，保证比五石散更刺激。"林百万从林士仲袖间抽出纨扇，打个哈哈道："子聪啊，瞧你这满头大汗，来，给你扇扇。你替这些奴人烦什么心啊？他们不就是为了那个神许诺的土地才上船吗？等他们进了长安，肯定觉得这个特克阿德比想的还好，那高楼广厦他们做梦也梦不到。江南的膏腴之地更是锦绣富饶，简直整年都是雨季。他们要的神仙日子也不过如此嘛。"

林士仲终于不再说什么了，他从堂兄手中接过纨扇，问："还有多久？"

"五日之内便至广州港。咱们在麻逸补给已是两天前的事了，其实眼下已进了大唐海域。"林百万手搭凉棚朝船头望了望，蹙眉道，"不太对劲儿啊，子聪你看前面那是岛吗？"

林士仲顺着林百万所指的方向望去，见船头八百步开外有一道狭长黑影,自东向西占据了半个视野,西首便在目光所及之处,东边却是一眼望不到头。遂摇首道:"既窄且长,不似岛屿,应当是块礁岩吧?"

"我们自麻逸向西北航行,到广州之间不该有什么岛啊礁啊的。"林百万说着便从栏栅上探头出去,朝舱下大喊:"赵火长!前面有礁岩呐!航向偏了罢?"

舱中的火长立刻应道:"航向西北,针盘无误。今早刚对过启明星,不会错的!"

林百万抬头看看日向,也觉得航向无误,奇道:"往年去渤泥都是走这条线,我可从未记得有什么礁岛。"

"子敬,我看那礁石上既无青苔又无鸟粪,怕是海中刚长出来的。"林士仲接口道,"典籍中倒有不少记载,小岛忽升忽沉,或随潮水涨落,或随地牛躁动,都是常有的事。"

林百万当下吩咐船队折向西行,因不知水下是否有礁石基盘,故令火长往西侧远远绕开,可船行了半炷香的功夫,却离礁岛西头愈来愈远。林百万怒道:"怎么反朝东走?这火头今天犯浑了吗?"正作势要吼,却听舱内传来一串怒骂声,竟是火头在责骂正、副舵手。林百万立刻收回身,仰首看那桅帆,此时火长也从舱中冲出,一并盯着船帆发呆。

林士仲讶异道:"子敬,有何不妥吗?"

"撞鬼了……"林百万回转身来应道,"看这帆角,咱们确实在往西走。"

话未说完,那火头突然指着岛首嘶喊道,"大当家的!看那儿啊!看那水线!"

| 深空 ———

　　林百万的坐船行在船队最前，此时离礁岩约有六百步距离，正看见那礁西首的入水处，隐约有三道叉状水线向两旁层层推开，林百万见状大惊，高声呼喊道："全体收帆，船队从队末开始依次停船！"又转身拍拍腰间酒囊，对林士仲说："子聪啊，我今儿早上喝过酒的，我犯浑，你帮我看仔细些。"林士仲此时亦紧紧盯着那分水线道："堂兄没看错，并非吾等向东行，而是此岛在西进。航速……显然比船更快。"

　　当整个船队都停泊妥当时，前排船只与礁岛之间的距离仅剩两百步。其实说停泊也还颇为勉强，因这大洋之中着实无处下锚，各船只能收帆漂荡。为避免触及礁岛，还需将船身侧横，头朝西侧。此时林家兄弟站在船顶已能将此岛看得十分详细，但见其出水不过两丈，通体浑圆顺滑，便如一根巨大圆木横屹水中半沉半浮。林百万凝神望去，发觉这乌绿色的礁体乍一看光滑平整，细观却布满了整齐的六角花纹，每一块皆有磨盘大小，如蜂房般排列开去，遂奇道："子聪你看看这是什么礁体？"

　　林士仲答道："这六角方块中尚有同心纹路，层层叠叠便好似……鳞片罢？"

　　其言尚毕，两人便悚然对视，惊骇莫名。林百万尖声叫道："这是鱼吗？它要来吃我们啦！它翻个身我们全翻船啦！怎么说都是死定啦！"林士仲急忙捂住堂兄的嘴，这个"翻"字在海上本是大忌讳，何况林百万连说两次。他连忙安慰堂兄说："子敬莫要惊慌，莫慌莫慌。此鱼貌似大鲲，当属吉兆也。"

　　林百万听到"吉兆"二字，立时镇定不少，细想起来便也找到些头绪，赶忙捂紧自己的嘴，小声问道："大鲲？《南华经》里写的那个会变大鹏鸟的鱼？"

林士仲点点头，亦小声说："当是大鲲无疑。吾睹此巨物，便是鲸鲛亦差了千百倍，典籍中有记载的，便只大鲲独一物了。"

两人正说着，却听耳边奏起一阵丝竹管弦之音。其音虽弱，却是袅袅娜娜穿缝过隙，无论船首舱底俱能听闻。林士仲转身朝船队看去，只见船队远近泊船中的船工都听得此声，纷纷跑到甲板上观望。此曲虽悠扬娴静，却又飘缈无依，在众人身侧回旋往复，难辨出处。林士仲只觉掌下栏架也和着音律震动，仿佛四周物什均会发声。

待他转身再看那大鲲时，却又是一惊。随着大鲲渐向西行，竟有一列亭台楼阁自东方雾霭中移来。这些置于鲲背上的房屋虽略显局促，却是雕梁画栋极尽精巧之能，且前后分布院、殿、堂、屋皆井井有条，墙外有五色霓虹流动，院内有四时花卉盛开，正中一座高塔云烟缭绕，檐下无尽华光闪若繁星，端的是一派仙家气度。

林士仲只觉今日种种颇有些应接不暇，林百万更是心神恍惚，当下猛灌了两口酒道："下一出演啥？该不会冒出个仙翁来请咱吃酒吧？"

"堂兄别喝了，眼下还不知会起何事端呐。"林士仲心知堂兄说的是戏言，可那高塔之上，便真在此时闪出一道曼妙身影，却非仙翁，而是一女子形象。林士仲看时，但见她：头绾三色飞凤髻，身披绛黛素缟衣。赤焰玉带曳长裙，霜面烁目显威仪。

林士仲尚在依格寻律的赞叹仙子美貌，却见那大鲲刹住去势，塔上女子便在众人眼前轻飘飘的越过阑干，竟是凌空踱步，向着船队的当先一艘——林百万的坐船缓缓走来。林百万立刻叫嚷道："子聪！她走过来啦！我该怎么做？怎么做啊？"林士仲迟疑道："既见神灵，便行跪拜之礼罢。"当下拉着林百万屈膝跪地，照着祭祀的规矩左右手相叠，手在膝前，头在手后，向北行稽首之礼。后面

| 深空

的船工也跟着呼啦啦跪倒一片,只是有人行顿首之礼,有人行空首之礼,更有双手合十行佛礼或磕头如捣蒜者,口中呼喊之词更是不一而足。

那仙女却不为船上的喧嚣所动,自缓缓行至甲板上方三丈高处,朗声道:"吾乃孟章神君坐下帝女,特奉东圣之意赐尔等机缘,脱去苦海沉沦,荣登寰宇神界,分封五方仙兵、九曜神卒,戍卫净土,拱侍天庭。从今超脱生死,勘破玄关,身出入圣,永膺宝位……"

她声虽嘹亮,但在这海浪翻滚之处本难以明晰,可众人皆觉此声如在耳畔,传神入识,远近船工皆能听得清楚。林百万偷偷拉扯林士仲的衣角,哭丧着脸说:"她说什么啊?我除了第一句全听不明白。"林士仲则压低声音道:"子敬,第一句当解为何意?""啊,她说的孟章神君嘛,就是东青龙。帝女雀是指精卫鸟,这个仙女自称是精卫。"林士仲略一沉吟,道:"如此说来,她话中之意是我等皆被选为神兵,便要白日飞升了。"两人不再言语,只是伏在地上,侧目朝半空中的精卫看去。

但见那精卫宣旨完毕,俯首落在船沿之上,转身挥袖间,便在大鲲与海船之间架起一座虹桥。那桥七彩明艳,似有若无,精卫走上桥时却是脚踏实地,与方才的凌空登态大不相同。林士仲看出仙子是要引领他们去那鱼背之地,脚下实有些踌躇。精卫转身道:"大鲲之上,乃是洞天福地,此行专为载尔等至天梯,还望速速上前。"

林百万此时也不知是惊惧过度,还是酒劲上头,竟大着胆子问道:"昆仑山天梯远在西北,这大鱼如何载我们去?"精卫应道:"地界天梯,便在昆仑之巅;海界天梯,却在蓬莱之滨。大鲲若抵蓬莱,便可蜕形化鹏,扶摇登天。"

至此众人再无疑虑,生在乱世之人原本就对求仙问道格外热衷,有此天赐机缘更是珍惜,这船上但凡还有勇气站起来的,尽皆涌上虹桥。舱中那几名昆仑奴,不知何时也被带上甲板,随众人一起踏上大鲲背脊。精卫双手连挥,又在周围船只上架设了数道虹桥,转眼间,便有数百人被"选上"大鲲。

精卫将诸人带至院中,安排他们暂住进东西厢房。待一切妥当后,她便腾身飞上高塔顶层,引得林百万等人俯身又拜。

趁着院中众人尚未起身,精卫慌慌张张地跳进电梯,向着主通道直降下去。她周围的光谱在 300nm 至 800nm 的频段内一阵抖动,随即恢复原状。头顶的三色彩妆与脸上的亮白粉底如烟雾般散去,连衣饰袍带、发丝皮肉也一并消失,露出了铁青色的外壳与细瘦的金属骨架。趁着电梯下行的功夫,精卫给全身做了一次消磁,但手脚还是有些滞涩。她不禁在心里哀叹一声——舱外是强磁场环境加上高重力区,刚才滞留太久,恐怕不少器官要提前报废了。但此次任务完美达成,终究是件令人振奋的事,精卫用舰内频道发送了一份任务报告,还略有些炫耀地附加了一个数据包,里面是自己的第一视角记录。

当这些进程都完成的时候,电梯也到达了底层。精卫走出电梯,顺手拨了拨甬道壁上的滑杆,可惜这些东西在重力环境下只是摆设。她无奈的迈动双腿,朝舰桥方向走去。

## 五 C、Si?

自意识革命之后,硅文明再一次迎来了它的黄金盛世。在这个人人拥有独立自我的时代,创造力推动着社会以前所未有的速度前

| 深空 ——●

行。每隔一个公转周期，世界总计算能力的增长都以倍数记。直到硅文明的发展迎头撞上了——它命中注定的瓶颈——硅晶体管的物理极限。

当政府承认他们无法再提高新生儿的大脑集成度时，整个社会都不得不接受"全球计算总值停止增长"这样一个事实。而每到这种时候，"对称多处理、大规模并行处理"等多芯片生产方式就会被提上议程，作为革命最大成果的"意识独立权"面临前所未有的威胁。这是每一个公民都不愿看到的，当他们被迫并入多芯片系统时，单个大脑也就沦为了可替换的计算单元。

那段全球恐慌的日子不堪回首，在这一被后世称为"运算危机"的时期，网络中充斥着末世情绪，各种地方割据势力蠢蠢欲动。幸运的是，政府仍能保证83%的决策正确率，他们不惜冻结新能源研发（也有分析称，这是在暗示他们对人口增长法的否定）而将运算资源集中在微处理器项目上。这一饱受争议的决策在最后时刻拯救了世界，而转机则来自一个冷门领域，既对"海洋生物"的研究。

"海洋中存在生命"这一观点是直到最近才被证实的，研究人员在海水样本中发现了极其细微（直径多在0.5-5μm之间）的生命结构。这些原始生物与已知的生命形式截然不同，他们以碳元素为核心构筑身体，将生命建立在核酸、蛋白质的基础上，只需一个或十几个细胞便能组成生物。该发现也曾引起关注，但那时的人们只关心"史上最细小生物"这类噱头。直到运算危机的应对者们提出"碳基芯片"概念，这些微观尺度上的生命才真正进入民众视线。

最初的曙光，便是在有机生命的能量糖酵解过程中发现逻辑运算现象，证实了细胞内部存在蛋白质构成的信息处理网络。全球规模的研究力量就在此时被投入进来，很快便找到了蛋白质与核酸中的"逻辑门"。在成功破解脱氧核糖核酸的编码功能后，又立刻开发出了相应的编译工具。政府当即将实体芯片的试制提上日程，虽然还看不见这些理论中的小分子，但依靠强大的计算支持，第一块碳基芯片旋即面世。初步测试表明，这些细胞处理器的运算能力远超预期，碳芯的立体结构，可使计算单元的密度比平面硅集成电路提高5个数量级。虽然实物芯片还远未达到这一理论数字，但对于当时面临的运算危机来说，其既有功效已是绰绰有余。

政府迫不及待地把这项技术投入应用，生产出了第一批用蛋白质脑代替硅电子脑的新生儿。他们卓越的运算能力令世人十分满意，技术前景更是使人神往。

第二个黄金时代就此拉开了帷幕。这一次是航天技术走在了革新前沿，文明的触角迅速遍及母星、卫星及邻近的小行星带，无数意识被装上航天器飞往邻近星球，以满足人民对信息的原始饥渴。在如此繁荣的背景下，增加人口的议案被再一次提出，但政府仍坚持人口守恒政策。对他们来说，管理200万个独立意识已是极限。

唯一美中不足的是，碳芯片对金属肢体的兼容性并不理想。蛋白质构成的大脑似乎天生就不擅长控制硅纤维构成的肌肉，如今要重新解析运动代码着实困难。曾一度流行过的八肢躯体和六肢躯体因此被淘汰，最简洁的四肢躯体重新成为主流。这也算是黄金时代中的一段尴尬插曲。

而弥补缺陷的机遇又一次扑面而来，这回是对邻星的勘探带来了惊喜。原本，作为不追求人口增长的文明，政府推动星间开发只源于对知识的生理需求。所以当探测表明——在那个离母星最近的行星上，存在一群鲜活的文明时，民众的兴奋度达到了顶点。高效率的开发工作再次展开，数个观测基地在邻星上隐蔽的建立起来。

## 深空

陌生的世界中，各种搭载意识或不搭载意识的探测器沿海岸线四处游弋，从环境数据开始按部就班的收集着信息。

初步确定，这是一个与母星十分形似的行星，但强力的磁场和湿重的大气使得其生物圈完全以碳基生命为主导。星球上孕育了数个不同的碳基文明，这也就意味着它能提供数倍的新信息。

介于这里 2.6 倍于母星的高重力环境，基地建设和信息收集等工作均在海洋中进行。这也导致接触当地文明的机会大大降低。这种令人焦躁的现状持续了数年，直到大洋西侧的观测基地取得突破性进展为止。

在那之前，观察者们一直以谨慎的态度记录着当地居民的生活，暗中拷贝他们记录设备（书简或皮纸）中的数据，对其语言文字进行着艰难的分析。一次偶然的机会，一艘木制海船在风浪中闯入基地海域，该基地捕获船只时发现，船员的人数竟有两百之多。研究人员对这些存活个体如获至宝，立即开展了数据导出的工作，从其脑内存储的信息中成功识别出了语言模组和字库（并非所有个体都记录有文字数据，该情况被其自身定义为"白丁"），并从缓存（短期记忆）中搜索到了航海记录："随徐福大人出海寻仙，求取长生之方……路遇险阻，狂风暴雨……与船队失散……"

这些数据被立即发送回母星，200 多个活体随后也被分批运返。但这一过程并不顺利，首批活体在拆分后失去了生命迹象，第二批则在升空过程中死于缺氧，直到第六批次才通过冷冻休眠的方式运抵母星，随后又全部死于低压病。真正成功带回母星的，仅是最后四个批次的不到 80 人。而这时的政府，已对这些邻居的身体了若指掌。他们的意识体甚至整个身体都由碳基细胞构成，内部则由钙金属的化合物组成支架，只是其数据处理单元的密度很低，与人工制造的蛋白质芯片大不相同。但不论如何，他们的大脑都与碳处理器十分相似，这使得数据提取变得十分便捷，也使"替换意识体"的实验计划呼之欲出。

计划的第一步是通过切除脑前叶或整个皮质层的方式将这80人的原意识分离，随后用一批志愿者的脑芯片取代了被切除的部分。连接过程十分顺利，这套由水、盐、蛋白质、核酸构成的躯体与碳基芯片间有着完美的适应性。除了出众的肢体运动能力外，受试者还体验到了两种前所未有的感官——触觉和味觉。

在实验数据公布后，碳基器官立刻被抛上潮流的顶点，人们争相体会触觉和味觉带来的新刺激，并将之视为"享受"。但完整的运动控制模组却始终未能找到，这就意味着人造肢体的性能难以媲美原生个体。于是，以捕获人体为目的，无数新设备与人员再一次被派往那个蓝色的邻星。

精卫几乎是扶着墙走到门前的。她在心底不无凄婉地抱怨着，走完这段路真是折磨，慢得仿佛经历了一个时代。

开门的同时，精卫便收到两句祝贺：

来自大鲲："恭喜，任务完成。"

来自共工："辛苦了，你今天的表现很完美。"

精卫核对了一下发信端，分别是"大鲲"和"共工"无误。不过这两句只是公共频道中的信息，私人对话就是另一回事儿了：

来自大鲲："哇！超过了整整两年的定额啊！我决定，全舰（三人）即刻放假！"

来自共工："真慢真慢真慢啊，给你做环境辅助比单干还累，我都快烧了。"

深空

精卫在舰桥里环视一圈，只看到共工靠在墙角里，不停地念叨着"真慢真慢……"。她对共工的絮叨早已是见怪不怪，只抬手指了指脑后。

共工立刻反应过来："明白明白！我刚好吃完，这就让给你，你看我的安排多紧凑啊。"共工闪身让到一边，露出身后的充能装置。其实他早就知道这次任务计算量巨大，会耗光脑内糖分，所以提前来霸占了舰内唯一的输液口，赶在精卫之前完成补给。

精卫快步走到墙边，从输液口中抽出导管。只见管口还残留着一些液体，应该是共工刚用过的关系。她把导管插进后脑，选择了2000单位的糖元和少量氨基酸。随着能量物质的流入，她原本电势低下的处理器产生了一串兴奋信号，蛋白质运算单元也开始用氨基酸修复自身。此时，精卫十分惬意地靠在墙边，享受这来自脑内的……怎么说？饱足感。

她想起碳基芯片刚普及时也曾有过"充电法"和"输液法"的争执，最后介于营养液的普适性而采用了输液法。但不得不说，这种吃饱喝足的快感也是一大诱因。政府甚至建立了覆盖全球的"产－输管线"以及无处不在的终端，以满足能量需求。"可惜啊。"精卫心想，"考察船携带的是罐装能量液，似乎不太新鲜？"

共工那边却不肯给她片刻安宁，仍在滔滔不绝地说："其实你这次业绩很突出呢，以往捕获渔船顶多捉到三五人，这次可是大大的丰收。我说你是不是该表现得更骄傲点儿？真就累得说不出话来了？"

精卫瞥了他一眼，说："我在等舰长的分析结果。"

大鲲的信号就在此时插入，他的脑芯片安装在舰桥中枢，舱中动、静皆知，他同时对精卫和共工说："正式的分析报告还没好，

218

我现在先把感官信号分流给你们,边看边说吧。"舰长便是舰体大脑,各处感应器如同知觉触手,于是舰桥上的两人也连上了各处厢房的画面。

大鲲将主画面切到西厢,讲解说:"我注意到这批人里包含三个不同的种族,除了我们常接触的汉族外,还有两个所属不明。"

画面上出现了伊本,他的一丛大胡子在船工中十分突出,大鲲接着说:"此人体貌特征与唐人明显不同,我从他的脑波里收集了表层记忆。你们看,他的思考代码不是方块字,所以认定他不是汉人。"

共工浏览了一遍代码文件,在其中一处做了一下标注道:"我刚看了一下,这是闪含语系,在这条航线上出现的,十之八九是阿拉伯人吧?"

"嗯,那我等会儿请阿卜杜拉基地核对一下。"大鲲将视角拉远,接着说,"他周围的人用【姓名】和【身份】两种标签定义此人——【伊本、翻译】。"

"其他人的标签呢?"

大鲲回答说:"大都是船工、伙计。值得注意的是东厢那两人,标签分别是【大当家、林百万】和【四掌柜、林士仲】。"

"是的,我也注意到了这两人的特殊性。"精卫接口说,"尤其林士仲,他的表层字库特别大,推定他为读书人。等他睡眠后可以试着扫描深层意识,应该会在文学和历史方面有所收获。"

共工使劲剜了两眼林士仲,说:"我们在海上很少能碰到读书人呢,这次还真是挖到宝了!他旁边那个大掌柜又有什么特殊?"

"按照汉族的说法,我们能从林百万心里扫描出一本《生意经》。"

大鲲发来一个赞许的信号,转移镜头后又说:"最难办的还是

| 深空

西边这 25 人,我把扫描得到的数据全放出来,你们看一下。"

画面上出现了 25 个肤色黝黑的人,精卫看了看旁边的数据,诧异道:"怎么?你没有找到字库?"

"是的,问题就在这儿。这几个人的思维方式和其他种族差不多,但他们没有使用文字代码。"大鲲又调出几段生理数据,展示给两人说,"而且从他们的体貌特征中看不出什么线索。"

"体貌特征?"

"嗯,你们看,与汉人相比有明显的差别,但又不符合任何一个已知人种的特征。例如——体表偏黑就不提了——这 25 人的腿部普遍较长,肌肉组织中白肌比例大,血酸浓度偏高……嗯,简单地说,他们的整体运动性相当好,是政府最喜欢的类型。可惜全是男性样本,资料不齐。"

精卫扭头向共工看去:"共工,你的模本不是人类学家吗?能不能分析一下?"

"你说我母亲?"共工耸了耸肩,"我是技师型,只能粗略推断如下……这应该是个居住在炎热地区的种族,干燥、少雨、光照强烈,日常生活以捕猎为主。有自己的语言但暂时还没有使用文字。能够肯定的是,他们长期远离海洋生活,所以全球各处的基地都不曾观测到这个种族。"

精卫和大鲲同时发出了一串惊叹信号!!!"从未见过的种族"等于"新文明",他们的脑中必然有一套全新文化。等这次的报告提交上去,恐怕整个蓬莱基地都会兴奋起来。

共工搓着手道:"这 25 个,身体和意识都是宝啊。真想现在就分离出来……"

"脑手术回基地再做。到时我会试着申请三套肢体出来。"大鲲无限神往地说，"我再也不想拖着这么大的身体泡海水了，咱们三个，也该享受一次高档货。"

## 六　蓬莱仙境

林士仲与林百万两人原本被安置在东厢一隅，待大鲲掉头北上之后，此处反倒成了南厢房。

这鱼背上的空间本就狭小，如今安排了百十号人，更是将头尾两侧的厢房都住得满满的。唯独林家兄弟的房间只安排了两人两床。林士仲心付道："大概那仙子也看出堂兄是商行领袖，但为何连我也……莫非她知我是有功名的人？"想到自己弃官南逃，又觉得甚是羞愧，仿佛这难以启齿之事已被人看穿一般。林百万却全无这些顾虑，日日痛饮仙酒，酩酊大醉，一天之中，倒有八九个时辰是在睡觉。

林士仲从堂兄床前拾起一个酒杯，搁回桌上。那杯底一触桌面，就变得沉重异常，稳立其上不惧风浪摇摆，好似镶了磁石的杯子放上铁案一般。但这桌面又分明是陶瓷所制，林士仲深感困惑。他这几日一直在上下打量自己的房间，越看越觉得古怪。

这堂屋从外面看去，与汉唐庭院别无二致，屋内却是风格迥异，整间房上下四壁浑然一体，除东墙一处略微凹陷外便连个接缝也无。四面墙壁均未涂油灰，但又洁白光润，触手微温，与陶瓷材质极为相似。屋子正中的这面圆桌，造型颇似亭中石桌，仅正中有一条独腿，

**深空**

却又不是石料垒成,而是从地面中直直生出,便好似钟乳洞中生长的石笋一般。林士仲始终想不通,究竟要如何烧制,才能做出这屋子般大小的一件瓷器。况且陶瓷脆硬易碎,难以高过一丈,否则上部倾轧,下部断折,必成不了坯形。而这间屋子高一丈有三,又在海中颠簸,却无倾颓之势,着实令他费解。

此时林百万刚刚转醒,又"子聪、子聪"地大叫,让林士仲扶他起床。房中这两张卧床也甚是诡异,四边床沿高高竖起,床头还有一块盖子上下掀合,俨然就是个棺材模样!林百万起初说什么也不愿进去。后来看那床板毫不平坦,反倒前后凸凹起伏,一时好奇便躺进去试了试,只觉项背腰尻俱是服帖舒坦,当下舍不得起来,嘟嘟囔囔地睡了个好觉。

只是这床板虽体贴,要下床时却颇费事。林百万日日宿醉,头重脚轻,非林士仲帮忙便爬不出这棺材。林士仲遂蹙额道:"堂兄这几日贪杯过量了,看看日近中天方才醒觉!"林百万讪笑道:"子聪你不懂嘞,这仙酒,真不一般。既无酸腐醇味,又无糟糠浑腥,实乃……酒之精华也!"说罢砸吧砸吧嘴,又叹道:"不过这酒精里没了五谷的香醇劲,也挺可惜的。"

林士仲扶他到桌边坐下,却听身后噼啪有声,如同砂囊落地。他知是午饭送到,便转身到东墙凹陷处取了两个新冒出来的管子。将其中一个递给了林百万。

这仙境之内,饮食甚是方便,只需将杯碟放入凹槽,要水落水,要酒落酒。每日三餐之时,便有这形似竹筒的管子掉出。林士仲打开管口,将其中晶莹透明的软膏倒入口中,边吃边言语道:"堂兄,这东西咱们吃了数日,还不知是何食材呐。"

"你觉得这像什么?"

"唔，甜咸酸味都有，还略有些牛乳香。口感近似草龟茯苓膏，可看上去白亮透明……"

林百万又砸吧嘴道："这么说我倒想起来了，仙家饮食里有个叫玉英的东西，是拿白玉捣烂后做成的，跟这个很像嘞。"

"玉英啊……"林士仲念道："倘若成仙后整天吃这个，还真不习惯。"

"嘿嘿嘿，子聪你想得美哦，玉英可是仙家的宴会食谱，神仙平日都是餐风饮露的。"

林百万顿了顿，又凑近林士仲道："咱们过几天就要登仙了，有些事，我还不太明白。"

"堂兄你不是学过方术吗？这玄奇之事你该比我通晓啊。"

"这次是想问问你们正统的黄老之学。"林百万又低声说，"道祖他说过飞升的细节吧？具体是怎样的？"

"语出多门，因人而异。"

"有说肉身的事吗？"

林士仲取出纨扇，在桌上磕了两下，亦低声道："堂兄，是在担心你那花柳病的事吧？"

"嘿嘿嘿，咱荒唐事做多了，总要抱憾终身嘛……"

林士仲摇着纨扇，沉默了半刻道："当日那精卫仙子宣旨时，曾说过脱去苦海沉沦，身出入圣。这便是要抛却肉身之意。"林士仲又想了想道，"虽说天道亦有五衰，但堂兄你担心的终究是肉身顽疾，大可抛诸尘世，不必挂怀了。"

林百万听罢也点了点头，起身说："想想也是，今天就不喝酒了，咱们出去逛逛。"

## 深空

林士仲自上"岛"后一直在房中参详眼前事，亦未曾浏览过仙境，便也欣然起身，与林百万一同踱到院中。他们所住的南苑有一片藕花小湖，红白莲花正自绽放，只可惜海风正盛，嗅不到半点荷香。林百万绕着莲池玩赏，林士仲却觉得海上赏莲甚是别扭，与风雅之道格格不入，便独自向北苑行去。

北苑的布置与南苑又有不同，此处虽无湖景，却架设着小桥流水，两岸植桃种柳红绿相映，也颇有一番意境。林士仲在桃花林中往来流连，与住在这北厢中的伙计、翻译等人打打招呼，不知觉间便已过午。

林士仲算算节气，已近初春，正是桃花灿灿、杨柳依依的时节。便又起了诗性，抚弄着桃花吟道："问余何意栖碧山，笑而不答心自闲。"正摇着扇子顿下句时，却听身旁一人应和道："桃花流水杳然去，别有天地非人间。"

这声音清脆稚嫩，也分不清是男童还是女娃，林士仲心中奇怪："这北厢中还住得有孩童吗？"转身四顾，却是一个人影也无。正诧异间，却见身畔一丛桃花颤了两颤，自枝干处传出一串笑声："嘻嘻嘻，别找了，我就在你面前啊。"

林士仲颤声道："你？桃花？"

"非也，我是桃树，桃树之仙。"

林士仲心知这仙境之地无奇不有，便也不觉害怕，反倒生了猎奇之心，又问道："你是这岛上的树仙罢？你也知这首《山中问答》？"

"当然，这首诗是谪仙写的啊，桃树都知道。"

"如此说来，此处的桃仙不止你一株了？"

"会说话的就只有我哟。"

"听你话音尚幼,还未成人罢?"

"什么是成人啊?"

"逾弱冠者,始为成人。"

"什么是弱冠啊?"

林士仲哑然道:"你未曾读过《礼》吗?"

桃树晃了晃枝叶说:"我不知道啊,你可以教我。"

于是林士仲便略略讲了些《礼记》上关于年岁称谓的记述。说至男女称谓的区别时,又问桃仙道:"桃树多是雌雄同株。我不知该说你未及弱冠,还是未及桃李。"

桃树又晃了晃枝叶说:"雌雄?我知道的,我是一株碧桃,你可以把我当成男孩儿。"

林士仲凑近看去,见这树上的桃花每朵均有七、八片花瓣,遂点头道:"原来是重瓣碧桃,此树只开花不结实,确有男子之相。"

"那你快帮我算算,我现在该称什么呀?"

"嗯,先告诉我你的生辰。"

"什么是生辰啊?"

"不知也无妨,记得年号便能推算出来。"

"什么是年号啊?"

林士仲又哑然道:"你不知大唐的年号吗?"

桃树晃了晃枝叶说:"我不知道啊,你可以教我。"

林士仲突然觉得这尴尬场面似曾相识,便又打起精神,讲解了一遍大唐开国以来的年号更迭。他本是科举出身,又做过公门中人,对这些自然烂熟于胸,但想起自己弃官以来的境遇,又难免嗟叹些

▎深空

世事无常，天道难测。

"你以前是做过官的人吗？那你最近在海上做什么呀？"

"我们是商贾，在海上经营些往来贸易。"

"什么是往来贸易啊？"

"就是将货物买进卖出。"

"你们买进卖出什么呢？"

"这一趟，大掌柜贩的是昆仑奴。"

此话甫一出口，林士仲便深感后悔，心想这桃仙恐怕又要追问"昆仑奴是什么啊"亦或"我不知道啊，你可以教我"。那桃枝便真在此时晃了晃，可说出的话却让他大感意外。

"昆仑奴？我知道啊，你要送他们回昆仑山。"

林士仲一时懵懂，只得随口应道："啊，是啊。"

"昆仑山真的那么高吗？一定要从海上绕回去？"

"这个……是呀，昆仑天堑，自是人所难越。"林士仲只觉这对话越来越不可捉摸，倘若继续谈下去，恐怕还得解释什么是天堑，然后再描述一遍南海地理，急忙朝桃树作揖道："天色已晚，某不便多做叨扰，在此告辞了。"

那桃树倒也不做挽留，直言："告辞，告辞。"

林士仲本还要说些"仙童请留步"之类的套话，但想起对方是棵桃树，也就不知该如何留步，索性快步跑出北苑，急急回南厢去了。

一进屋便看到林百万坐在桌前饮酒，他见林士仲回来，立刻招呼道："子聪，快过来坐，我今天可碰上件稀罕事儿。"林士仲本也想向林百万说些桃花仙童的事，但他一向习惯先听堂兄的说法，便依言坐到林百万对面。

"这件事儿说起来呀,其实也不算怪,这儿是仙境,啥不能有?"

林士仲在对面点点头。

"今天子聪你刚走,我就在池塘边上碰到一朵会说人话的荷花,还自称是荷榭仙子。"

林士仲听着,扬了扬眉毛。

"我就跟她闲聊了一会儿,嘿嘿,我可没调戏她,不过一朵花嘛。只是这小仙啥都不懂,只一个劲地说为什么为什么、你教我啊你教我,啥都要我现教。我就胡乱编了些瞎话,说得她一愣一愣的……唉?子聪,你在听吗?"

"嗯,子敬你接着说,你都给她编了些什么?"

"哎呀,那可多了去啦,她问我在海上做什么,又问昆仑奴是怎么回事儿。我就跟他说,昆仑奴本来都是住在昆仑山上的人,他们在山头上过活,一不小心就被风吹下去了,吹到天竺、大食那边。那边的山陡啊,爬不上来,就只好乘我们的船回大唐,然后再爬昆仑山回家。"

林士仲听着若有所思,半晌不语,待林百万说完,便问道:"子敬,你跟她说这些,是什么时候的事?"

"过午以后吧,说完这段我就回房来了,大概一个时辰以前。"

"那……半刻之前,桃花仙怎会有这套说辞……"

"嗯?子聪你说什么?"林百万没听清他这句呓语,便凑上来问。

林士仲急忙摆手道:"啊,我是问这荷花仙现在何处?"

"太阳一落山,她就合苞了。"林百万嘬着酒道,"这小丫头

| 深空

睡得倒准时。"

　　林士仲起身说："咱们也歇了吧，明早我还想去看看那荷花。"

　　两人躺入床中，刚一闭眼，房间里那不知源自何处的光线便自动暗了下来。林士仲尚在琢磨那桃、荷二仙之事，却觉鼻间飘过一缕淡淡香气，意识便模糊了。两张床上那棺材板儿一般的盖子随即落下，将整张床罩得严丝合缝。林士仲周身的温度迅速降低，令他彻底失去了知觉。


　　舰桥中，精卫正在翻检几份文档，共工的信号突然插入进来："今天又发现了什么？"

　　"收获颇丰，林士仲和林百万进入了园林地区。我趁他们分开行动的时间，安排了聊天程序与两人交谈。这里，是从林士仲处收集到的知识。"

　　共工点开文件说："我看看嗯，这一段是《礼记》吧？跟现有版本相比似乎又更新了？"

　　"是的。"精卫答道，"六艺经传的注释每一代都有所不同。"

　　共工往下看去，又说："这个有价值，唐朝的年号历法，好像有几十年没更新了吧？这都乾符七年啦？"

　　这时舰桥的门打开了，共工本人晃悠着走了进来，他和精卫之间的通讯则没有半点延滞，仍接着说："这么说他们出航时就是乾符六年。嗯？后面那个文件是林百万的？"

　　"这个毫无价值。"精卫说着，又把第二份文档发给共工，"你仔细看看，全是些胡言乱语，矫正后没几句能用的。亏我还给聊天程序开了即时写入，现在又得筛查数据库。"

"那你可惨喽,那些关联项都得一项一项地摘。"

"所以说,这些奸商的数据最难处理,有时候他们连自己都骗。"

共工此时又晃到墙边输液,哂笑着说:"我倒是很欣赏这个人,能把你耍得团团转也算是才能了。如果舰长能给咱们申请下肢体来,我就打算要林百万的。"

精卫正色道:"你可别忘了,这个人有疾病嫌疑。今早监控他们对话的时候不就发现端倪了吗?尤其是那句话,荒唐事做多了,总要抱憾终身……你后来的分析结果如何?"

"没发现什么问题,只是些常见的细菌、真菌罢了。"共工挥挥手道,"空气里到处都有的那种,没啥传染性。通过常规处理就能无菌上市。"

"那就好,等明天到了蓬莱岛基地,就立刻……"

舰长大鲲的信号突然在公共频道中响起:"不用等到明天了,我刚刚对所有的活体样本做了低温保存。"

共工大吃一惊,说:"今晚就冷冻了?不都是等到基地做完脑组织分离才冻吗?"

"刚接到总部通知,马上就要全面撤离了。基地人员明天登舰,手术改在回母星的路上做。"大鲲说完又补充了一句,"无重力环境下手术也方便些。"

精卫也问道:"时间安排得这么紧,到底怎么了?"

"母星那边又有新的技术突破,刚整理出了完整的运动数据库。原来人类对肢体的控制代码不全在大脑里,他们将一部分数据——主要是经验——储存在脊髓和肌肉神经处。举个例子,就是在终端上分配几个辅助存储器,倒也能提高不少效率。"

| 深空

精卫听罢点了点头道："也就是说,将来在母星上组装的零件也能媲美原生肢体了?那我们确实不必再收集人体了。"

"万幸,这技术离实用还差点儿,至少一两年吧,所以我们要把手头这批加紧运回去。"大鲲又发出一个表示遗憾的信号,叹道:"今后搜罗知识的活儿,就都交给半自动程序和远程交互的人干了。基地里不必再留人,以后也不再派考察船。唉,没想到我刚说不想再操舰,这舰船就成历史了。"

精卫同样发出了"遗憾"。而共工则更关心其他事。

"老大,我们的高档货呢?"

"这个你放心,已经批下来了。完成后期加工就给你们内部供给。现在每人挑一个吧,我给打上标记。"

精卫抢先说:"我要识别标签002号——林士仲!"

"你要这个干嘛?又不高又不壮的。"共工揶揄道。

"林士仲是读书人,汉字书法代码肯定就在他的手腕里。这是奢侈品,格式化了多可惜。"

"你要林士仲,那我就要林百万!体积大质量大,我早看上的!"

大鲲奇道:"你们两个,识别标签004—028的那25个都不要吗?"

"老大,莫非你想要?"

"那当然!肯定要从这里面挑嘛。这些被定义为昆仑奴的人,运动能力是最高的,是这批高档货中的精品。"

共工摆摆手说:"大概就是因为这样,他们才会被贩卖吧?"

"那林士仲他们又为什么被我们贩卖呢?"

"想这些干嘛?说不定哪天,我们还要被其他文明贩卖呢!"

大鲲喊道:"你们两个,别闲聊了,过来帮我准备升空的事。明天就要脱离大气圈,计算量可不是一般的大!"

随着西方一点残阳的落尽,这个世界的恒星被彻底挡在了海平面外。大鲲撤去背上的伪装,将那些光鲜亮丽的屋舍变回四四方方的构造体。这些突出的建筑依次沉入舱腹之中,大鲲的背脊便又恢复成了平滑的流线型。他再次校准了航向,朝着蓬莱基地加速驶去。

所谓蓬莱基地,却并非是传说中的蓬莱岛。这里距胶东半岛仍有很大一段航程,只因当初在这片海域捕获了徐福船队的遗船,才将其定名为蓬莱基地。基地设施大都潜藏在海底礁岩之中,仅在隐蔽处留有坞口,供考察船出入。

大鲲便在午夜时分驶进了船坞。此时,另外两艘考察船敖光号、相柳号早已整备完毕。基地人员连夜登船,赶在天亮前完成了发射准备。此时,空无一人的基地停止了一切活动,暂时进入休眠。

三艘考察船开始在海中调节重心,靠移动舰内气舱的方式将舰身竖直向上,随后发动舰尾引擎,在一阵轰轰隆隆的水气蒸腾中,冲出海面,直向高空飞去。

倘若附近海域此时有渔民通宵劳作的话,大概又会留下"蛟蛇升天、龙王述职"的传说。

考察船转眼间便穿过了对流层和平流层,在中间层进行了一次程序转弯,向西侧飞去。此时从正东方又有两舰编队飞来,那是来自东方海域"龙宫城基地"的考察船。为了赶在晨昏线扫过前起飞,他们比蓬莱基地提前发射了片刻。

船队仿佛追赶黑夜般向西飞行,随着各地黎明的到来,沿途其他基地的舰船也不断加入船队——来自阿卜杜拉基地的曼荼罗大山号、金鱼号;来自科尔喀斯基地的塞特斯号、希波卡姆斯号;来自

| 深空 ——.

瓦尔哈拉基地的瓦尔基里1、2、3号……

数十艘舰船组成了一个小型的质量体系，他们沿椭圆轨道逐圈加速，渐渐接近了行星的逃逸速度。如果林士仲此时还有知觉的话，大概会急着翻开一本《南华经》，在《逍遥游》篇中加上一条注释："夫扶摇而上者，绕地加速也。某乘鲲鹏项间亲历之。"

船队飞出引力圈后，纷纷展开太阳帆，向着恒星的反方向飞去，那里有他们的母星——太阳系的第四行星。


## 七　火星

精卫沮丧地放下毛笔，甩了甩发酸的右手。她从未想过书法会这么难用。林士仲原本书学右军，其实自唐太宗之后全国都在学右军，但精卫发现，即便用上了林士仲的肢体，自己这辈子恐怕也写不出这种不符合代码的字。本来嘛，横就应该是横，竖便理当是竖，哪有……

她正气着，左手却不经意地上下翻动，这个动作更让她觉得懊恼。早知道就该把左手格了，省得落下这打扇子的破习惯！

就在这时，一道来自中央数据中心的信息跳入她的终端，毫不客气的挤掉所有进程，站到了最前排。精卫不觉卡壳了一瞬，对这条信息的优先级感到很愕然。她很少收到直接来自中央的指令，这种加了顶级安全限制的更是前所未有。她有些犹豫的验证——解密——再验证——解压——读取，却只是很短的两段，要求她亲自前往某地点，还附带了坐标。

事到如今也没权利犹豫了,精卫立刻起身出门,赶到离家最近的轨道交通站。在等车时又顺便补充了些糖元,她现在用上了有机身体(林士仲),所以在车站的公用输液机上又多选择了一组线粒体,这些人造细胞器可以缓和端粒缩短造成的衰老,是她现在必备的食谱。

当她惴惴不安的赶到目的地时,才发现自己被唤到了网络安全部。这里是掌管整个星球交互通讯的地方,她开始努力回忆是不是自己编的书法程序毁坏了别人的右手,却始终没什么头绪。在一阵忐忑后,她终于还是走进大门,接入了该单位的内部网络。

在门前迎接她的便是"网络安全部"本人。精卫心里清楚,在她眼前的这套身体后,是上百个意识在同时运作,他们的分布式计算结果就是网络安全部的决策行为。在互致问候之后,网络安全部请她去研究室"看一样东西"。

"很抱歉,我们还不敢把这些资料放在网络上传输。只好请您亲自来确认。"

"嗯,我明白,是很重大的安全威胁吧?"

"是前所未有的威胁。" 网络安全部点头道,"毫不夸张地说,这是我们第一次在事故面前毫无头绪。你们可能是唯一的线索……我们最好不要说太多,我不清楚现在的对话是否安全。"

精卫在这之后一直保持沉默,直到她看到了那套肢体——林百万的肢体,原本的"高档货"之一,但现在已完全失去了生命迹象。

精卫感到一阵不安,有些颤抖地问:"这,这是什么?"

"通常管这叫尸体。"

"不可能,我认识这套肢体,识别标签林百万,不会错!不会错的!"精卫顾不得安全警告,指着自己(林士仲)说,"和我这

233

| 深空

套是一个批次，根本就没超过使用年限啊！"

网络安全部仍是点点头说："肢体并没有受到太大损害，但脑芯片已经死了。"

"程序崩溃？"

"物理破坏，受害者的人格识别代码是……"

网络安全部报出了一串陌生的名字，精卫稍稍松了口气。但对方似乎也看出了她的忧虑，又补充道："他是肢体的第二任用户。最初的受害者是03710925，人格识别代码——共工，曾在星间考察船大鲲号上担任1号操作员。"

精卫的电势瞬间升高，又落到低处连续震荡，她知道这种情绪叫"惊惧"，但还是尽量具体地回答说："是的，我认识共工，我当时就在舰上担任2号操作员。"

"请问你最近是否有过程序频繁出错，垃圾代码增加，意识模糊或处理单元减少的症状？"

"我？好像没有。"精卫仔细回忆着自己的近况，摇头道，"没有，这些都没有！"

"我们刚刚问询过你们的舰长，他也没有相应症状。"安全部顿了顿，似乎在犹豫该不该继续对话，最终还是说："这样我们就可以把共工的染毒时间圈定在着陆之后。很明显，在星间任务完成之后，你们没有再联系过。"

"有过几次通讯，但没做过大规模的信息交换。"

"你很幸运，我们怀疑他感染了一种传播性很强的网络病毒，这些病毒可以将自身代码插入任何进程，造成频繁的错误和混乱，最终导致不可逆的系统崩溃。而且，病毒连蛋白质运算单元的修复与分裂也会介入。你知道，这是蛋白质芯片的存在基础，所以程序问题暴露之前，物理损伤就已经发生了。这是一种十分凶恶的病毒。"

"染毒症状这么明显，为什么还会有第二任用户？"

安全部微微压低了下巴，说："这就是我们感到恐惧的地方。共工死后，我们没能找到病毒的存储位置，但这套汉人肢体是市面上的抢手货。我们只好将他的运算器全盘杀毒，格式化了整个神经网络。后来为求保险，还抹消了每一个神经元的记录，重灌基本代码。"

他将头颅压得更低，接着说："我们明明清理了所有存储位置，格除了全部数据。但病毒还是躲在某个地方，传播给了第二个用户。"

"真的还有这样的地方吗？"

"理论上没有，除非病毒能把自己记录在存储器以外的地方。"

说到这里，安全部突然愣了愣。精卫猜想他们这时遇到了内部争议，就在一边安静地等他把话说下去。

"理论上没有，除非病毒能把自己记录在存储介质以外的地方。"

精卫回答道："是的，我明白这两句的差别。"

安全部突然又没了反应，他呆立半晌后对精卫说："还有很多数据需要您本人核实，请在左边的房间稍等一会儿好吗？"他将一份没有加密的文件传给精卫，精卫眼前便立刻出现了一张做了标示的建筑结构图，安全部在一旁补充道，"你们的舰长也在那里。"

精卫对此并不奇怪，按照标准流程，网络安全部必然会先联系大鲲。但是当她走进等待室，看到一个乌黑高大的身形时，还是吓得说不出话来。

大鲲见她没有主动通讯的意思，便先打招呼说："啊，精卫，我就知道你肯定会来。"

| 深空

"大鲲?真的是你?我也知道他们把你找来了,可是……"精卫瞪大双眼,拼命扫描着对方的外形,说,"这外形太不像你了!我还以为是哪位大人物!"

原来这昆仑奴的肢体甫一上市,就被看作稀世珍品,引发全民狂热。最后只得由政府计划分配,除了大鲲事先领走的这一套,全都配置在了行星改造等紧要岗位。如今在民众的眼中,出门时用上昆仑奴的肢体,最是彰显身份。

大鲲略有些得意地说:"我早说过,这才是最高端的。您们俩偏不信。"神色却又忽地黯淡下来,"尤其是共工那家伙,非要那满脑子阴谋诡计的林百万。搞不好他就是被那些邪门歪道的逻辑烧了处理器。"

精卫皱眉道:"那些商人逻辑就是病毒吗?"

"什么病毒?"

"杀死共工的病毒,网络安全部没有告诉你?"

"没,他们只是问我有没有程序频繁出错,垃圾代码增加,意识模糊或处理单元减少的症状。"

"是的,他们也这样问我,然后就说可以把共工的感染时间圈定在着陆之后。又怀疑他感染了一种网络病毒,这些病毒会将自身代码插入任何进程,造成……"

"等等,精卫!他们只告诉我共工的芯片物理损伤,然后就叫我到这儿来等着了!"

精卫把大鲲摁回座位上,又坐到他身边,说:"别担心,你的经历才是正常的办事流程。反倒是我这边……他们让我知道的太多了……"她转头盯着大鲲道,"按照标准的处理流程,关于病毒的那些信息，都是不会透露的。"

"联合会议，现在开始。"

当精卫和大鲲在等待室里碰面时，网络安全部的意识已置身于会议界面中。这是集合了所有政府部门的联合会议。共工事件被视为最高危机，安全部本人也被赋予了召集会议的权限。他面对着代表整个政府的庞大意识和周围的几十个部门意识，慢慢地说："我申请辞职。"

"你的辞职范围？"

"网络安全部全体工作人员。"

"你们的辞职理由？"

"我的决策能力正在降低。今天接触考察船成员精卫的时候，我连续犯了两个错误，也就是两次错误的整体决策。"安全部有些颤抖地说，"我将共工的真正死因告诉了精卫，当时全体工作人员的赞成／反对比是3∶2，后来靠外部辅助才发现该行为违反工作守则。随后我又将某词条——存储介质——的定义误指向了存储器，这个错误立刻就被发现了，但出错原因还未知。"

"你的自检结论是什么？"

"错误已超出正常误差的范畴，况且我的部门行为是复数个体联合计算的结果。自检结论是，构成网络安全部的人员中大部分同时出错，有集体染毒的嫌疑。"

"你的大范围误差也可能是由疲劳或饥饿引起的。毕竟你们已经连续工作超过49个小时了。"（注：火星自转周期约为24小时37分。）

| 深空

安全部沉默了,他明白自己的判断已经不再可靠,这时应该把决策权交给别人。

"你们现在最重要的就是休息。冷却一下处理器,再补充些糖元。我们会分配额外的计算资源来继续你们手头的工作。当然,是暂时的。"

安全部表示认可,并自动退出了会议连接。但会议并没有继续下去,所有政府部门都在忙着检查自己的既有决策。他们无法肯定自己的部门内有没有染毒个体,甚至不知道"给安全部放假"的决策是否正确。虽然民众并未知晓,但这种病毒的发病人数已超过百人,考虑到该病毒拥有较长的潜伏期,实际感染人数可能还要高出两个数量级。一个人人自危的敏感时期已经到来。

精卫和大鲲并没有在等待室里坐太久,"网络安全部"很快就回到他们面前,开始按照标准程序展开信息搜集。两人无声地对望了一眼,在私人通讯中小声说:"大鲲,这是先前接待你的那个安全部吗?"

"很明显不是,他的动作习惯完全变了,就像重灌过一样。"

"和我见过的那个也不一样,你可别告诉我说他们部门改组了?"

"我们该直接问问,他隐瞒了太多的实情。"

于是精卫便真的问道:"请问我刚才与网络安全部的对话还有效吗?你们似乎不是同一个部门。"

"不必担心,对话记录都在。"安全部抬头道,"刚好到了轮值时间而已,你们是不是也发现我的工作人员都换了?"

"下班?这个时间?"

"当然。现在最紧要的还是病毒问题——我想你已经和你的同事交流过了——通过对舰载记录的分析,我注意到你和共工谈论过一次感染危险,是关于林百万本身的?"

精卫很配合地回忆道:"是的,当时我们刚刚捕获这些唐人。林百万曾对林士仲暗示说,自己正受到某种疾病的困扰。截获的关键词有花柳病、荒唐事、抱憾终身。"

大鲲接口说:"共工随后就分析了林百万的细胞样本,都是他当天睡眠时采集的。我这里还有化验记录,应该不存在任何传染源。"

"是的,我们对尸体的例行检查也没有发现问题,所以才允许它上市。"安全部摇着头说,"但是病毒仍然存在,还表现出了篡改程序段的能力,所以这应该不是什么病原体或者生物形式,这是程序病毒。"

随后,两人按照要求检索了所有与"共工"挂钩的记忆,并将拷贝交给了安全部。当精卫跟在大鲲身后走出这栋建筑的时候(同时切断了与部门内网的连接),她忍不住问:"你是不是也觉得,最初接待我们的安全部出问题了。"

"十之八九是停职了。而且我们的私人对话也被内部网络拦截过,他知道我们怀疑网络安全部改组。"

"所以他才用了那个更蹩脚的借口?下班?"

"对,目的是让我们感觉自己没猜中,误判,然后放弃对此事的关注。改组原本是最优借口。政府部门为了选取高效组合,会不停调整运算资源的分配。一天改组十几次那都是常有的。如果真是改组,他就没必要撒谎,所以肯定是改组和轮值以外的情况。"

这时两人已走到车站,大鲲又接着说:"而且最近申请辞职的部门特别多,都是坐落在这个区的。我在环境开发部就听说,有个连续责任事故……"

# 深空

"环境开发？行星改造！大鲲你真的是大人物啊！"

"别别别！"大鲲忙不迭地解释着，"都是高重力作业啊！我不去谁去？"

"快说！快说！你在岩层里都看见了什么？"

"你别激动啊，这个开发过程不都是公开的吗？人工调整星球磁场，减弱干扰；减小地幔密度，降低星球重力……不就是这些事儿吗？你调到新闻频段，整天都在说这个。"

"先等等。"这次是精卫主动打断了大鲲的话，"你不觉得，这趟车误点了吗？"

城内的轨道交通一向以精确守时著称，到站误差只能以秒记。但两人此时注意到，自己正在等一班原定十分钟前到达的列车、一班五分钟前到达的列车和一班本应停在面前的列车。

"大鲲，这三辆车到哪儿去了？"

此时，她身边的大鲲慢慢地坐到车站长椅上，高大的身型显得有些颓丧。精卫能看出他的处理器正处在低电势状态，就听大鲲对她说："你接上城市新闻吧，他们正在报道轨道列车连环相撞。"不等精卫反应，他就自言自语道，"说这几起事故都是由很小的计算误差造成的。这么多人，各犯各的错，哼，看来又轮到交通部集体辞职了。"

"联合会议，现在开始。"

政府最高意志盯着眼前那个孤零零的连接点，一如既往地正色道："行星间开发部，请你开始述职。"

对方却是不紧不慢地张望了一番，说："今天，能连上会议的部门就只剩我一个了吗?"

"是的,病毒的传播速度远超预期,其他部门已经彻底瘫痪了。无论组织还是个体,没有一个能联系上。"政府又核对了一次参与会议的部门数,似乎对答案是"1"而不是"0"感到很满意,便接着说,"安全部和交通部是辞职后消失的,剩下那几个甚至没来得及辞职。"

"唉……那些政府机关都集中在一个区,难怪传染这么快。我也只剩远郊发射基地的人员还能动了。嘿嘿嘿,你又是怎么挺到现在的?"

"我是政府的最高意志!我是全球的行政中央!"最高意志喊完这两句也有些气短,只得老老实实地说,"因为我的人员编制是最大的。可基数虽大,现在也只剩不到2%了。"

"嗯,我们都到了山穷水尽的时候啰。"

"注意!现在是在联合会议中。"

"可我连会议精神的存储位置都找不到啦。"行星间开发部继续嘿嘿笑着,倒有点儿自暴自弃的味道。

"算了,你今天就笑着述职吧。"

"我已经没什么有价值的信息了。倒是你,该把这件事的前因后果跟我共享一下吧。我现在就剩下这点儿欲望了,能满足吗?"

最高意志看着这个最后的组成部门,叹了口气说:"我现在也没剩多少运算能力,纠错用掉的时间已经超过了30%。我可以向你说明一下现在的形势。但是注意,其间可能出现错别字,不要太在意。"

对方一阵沉默,最高意志把这当成是默认。他也明白这最后的听众坚持不了多久,便抓紧时间整理了一下资料说:"目前可掌握的情报十分有限,仅仅能靠几份硬拷贝来分析各研究机构的结果——

| 深空

他们没来得及汇报。首先是病毒实验室，他们在病毒引起的程序错误中找到了一些规律，发现病毒总是在程序中插入一小段固定的字符串，与前后字符组成各种各样的错误指令。他们试着分离并翻译了这段信息，最终确认这是一段组装代码。"

"组装什么？"

"两种零件，其中包括一段核酸代码，也就是病毒本身的代码。以及几段多肽，缠绕后成为核酸的蛋白质外壳。"

"就这么点儿原料，能装出多大玩意儿？"

"未确认，按照这份组装图判断，直径只有 18-22nm。"

"这么小？我还以为最小的碳基生命是 $0.5\mu m$ 呢！"

"我说过这是生命吗？"最高意志犹豫了一下，"或许能算是生命吧。只是以我们现有的观测手段，还无法直接观测到这么小的构造，所以才一直没能发现它。病毒实验室坚持将其定义为一种病毒，生物病毒。"

"这跟我们平时说的病毒可太不一样了，嘿嘿。"

"是的，我们平时将那些自行传播的恶意代码称为病毒，程序病毒。这次的罪魁祸首具有类似的复制、传播、破坏特性。所以将其定义为生物病毒。它原本只是寄生性的病原体，靠入侵人体细胞获取复制原料，但感染蛋白质芯片后，这种抢劫物质的手段就会在转录、表达时破坏原有程序代码，于是表现出了程序病毒的特性。"

"嘿嘿嘿，跑进物质层面的病毒，太耸人听闻了。"

"其实，更像是我们这些硅基生命闯进了它的世界。可惜我们意识到得太晚了，原本，碳基生命实验室是最有机会发现它的，但他们没有想到世上有这么小的生命，用细菌过滤器没能找到病原体，他们就放弃了生物致病的假设。直到病毒实验室的结果面世,他们才想起用过滤后的体液接触仿生体,终于间接确定了生物病毒的存在,也找到了它的传播机理。"

"是靠体液交换传播吗?"

"不错,这种物质层面的传播手段绕开了所有防御程序。直到这时我才明白,脑后输液的充能方式是多么的不卫生。"

星间开发部抬头道:"你刚才说,脑后输液不咋的?"

"无所谓,就当是我出现了错别字吧。不知是虹吸原理还是气压影响,每次充能时总会有些微营养液在接触后倒流回去,不但对同一装置的使用者造成传染,还污染了整个管道系统。当向全球各处输送液体的管道中枢遭受感染时,大面积传播就已经无法避免了。"

"嘿嘿嘿,全球总共就三套产−输管线,只要有两个感染者到处跑,就能把所有终端都传染遍。"

"是啊,把输液端口安置在公共场所也是我的一大失策。事后证明,车站终端的传染率是最高的。其次就是各部门的公用端口。"最高意志又立刻补充道,"在那之前,我还有一次失误。就是使用原生人类肢体时,不该彻底切除皮质层。我们的蛋白质芯片完全没有免疫力,如果能保留原大脑结构的话,病毒的感染也不会像今天这样难以抑制。"

"你怎么不说把邻星人类抓回来是个错误啊?"

"的确,看来我犯了一连串的严重错误。病毒在运输过程中受到了太空环境的影响,实验表明,它的变异速度加快了 425 倍,也就是说,在途中获得了额外 637 年的进化。"

"我们的时间还是邻星的时间?"

| 深空

"是按照我们的公转周期计算的,相对于邻星来说就是刚好1200年。"

"嘿嘿嘿,我们带回了1200年以后的凶恶病毒。"

最高意志无奈道:"不要再笑了,我现在仍然不明白我的决策错在哪里。推错进程甚至指向了初始值。我们原本是追求知识的文明,为什么会陷入对感官刺激的追捧?我们原本是为了自身发展才掳掠他人,为何最后反倒毁掉了自己的世界?这其中,究竟出现了多大的误差?"

"嘿嘿,这个我最清楚了,全是我经手的嘛。"行星间开发部仍保持着他那病态的乐观,"我们的计划展开速度太快了,急功近利哟。好多东西在深入了解之前,就已经做出实用产品了。现在想想都觉得后怕啊……嘿嘿嘿……"

"你说得对。我一直以高效的决断自豪,可近几次一拥而上的研发与开采,确实留下了理论研究滞后的隐患。我们还没能整体把握碳基圈,现有的原理和伦理都太浅薄了……"

"嘿嘿嘿。"

"一切都来不及了,我们既没有能力重建输液系统,也找不出有效的过滤手段。"

"嘿嘿嘿。"

"就算回头重造硅芯片。以我们现在的误差率,已经写不出健全的人格了!"

"嘿嘿嘿。"

"这不是我的责任,毕竟我只能保证73%的决策正确率!"

"嘿嘿嘿。"

"不对，是83%。"

"嘿嘿嘿。"

"行星间开发部，请你开始述职。"

"嘿嘿嘿。"

"行星间开发部，请你开始述职。"

"嘿嘿嘿……"

此时，在行星的大地上，死亡并非静悄悄地降临。在这段本可以称为"第二次全球恐慌"的危急之后，却无人能够回首。

原本用于行星地质改造的工程机械们，在一系列的计算错误中左冲右突。受到刺激的地壳则隆起了巨大的凸起和火山。人工重力调整同样进入癫狂状态，忽高忽低的引力将大量气体抛离行星表面。逐渐稀薄的大气却又不甘寂寞，在磁场消失后，借助电离作用卷起了全球性的风暴，将低重力下的沙尘卷入空中，再加上火山赠与的硫磺成分，形成了轰轰烈烈的毁灭力量。

全球性的改造工程在失控后，终于成为了全球性的灾难。金属的城市在红色暴风中迅速氧化，曾经的辉煌与繁荣没能留在任何一个存储器中，或许只需几百年时间，文明的痕迹便会荡然无存。

"呔！荧惑守心，离离乱象。我大唐的气数果然将尽吗？"朔月星辉下，葛袍老者抚须叹道，"近日荧惑异变频生，恐怕圣人（注：唐代称呼皇帝时多用"圣人"。）又有误食丹鼎之虞。"

他身旁一青衣小童嗔道："师傅呀！您怎么又说些大逆不道的

| 深空

反词！"

"哼，如今反贼都抓不完了，谁还抓反词？"葛袍老者长袖一震，轻嗤道，"眼下正当乱世，少管那些官宦纠葛。先寻得这场富贵，安身立命才是要紧。"

"师傅你在这荒山野岭看星星，就能寻到富贵吗？"

"哼哼，这你就不懂了。记得五年前，黄巢攻龙溪时，有个海商王林百万埋散家财，遁往外地避祸。据说他的巨万家资就藏在这东石盟仙宫一带。为师我日堪风水，夜观天象，料定那……"

唐乾符六年（公元874年），林百万离泉州以避乱军，自此湮没了行踪。在此后的几十年间，纵横四境的兵祸耗尽了唐朝最后一点儿元气，海上贸易也逐渐凋敝。待到天佑四年（公元907年），哀帝退位，朱全忠以梁代唐时，海上丝绸之路已仅剩东海一条。此后，中国的历史中便再未出现过"昆仑奴"的身影。而这一时期的道徒方士们，则不约而同地记下了一段荧惑（火星）的异变，谓之"忽明忽暗、赤色渐浓"，并以这妖异的天象，来佐证一代黄金盛世的覆灭。

版权专有　侵权必究

### 图书在版编目（CIP）数据

外面的宇宙/刘慈欣等著.—北京：北京理工大学出版社，2017.6（2019.12重印）
（虫·科幻中国）
ISBN 978-7-5682-3932-5

Ⅰ.①外… Ⅱ.①刘… Ⅲ.①科学幻想小说-中国-当代 Ⅳ.①I247.5

中国版本图书馆CIP数据核字(2017)第076697号

| 出版发行 | / 北京理工大学出版社有限责任公司 |
|---|---|
| 社　　址 | / 北京市海淀区中关村南大街5号 |
| 邮　　编 | / 100081 |
| 电　　话 | / （010）68914775（总编室） |
|  | 　（010）82562903（教材售后服务热线） |
|  | 　（010）68948351（其他图书服务热线） |
| 网　　址 | / http://www.bitpress.com.cn |
| 经　　销 | / 全国各地新华书店 |
| 印　　刷 | / 北京欣睿虹彩印刷有限公司 |
| 开　　本 | / 880毫米×1230毫米　1/32 |
| 印　　张 | / 8 |
| 字　　数 | / 171千字 |
| 版　　次 | / 2017年6月第1版　2019年12月第5次印刷 |
| 定　　价 | / 39.80元 |

责任编辑/闫风华
文案编辑/闫风华
责任校对/孟祥敬
责任印制/李志强

图书出现印装质量问题，请拨打售后服务热线，本社负责调换